Jaromir Konecny

# tote tulpen

Ro



dtv

**Ausführliche Informationen über**
**unsere Autoren und Bücher**
**www.dtv.de**

Von Jaromir Konecny sind bei dtv junior außerdem lieferbar:
**Falsche Veilchen**
**Haarscharf**
**Isarflirten**

FSC
www.fsc.org
MIX
Papier aus verantwortungsvollen Quellen
FSC® C019821

Ungekürzte Ausgabe
2. Auflage 2016
2015 dtv Verlagsgesellschaft mbH & Co. KG, München

Umschlagkonzept: Balk und Brumshagen
Umschlaggestaltung: Lisa Höfner
Gesetzt aus der Garamond
Satz: Fotosatz Amann, Memmingen
Druck und Bindung: Druckerei C.H.Beck, Nördlingen
Gedruckt auf säurefreiem, chlorfrei gebleichtem Papier
Printed in Germany · ISBN 978-3-423-71649-9

# Queen of Night

»Du hast Glück«, sagt Heckenschütze. Er erwischt dich, wenn du damit überhaupt nicht rechnest. Immer todernst. Ich und Glück? Bald der zweite Sommer im Knast? Und da will er mir einreden, ich hätte Glück? Was soll ich ihm auf diesen Schwachsinn sagen? »Hast du schon von Herrn Samper gehört?«, fragt der Knastleiter, wartet aber mein »Nein« nicht ab. »Herr Samper ist der Vorsitzende eines Fördervereins für jugendliche Strafgefangene. Er nimmt dich bei sich auf.«

»He?«, sage ich. Mein erstes Wort hier.

»Wir entlassen dich im Rahmen eines Resozialisierungsprogramms auf Bewährung und du bekommst im Geschäft von Herrn Samper in München eine Ausbildungsstelle. Du bist doch aus München, oder?«

»Was für ein Geschäft denn?«

»Ein Blumenladen!«

Ein Blumenladen? Der Typ hat sie nicht alle. »Ich will nicht in einem Blumenladen arbeiten«, sage ich. »Ich hasse Blumen!«

»Warum denn?«

»Blumen haben meine Mutter gekillt!«

Heckenschütze wühlt in den Papieren auf seinem Tisch. »Hier steht, deine Mutter ist bei einem Autounfall umgekommen.«

»Mutter hat sich an einer Kreuzung in ein Rosenbeet verguckt und das Rot an der Ampel übersehen.«

»Das weiß niemand, wie es genau war.«

»Ich schon!«

»Wie dem auch sei. Hast du noch Kontakt zu deinem Vater? Er hat dich hier kein einziges Mal besucht.«

»Mein Vater lebt seit drei Jahren in einem Aschram in Indien.«

»Was macht er dort?«

»Muss den Tod meiner Mutter verarbeiten.«

Heckenschütze raschelt wieder in seinen Papieren. »Dein Vater kommt aus Altötting, oder?«

»Ja!«

»Dann ist alles klar!«, sagt er. »Da ist die Adresse von Herrn Samper.«

KLOPF, KLOPF an die Tür. Sepp der Hammer trottet herein. Wenn seine Hände nicht Hämmer wären, könnte man sie auch als Baggerschaufeln bezeichnen. »Da sind seine Entlassungspapiere, sein Ausweis und der Rest!«, sagt Heckenschütze und reicht dem Knastwärter einen Stapel Wische.

Und schon stehen wir in seiner Tür – die erste der Türen, die in die Freiheit führen. »Leon!« Ich drehe mich wieder um, erwarte Schlimmes. Jetzt sagt der Knastleiter: »Es geht doch nicht«, und ich muss wieder in meine Zelle. »Wenn du draußen etwas anstellst, bist du ruck, zuck wieder bei uns«, sagt Heckenschütze. »Und dann gibt's keine Bewährung mehr.« Ich nicke. Noch bevor die Tür hinter uns ganz zugeht, höre ich seinen letzten Satz:

»Wer wird sich jetzt um unsere Computer kümmern?« Seufzer. Tür zu. Die anderen Jungs hatten Computerverbot. Ich war eine Ausnahme. Was IT angeht, hat man mich hier gebraucht.

Im Flur taucht Lutz auf, mein Psychologe. »Leon! Halte draußen die Ohren steif!«

»Mach ich, Lutz! Danke für alles!« Klar wusste ich, dass ich irgendwann auf Bewährung rauskommen würde. Nur so früh? Lutz hat alles klargemacht, einen guten Anwalt aufgetrieben. Hab mich dagegen nicht gewehrt. Salami hat hier jetzt auch andere Freunde als mich, nicht wie am Anfang, er kommt durch. Aber ein Blumenladen? Na ja. Auch egal! Was sollte ich sonst tun? Ins Kinderheim wollte ich nicht mehr zurück. Immer wenn ich in meine Vergangenheit blicke, sehe ich Martins enttäuschtes Gesicht. Martin war mein Betreuer im Heim.

Sepp der Hammer treibt mich vor sich her aus dem Knast. Meine Sachen haben wir schon abgeholt. Das Leben rollt wieder mal in einem krassen Tempo an mir vorbei. »Schneller, Junge!« Im Hof schiebt Sepp mich zu einer Bullenwanne. »Man bringt dich nach München«, sagt er. »Schade! Na ja! Ich bin ein Optimist. Sicher bist du in ein paar Tagen wieder bei uns!« Er zeigt mir seine krasse Faust. »Weißt du, wie man mich nennt?«

»Der Hammer.« Sepp nickt zufrieden, guckt sich um und flüstert mir ins Ohr: »Merk's dir, Junge! Die Freiheit ist 'ne Nutte, die sich teuer bezahlen lässt. Gut, oder? … Hehehe! …« Sepp heult vor Lachen, er röchelt sich die Lunge aus dem Leib. Mannomann! Höchste Zeit, hier rauszukommen.

Draußen schiebt mich ein Schnittlauch, den ich nicht kenne, in eine Bullenwanne auf den Rücksitz, ein zweiter schlüpft auf den Beifahrersitz. Der Motor brummt auf, aber Herbert Grönemeyer aus dem Autoradio heult alle Geräusche weg. Es kann nur besser werden. Denke ich mir. Ich habe nicht recht.

Zuerst schaut der Weg in die Freiheit aber supergemütlich aus. Von Weitem winken mir die zwei Türme der Frauenkirche zu. In die hat mich Mutter schon geschleppt, als ich ganz klein war. Zum Beichten. Sie verdiente ihr Geld auf dem Strich ... Quatsch! Sie wollte in der Kirche »nur ein bissl die Füße strecken«, wie sie immer sagte. Eine Stadtführerin war sie. Deswegen kenne ich die Stadt. Nur die Leute darin kenne ich nicht mehr. Wen sollte ich hier noch anrufen? Nach über zwei Jahren Heim auf dem Land und einem Jahr Jugendknast. Hey! München! Meine Heimatstadt! Bin ich echt frei? Sicher treiben die einen derben Scherz mit mir. Nein! Ich bin nicht wichtig genug für einen Scherz, der die Bullen so viel Zeit kosten würde. Die Bullenwanne hält am Wettersteinplatz an. »Du kannst aussteigen«, sagt der Fahrer. Nichts wie weg hier, bevor die Typen sich's anders überlegen. Einsteigen geht meist leichter als Aussteigen.

»Dort ist die U-Bahn!«, ruft mir der Beifahrer nach. Ich gucke zum großen weißen U auf blauem Hintergrund über der Kreuzung, dann in den blauen Himmel. Die Sonne hat sich auf die Stadt gehockt. Nee, Leute! In ein dunkles Loch kriegt mich jetzt keiner rein. No underground! Ich drehe mich nicht um, gebe keine Antwort, laufe weiter. Wenn du draußen bist, musst du einem Schnittlauch nicht immer antworten, oder?

Die Wirtschaftskrise zeigt ihre üblen Auswirkungen: Die Stoffe gehen aus – die Mädchen tragen viel kürzere Röcke als im letzten Frühjahr. Zumindest kommen sie mir viel kürzer vor. Ansonsten ist aber alles beim Alten geblieben. Der Pommes-Tempel steht immer noch unweit vom 1860er-Stadion. Meggie! Bin sofort in Partystimmung. Was sollst du dir schon sonst reinschieben nach einem Jahr Nudeln und Reis? Langsam lasse ich die Pommes in den Magen wandern. Ganz langsam, Leon, du hast alle Zeit der Welt. Der Blumenladen läuft dir nicht davon! Im Knast ist jedes Essen Party – wenn du Kohle hast und dir etwas dazukaufen kannst, dann kochst du. Den halben Tag. Alles nacheinander in einem kleinen Topf, mehr steht dir nicht zu: zuerst die Soße, dann Kartoffeln … Kohle hat mir mein Vater hin und wieder geschickt. Hmm … Sepp hatte sicher recht. Lange werde ich's hier nicht genießen können, oder? Ob ich im Bau noch Salami erwische? »Salam aleikum, Leon!«

»Wa aleikum salam!« Salami hat mir etwas Arabisch beigebracht. Kannst du in Munich gut gebrauchen.

Der Blumenladen schlummert in einer leeren Straße unweit der Isar. Giesing. In den zwei Schaufenstern blümelt's wie auf dem Friedhof. Drinnen rührt sich nichts. Mittagspause? Ich drücke die Klinke, die Tür geht auf. »Hallo!«, rufe ich hinein. »Der Einbrecher ist da!«, will ich hinzufügen, kichere aber nur und trotte in den Laden. Jemand muss hier sein, wenn die Tür nicht abgesperrt ist, oder? Ich gehe weiter, ins Dunkle hinein. Mist! Was war denn das? Bin über irgendwas gestolpert. Ich heb's auf, will's angucken, doch etwas anderes bannt meinen Blick. »Scheiße!«, sage ich laut. »Was macht die Leiche da?« Auf dem Tisch links vor mir, zwischen blühenden Blumentöpfen, liegt eine tote Frau. Gibt's doch nicht, oder? Auch im Tod ist sie schön. So muss Schneewittchen ausgesehen haben. Ein paar Jahre älter als ich. Etwas über zwanzig? Viel älter wird sie aber nicht mehr werden, so tot wie sie ist. Ihr weißes Kleid rot gesprayt. Alle meine Alarmglocken läuten. Weg hier! Warum starre ich trotzdem die schwarze Tulpe auf der rot gefärbten Brust der Toten an? Wie ein Wachhund liegt die Tulpe da und frisst die Lichtstrahlen. Unter der Tulpe lugt ein blutverschmierter Zettel. Verdammt! Worüber bin ich eigentlich gestolpert? Was halte ich in der Hand? …

»Lass den Unkrautstecher fallen und dreh dich um«, sagt eine Stimme hinter mir. »Aber langsam! Sonst erschieße ich dich!« Ach so! Unkrautstecher heißt das Ding in meiner Hand: ein kleiner langer, spitzer Spaten. Die Klinge rot. Auch wenn ich im Bau ziemlich langsam geworden bin, checke ich gleich, wo das Ding noch vor Kurzem gesteckt hatte. Na, wenn das keine Überraschung ist? Nur ein kleiner Spaziergang in der Freiheit, und schon stehe ich mit einer blutigen Mordwaffe in der Hand in einem Blumenladen, und jemand will, dass ich die Hände hochhebe. Besser hätte's keiner hingekriegt, oder? Klar könnte ich losstürmen und mich jetzt gleich abknallen lassen, damit Ruhe ist, aber so würde ich nie wieder bei Salami im Bau landen und Sepps Prophezeiung erfüllen. Am besten lasse ich den Unkrautstecher fallen, oder? Mag das Mordding sowieso nicht mehr halten. Was hat die Stimme noch gesagt? Ach ja, Hände hoch! Warum denn nicht? Ich hebe die Hände. Was soll's! Auch mit erhobenen Händen kann mich die Welt am Arsch lecken. Ich drehe mich um. Und starre: braunes glattes Haar, auf eine krass Abi-mäßige Art hübsch. Dieses Mädchen würde einen Proleten wie mich auf der Straße nicht mal angucken, und jetzt zielt sie gleich mit einer Knarre auf mich. Super! Schwarzes T-Shirt mit einem nicht verglasten Fenster, rote Jeansshorts, Bauch frei, auch Beine nackt, das rechte Knie etwas aufgeschürft, wohl vom Fußball, he, he, schwarze Chucks ohne Socken. Die Schnecke würde im Jugendknast schon einen kleinen Aufstand verursachen. Zumal die Knarre in ihrer Hand ziemlich echt ausschaut.

»Wo hast du die her?«, frage ich, um etwas Konversation in Gang zu bringen.

»Von meinem Vater! Er hat die Waffe als Schutz gegen Einbrecher.«

Plötzlich plappert sie, als ob ich kein Mörder wäre und wir zusammen gleich Hausaufgaben machen würden. Das Blümchen ist etwa gleich alt wie ich, also sechzehn. »Als Kinder haben wir uns die Waffe immer heimlich ausgeliehen«, redet sie weiter, »und damit Räuber und Gendarm gespielt. Einmal …« Plötzlich stutzt sie. »Warum erzähle ich dir das?«, fragt sie.

»Weil du Vertrauen zu mir hast?«, sage ich. Kein schlechter Spruch für einen Mörder, oder? Gleich schießt sie mir wegen der Frechheit in die Kniescheibe. Wieder falsch gedacht! Die Frau kichert. Ist das nicht morbide? Aber wart mal! Vielleicht … vielleicht ist das Ganze hier nur ein Scherz! Vielleicht bin ich kein Mörder! Vielleicht ist das auf dem Tisch gar keine Leiche. Sondern die große Schwester der Bonnie mit der Knarre. Und die Weiber spielen mir einfach einen Streich. Ich gucke mich um. Doch kein Scherz! Die Leiche liegt immer noch da. Nur ein bissl toter als vorher ist sie – mausetot.

»Ich hab sie nicht umgebracht!«, sage ich. »Über den Unkrautstecher bin ich nur gestolpert.«

Sie kichert wieder. Ach was, kichert! Einen Lachanfall kriegt sie. Die Knarre schlottert ihr dabei in der Hand wie ein Zitteraal. Wenn sie jetzt anfängt zu ballern, bin ich ein Sieb. Ist die bescheuert?

»Was gibt's da zu lachen?«, frage ich.

»So was Blödes habe ich noch nie gehört«, sagt sie. »Du stehst hier mit einer Mordwaffe in der Hand. Überall Blut. Neben dir liegt eine Leiche … statt aber in dich zu gehen und dich wie ein Mörder mit Würde zu benehmen, redest du nur Stuss: ›Ich hab sie nicht umgebracht, ich hab sie nicht umgebracht … Ja, wer hat sie denn dann umgebracht? Der heilige Nikolaus? Der kommt erst im Dezember, Mann! Schämst du dich nicht für deine Lügen?«

»Ich hab sie echt nicht umgebracht«, sage ich noch mal, auch wenn sich's blöd anhört. »Ich bin der neue Lehrling.« Na, das klingt noch blöder, oder?

»Der neue Lehrling?« Sie kreischt vor Lachen. »Hör auf! Sonst bringst du mich mit deinen Sprüchen um!« Die Pistole hüpft in ihrer Hand wie ein ungehorsames Tier. Soll ich noch weiter warten, bis sie mir aus Versehen eine Kugel in den Blinddarm jagt? Sie krümmt sich vor Lachen, ich springe, ich schlage zu. Mein Kung-Fu-Training im Knast hat doch was gebracht. Eine Sekunde später steht sie ohne die Knarre da und reibt sich das Handgelenk. Die Knarre halte jetzt ich. Ha, da glotzt du, Jenny, was? Ihr Lachen vergeht sofort, sie kriegt große Augen. »Bringst du mich jetzt um?« Mann! Sie sagt das, als ob sie sich drauf freuen würde.

»Nee«, sage ich, »ich wollte nur nicht, dass du mich damit umbringst.« Ich reiche ihr die Knarre. Ja, ich weiß, keine kluge Idee. Ich neige manchmal zu spontanen Handlungen. Eine davon hat mich in den Knast gebracht.

Doch anscheinend hab ich bei ihr durch meine Tat Punkte gesammelt. »Bist du wirklich der neue Lehrling?«, fragt sie. »Warte! Also, wenn du weißt, dass mein Vater einen neuen Lehrling erwartet, dann musst du Leon sein. Du warst im Jugendknast, oder? Bist nur auf Bewährung rausgekommen. Wegen eines Resozialisierungsprogramms und weil sich Papas Förderverein für dich eingesetzt hat. Wie blöd musst du denn sein? Du gehst schnurstracks zu deiner neuen Arbeitsstelle und bringst dort die Kundinnen um?« Sie dreht sich zur Leiche. »Wenn's eine Kundin war.«

»Ich hab sie nicht umgebracht!« Langsam wiederhole ich mich öfter, als mir lieb bist.

Sie guckt mich an und seufzt. »Ich glaube dir! So bescheuert wäre kein Mörder, mir die Pistole zurückzugeben. Wer hat sie aber dann umgebracht? Wer ist sie?«

»Das ist voll wurscht, wer sie umgebracht hat«, sage ich. »Man wird's so oder so mir ins Ausbildungszeugnis schreiben. Ich bin auf Bewährung raus und am ersten Ort, wo ich auftauche, passiert gleich ein Mord. Wer würde mir schon glauben? Der erste Schnittlauch, der hier auftaucht …«

»Schnittlauch?«

»Ein Bulle!«

»Warum aber Schnittlauch?«

»Na, außen grün und innen hohl. Der erste Schnittlauch, der hier auftaucht, brezelt mich zusammen …«

»Brezelt?«

»Na, gibt mir die Handschellen. Hast du kein Deutsch gelernt? Hand-schel-len!«

»Unverschämt bist du auch«, sagt sie.

»Bin halt als frischgebackener Mörder etwas durcheinander.«

»Keine Angst«, sagt sie. »Wir bügeln das schon aus.«

»He?«

»Wir finden den Mörder!«

»Scheiße!«, sage ich. Was willst du auch sonst sagen? Wenn du in einem Blumenladen neben einer Leiche und einer Verrückten stehst? »Wie denn?«, frage ich.

»Na, wie wohl«, sagt sie. »Durch Zusammenarbeit natürlich. Viele große Detektive haben zu zweit gearbeitet: Sherlock Holmes und Dr. Watson, Nero Wolfe und Archie Goodwin … einer ist immer der Kopf und der andere …«

»… ist der Vollidiot!«, füge ich hinzu. »Cool! Und wer ist bei uns der Kopf?«

Sie guckt mich wieder mit ihren Spiegeleier-Augen an. »Na, ich! Wer sonst? Hast du überhaupt einen Hauptschulabschluss?«

»Nee!«, sage ich. »Ich muss noch schreiben und lesen lernen.« Blöde Tusse!

»Das überrascht mich nicht«, sagt sie und schickt sich an, nach dem Zettel zu grapschen, der auf der Brust der Leiche unter der schwarzen Tulpe liegt.

»Nicht ohne Handschuhe«, sage ich.

»Was?«

»Du sollst nichts an der Leiche ohne Handschuhe anfassen.«

»Stimmt!«, sagt sie. »Man sieht, du hast viel kriminelle Erfahrung.«

He? Was labert sie da? Sie holt aus der Schublade am Kassentisch leichte weiße Baumwollhandschuhe. »Die lasse ich dann verschwinden. Wir haben viele davon. Damit wir uns nicht an den Rosen stechen.«

Sie hebt den Zettel von der Brust der toten Frau. »Das ist ja ulkig! Ein Gedicht!«

Sie fängt an zu rezitieren:

***»Die drei Spatzen***
*In einem leeren Haselstrauch,*
*da sitzen drei Spatzen, Bauch an Bauch.*
*Der Erich rechts und links der Franz*
*und mittendrin der freche Hans.*
*Sie haben die Augen zu, ganz zu,*
*und obendrüber, da schneit es, hu!*
*Sie rücken zusammen dicht an dicht,*
*so warm wie Hans hat's niemand nicht.*
*Sie hör'n alle drei ihrer Herzlein Gepoch.*
*Wie lange sitzen sie hier noch?*
*Nicht mehr zu lange, Feder rot!*
*Der kleine Erich ist jetzt tot.*
*Drei Spatzen haben keine Wahl,*
*die Drei ist ihre Todeszahl.«*

»Besser, du legst den Zettel jetzt wieder zurück!«

»Schade, dass mein Bruder nicht hier ist«, sagt sie. »René liest nur Gedichte. Jedes Gedicht kennt er. Ich lese nur Krimis.«

»Das glaube ich dir aufs Wort«, sage ich.

Sie hebt den Unkrautstecher und wischt seinen Griff ab. Der ist zum Glück nicht mit Blut bekleckert. »Was hast du hier noch angefasst?«

»Nur die Türklinke!«, sage ich. Sie lugt vorsichtig aus dem Laden und wischt die Türklinke ab.

»Jetzt hast du wohl auch die ganzen Fingerabdrücke des echten Mörders abgewischt!«

»Glaube ich nicht«, sagt sie. »Kein Mörder ist so blöd wie du und fasst die Mordwaffe mit bloßen Händen an.«

»Na, hör mal! Woher sollte ich wissen, dass das Ding eine Mordwaffe war?«

»So was weiß man einfach.« Sie kommt zur Leiche zurück. »Hat dich draußen jemand gesehen?«

»Glaube nicht! Eure Straße war ganz verlassen.« Ich klopfe ihr auf die Schulter: »Auch an der Pistole solltest du deine Fingerabdrücke abwischen.«

»Die Pistole ist kein Problem«, sagte sie. »Ich schieße oft auf meinen Papa damit.«

»Ein hübsches Spiel«, sage ich.

»Nur als ob!«, sagt sie. »Ich bringe die Pistole sowieso wieder nach oben, in unsere Wohnung. Du solltest jetzt schleunigst verschwinden! Ich laufe mit der Pistole hoch, komme aber sofort zurück und entdecke die Leiche noch einmal. Mein Vater hält oben in der Wohnung sein Mittagsschläfchen. Mutter ist in Frankreich und Tante Marta geht mittags immer heim. In einer Stunde kommst du wieder und tust, als ob du nie da gewesen wärest.«

Hmm … diesen Vorschlag von ihr finde ich gar nicht so schlecht. Abhauen! Klar würde ich nicht in einer Stunde wiederkommen. Ich würde nie wiederkommen. Bin doch nicht ganz so blöd, wie sie meint. Von mir aus kann sie hier allein den Sherlock spielen! Ohne mich! Klar? Bevor ich aus dem Laden latsche, drehe ich mich noch einmal um:

»Wie heißt du?«

»Laura!«

»Ich bin Leon!«

»Das weiß ich doch. Hmm … Laura & Leon! L & L! Kein schlechter Name für ein Detektivduo.« Oh Gott! Die ist echt reif für die Klapse. Und hat überhaupt keinen Sinn für Lautmelodie: Laura & Leon? Klingt doch voll bescheuert, oder? Leon & Laura klingt viel besser!

Eine Sache muss ich aber noch wissen: »Was macht die schwarze Tulpe auf ihrer Brust? Sind schwarze Tulpen nicht selten?«

Sie kichert wieder. Was sonst? »Wegen dieser Blumen haben Menschen früher gemordet.« Wohl kichert sie immer, wenn sie an Mord denkt.

»Nicht nur früher«, sage ich.

»Das stimmt!«, sagt sie. »Der Mord muss etwas mit Blumen zu tun haben. Mit Tulpen. Mit der *Queen of Night*!«

»Was?«

»So heißt die schwarze Tulpe: *Queen of Night*!«

»Ein seltenes Stück also?«

»Nicht unbedingt«, sagt Laura. »Vor ein paar Jahren wurde die *Queen of Night* in Holland zur Zwiebel des Jahres gekürt.«

»Zwiebel des Jahres.« Mannomann. So was Perverses habe ich noch nie gehört.

Doch Laura findet das ganz normal. »Tulpen sind gefährlich. Im 17. Jahrhundert ist Holland wegen Tulpen pleitegegangen. Hast du noch nie von der Tulpenmanie gehört?«

»Nee!«, sage ich und bin plötzlich ganz happy, dass ich Blumen nicht ausstehen kann.

Sie seufzt. »Das war mir sowieso klar.«

»Die schwarze Tulpe ist also …«

Sie unterbricht mich. »Es ist noch nie jemandem gelungen, eine vollkommen schwarze Tulpe zu züchten.«

»Die da auf der Leiche ist doch schwarz.«

»Eigentlich nur dunkelviolett mit Stich ins Schwarze. Wie die Tulpe erscheint, hängt nur von dir ab …«

»Ach so! Magie!«

»Nein!«, sagt die Klugscheißerin. »Physik!«

»Und die tote Frau?«

»Was meinst du?«

»Sie war noch vor Kurzem ein Mensch!«

»Wenn wir herausbekommen, was für ein Mensch sie war, haben wir den Mörder.«

»Wieso?«

»Zu jedem Mord gibt es ein Motiv.«

Besser sage ich nichts mehr, gucke vorsichtig aus der Ladentür und latsche hinaus. Hier sieht man mich nie wieder. Das schwöre ich! *Queen of Night*? Sherlock Holmes? L & L? ›L m. L‹ wäre viel besser – Leck mich, Laura!

## Auf der Flucht

Ihre Schreie höre ich noch eine Straße weiter. Gerade hat meine Komplizin zum zweiten Mal die Leiche entdeckt. Eine Schauspielerin vor Gott! Was soll ich jetzt machen? Na, was? Weglaufen!!! Bis ans Ende der Welt, hinter die Milchstraße, per Anhalter durch die Galaxis! Trotzdem mache ich drei Straßen weiter einen kleinen Abstecher in ein Internetcafé. Statt am Bahnhof auf einen Eurocity zu warten, der mich aus München und Deutschland rausbringt, oder besser noch eine Zeitmaschine zu klauen, klimpere ich auf der Tastatur in einem Internetcafé unweit vom Tatort. Kann wohl nicht anders. Lauras Augen schwirren in meinem Hirn herum wie zwei Leuchtkäfer und beleuchten meine komischsten Gedanken. Egal! Dann surfe ich halt etwas und haue erst danach ab. Also. Was haben wir da? Aha! Google zufolge ist der Autor des krassen Mordgedichts gar nicht so unbekannt. Gleich die Suche nach »*In einem leeren Haselstrauch*« spuckt seinen Namen aus: »Christian Morgenstern«. Komisch ist aber: Das Original-Gedicht endet anders als das auf dem blutgetränkten Zettel:

*Sie hör'n alle drei ihrer Herzlein Gepoch.*
*Und wenn sie nicht weg sind, so sitzen sie noch.*

Wenn ich mich richtig erinnere, ging das Gedicht auf der Leiche aber so zu Ende:

*Sie hör'n alle drei ihrer Herzlein Gepoch.*
*Wie lange sitzen sie hier noch?*
*Nicht mehr zu lange, Feder rot!*
*Der kleine Erich ist jetzt tot.*
*Drei Spatzen haben keine Wahl,*
*die Drei ist ihre Todeszahl.*

Oder? Jemand hat Morgensterns Gedicht umgedichtet. Jemand? Der Mörder! Klar! Jetzt muss die Sherlocka mit der Knarre nur noch einen Dichter finden. Davon gibt's heutzutage sicher nicht viele. Ich stütze mich am Computertisch ab, dehne meinen Rücken. Uaah! Warum bringt jemand eine schöne junge Frau um? Wer war sie? … Okay, Mann! Du hast dich genug gebildet, und jetzt nichts wie zum Bahnhof. Dort kannst du in einen Zug nach Rumänien steigen. Im Schloss von Graf Dracula in Transsilvanien kriegst du sicher einen Unterschlupf. Besser, sich das Blut aussaugen lassen, als nach ein paar Stunden Freiheit wieder im Knast zu landen. Für den Rest des Lebens.

Warum ich dann eine Stunde später zum Blumenladen zurücklatsche, ist mir überhaupt nicht klar! Ich Volltrottel! Ich Hirngeschädigter! Inzwischen ist die Straße in Giesing zum Marienplatz geworden. Menschenauflauf wie beim Sommerschlussverkauf. Überall grün gestreifte Autos, grüne Uniformen, voll das Gemüsefeld. »Was willst du hier?«, fragt mich ein Schnittlauch, als ich versuche, mich in den Laden zu schleichen.

»Na, den Mörder zieht's an den Ort seines Verbrechens zurück!«, antworte ich cremig, aber klar in meinen Gehirngiftschrank hinein. Laut sage ich nur: »Ich bin der neue Lehrling!« Der Bulle geht in den Laden, mit einem Typ in Zivil kommt er wieder heraus. Ein Schnurrbartträger? Heute passieren nur krasse Sachen. Aber echt: Einen Schnurrbart habe ich zuletzt in einem Film gesehen. »Hauptkommissar Hauptmeister«, sagt er zu mir. He? Macht er sich lustig über mich? Ein Schnittlauch hinter ihm fängt an zu kichern. Hauptkommissar Hauptmeister dreht sich blitzschnell um und fährt ihn an. »Warum lachen Sie?«

»Ich lache nicht, Herr Hauptkommissar!«

»Doch! Sie haben gelacht!«

»Nee, habe ich nicht!«

»Doch! Das schreibe ich mir gleich auf. Ihren Vorgesetzten können Sie nicht straffrei verspotten! Sie … Sie … Sie Komödiant!«

»Ich habe wirklich nicht gelacht.«

»Doch, doch …«

Hmm. Was ziehen die beiden hier für eine Show ab? Aus dem Eingang neben dem Laden taucht ein etwa 50-jähriger Mann auf. Seine Schulter hängt bis zum Boden. »Ich bin der Ladenbesitzer, Samper«, sagt der Typ. Dann ist alles klar. Mein neuer Boss. »Wer führt die Untersuchung?«, fragt er.

»Hauptkommissar Hauptmeister!«, sagt der Schnurrbart noch mal und streckt Herrn Samper seine Hand hin. Der Bulle, der vorhin kicherte, schreit auf vor Lachen. Der Schnurrbart läuft rot an und dreht sich wieder zu ihm. Der Bulle lacht wie ein

Lachsack, ruft aber in seine Lachsalven hinein »ich lache nicht, ich lache nicht!«, und hüpft davon.

Der Schnurrbart dreht sich wieder zum Vater von Laura. Endlich Shakehands:

»Samper.«

»Hauptkommissar Hauptmeister«, sagt Schnauzer noch mal und glotzt Samper abwartend an.

Stille. Herr Samper überlegt. Alle uniformierten und nicht uniformierten Bullen gucken zu Samper und zu ihrem Boss. »Hauptkommissar oder Hauptmeister?«, fragt Samper. Ein zweiter Bulle schreit vor Lachen und läuft davon.

»Ich bin Hauptkommissar«, sagt der Schnurrbart. »Mein Name ist Hauptmeister! Ist der Junge hier Ihr neuer Lehrling?«

»Ah, du bist Leon«, sagt Herr Samper und streckt mir die Hand entgegen. »Geh nach oben! Meine Tochter zeigt dir dein Zimmer. Sie heißt ...«

Bevor ich selbst »Laura« sage, reiße ich mich mit aller Kraft zusammen. »Moment mal!«, sagt Hauptmeister. »Zuerst rede ich mit dem Jungen.«

»Ich warte oben«, sagt Lauras Vater. »Schicken Sie bitte Leon zu uns, wenn Sie fertig sind.«

»Ich komme dann mit«, sagt Hauptmeister. »Mit Ihnen muss ich auch reden. Mit allen, die im Haus wohnen oder im Laden arbeiten. Wenn die Tote weg ist, müssen Sie sich den Tatort genau anschauen. Vielleicht fällt Ihnen etwas Ungewöhnliches auf.«

»Gut«, sagt mein neuer Boss und schlurft zum Eingang neben dem Laden. Seine hängenden Schultern ziehen ihn noch mehr zu Boden. Ich gucke hinauf. In einem der Fenster steht Laura und winkt mir zu. Zum Glück ist jeder Schnittlauch in der Gegend gerade beschäftigt, keiner schaut nach oben. Spinnt die Detektivin, oder was? Wenn sie nicht aufpasst, werden wir viel schneller entlarvt als der Mörder. Mein Blick flitzt noch höher. Am Münchner Himmel malt ein Flugzeug weiße Linien ins Blaue hinein. Hmm … ein Vogel zu sein, das wäre jetzt am cremigsten. Mein Magen knurrt. Sind die Pommes schon verdaut? Vielleicht sollte ich jetzt sagen, dass ich schon vor einer Stunde hier war – dann würde ich noch das Abendessen im Knast schaffen.

Aus dem Laden läuft ein Gorilla in Zivil. Etwa zwei Meter lang und genauso breit. »Die Spurensicherung braucht no a bisserl, Herr Hauptkommissar.« Aha! Schnurrbarts Hiwi.

»Geht, Herr Brummla«, sagt der Hauptkommissar. »Äh, bleiben Sie da! ›Gut‹ wollte ich sagen. Der Doktor soll die tote Frau ordentlich unter die Lupe nehmen.« Brummla heißt sein Hiwi also? Krass! »Und jetzt zu dir, Junge!« Der Hauptkommissar glotzt mich streng an und wartet auf mein Geständnis. Klar schlottert sein Schnauzer vor Aufregung, als er erfährt, dass ich gerade aus dem Knast entlassen wurde. Gleich feuert er Atombomben: »Hast du den Mord verübt?«

»Nein!«, sage ich. »Ich hab sie nicht umgebracht.«

»Jetzt habe ich dich erwischt!«, sagt Hauptmeister. »Die Falle ist zugeschnappt! Was? Woher hast du gewusst, dass der Tote eine Frau war?«

»Sie haben's gesagt!«, sage ich.

Hauptmeister dreht sich zu seinem Gorilla: »Habe ich's gesagt?«

»Ja, Herr Hauptkommissar«, sagt Brummla mit vollem Mund. Hinter seinem Rücken versucht er, eine angebissene Leberkässemmel zu verstecken.

»Na gut!«, brummt Hauptmeister. Er telefoniert mit dem Leiter der Strafanstalt, dann mit den Bullen, die mich nach München gefahren haben. Die Sonne muss ihm ziemlich zu schaffen machen. Trotzdem hängt an ihm ein dickes Jackett. Er holt einen kleinen Notizblock aus der Brusttasche und kritzelt darin herum. »Ein Einbrecher bist du also«, sagt er endlich. »Einen Tresor im Waisenheim geknackt, in dem du gelebt hast. Das ist doch ziemlich blöd, oder?«

Ich antworte nicht, obwohl ich damals, nach dem Einbruch vor einem Jahr, was Ähnliches zu meinem Freund Salami gesagt habe.

Der Hauptkommissar kratzt sich mit dem Kuli am Ohr, hat aber vergessen, die Mine einzufahren. Sein Ohr wird blau wie unser bayerischer Himmel. »Du bist schon seit über zwei Stunden in München«, sagt er. »Wo hast du dich rumgetrieben?«

»Ich war bei Meggie.«

»Meggie? Du warst bei einer Frau. Mit 16? Eine Prostituierte, was?«

»McDonald's.«

»Äh … das ist kein gutes Alibi.«

»Dann habe ich in einem Internetcafé gehockt.«

»Wir prüfen's nach!«, sagt der Hauptkommissar.

»Sie san blau, Herr Hauptkommissar!«, sagt Brummla.

»Na, was erlauben Sie sich, Herr Brummla? Ich trinke nie im Dienst!«

»Naa, i moan … Ihr Ohr is blau.«

»Wirklich? Blaues Ohr? Wo ist der Doktor?«

»Das ist nur Tinte«, sage ich. »Vom Kuli!«

»Tinte? Hat mich jemand mit Tinte beschmiert? Na, wenn ich den erwische …« Er dreht sich wieder zu mir. »Also, Junge, dir müssen wir keine Fingerabdrücke nehmen, die haben wir schon.«

Tja! Das Netz um mich zieht sich immer mehr zusammen. Vom Knast bin ich jetzt nur durch einen winzig kleinen Fingerabdruck getrennt, den Laura abzuwischen versäumte.

## Die drei Spatzen

Eins, zwei, drei … Hinter mir donnert der komische Hauptkommissar die Treppe hoch. »Schneller, Junge! Wir haben nicht so viel Zeit. Du gehst, als ob du die Stufen zählen würdest.« Mann? Kann er mir in den Schädel schauen?

Herr Samper und Laura warten oben auf uns im Wohnzimmer. Die Frau neben ihm ist wohl Frau Samper, Lauras Mutter? Nein! Kann nicht sein. Im Laden hat Laura doch gesagt, ihre Mutter ist in Paris. Diese da würde aber auch eine super Mutti abgeben. Eine echte Dame. Blass wie Bella, nachdem sie von Edward gebissen wurde. Trotzdem Laura etwas ähnlich. Ihre Tante? Ich stelle mich vor, auch bei Laura, ab jetzt kennen wir uns höchstoffiziell.

»Das ist Marta, die Schwester meiner Frau«, sagt Herr Samper und führt mich zu der blassen Dame. Na, also. Doch Tante! Als Detektiv wäre ich voll gut drauf.

»Mama ist in Paris bei einer Ausstellung«, sagt Laura.

»Warum musste gerade bei uns im Laden jemand ermordet werden?«, jammert mein neuer Boss.

Ich höre dem Gejammer aber nur mit einem halben Ohrläppchen zu. Eine Duftbrise bannt meine Aufmerksamkeit. Mein Magen kurbelt in meinem Bauch rum und macht Geräusche wie eine angeknackte Harddisc. Hunger!

»Marta hilft uns aus«, sagt Lauras Vater. »Wenn du unten im Laden arbeitest, nimmt Marta dich unter ihre Fittiche.« Ja, klar. Aber … was riecht hier so … krass duftig?

Tante packt mich sanft am Arm. »Du bist sicher hungrig?« Ich widerspreche nicht. Und los geht's! Aus dem Wohnzimmer raus, durch einen hellen Gang. Aha, Küche! Mein Riecher hat sich nicht geirrt. Eine krasse Leberknödelsuppe! Plötzlich sind mir Leichen und Morde wurscht. Nur noch die letzte Frage muss beantwortet werden: Wo ist der verdammte Löffel? Und schon halte ich einen in der Hand. Während ich mit der Suppe von Auge zu Fettauge rede, nimmt sich Schnurrbart im Wohnzimmer Laura und ihren Vater vor.

Leider kann ich meine Siesta nicht ganz genießen. Der verfressene Bodybuilder Brummla taucht in der Küche auf und schnuppert an meiner Suppe wie ein Hund am Osterschinken. Muss um den Teller schützend meine Hände legen, sonst saugt er mir die Suppe mit seinen Nüstern aus.

Marta schenkt auch ihm etwas Brühe ein. »I hab an Mordskohldampf«, sagt Brummla und mampft zufrieden. »Hättens a Stückerl Brot?«

Ich bin satt. Hmm … eine recht gemütlich eingerichtete Küche. Kein Kreuz, keine Heiligenbilder, nur Natur an den Wänden: ein Wald, ein afrikanisches Dorf. Auf der Fensterbank, zwischen zwei Blumentöpfen, liegt eine bunte CD-Hülle. Aber … das kann doch nicht wahr sein! Auch auf die Entfernung kann ich den Titel einigermaßen lesen. Wem gehört wohl die Hörbuch-CD?

»Da seid ihr!« Laura taucht in der Küche auf. »Papa ist jetzt mit einem Polizisten in den Laden gegangen. Marta, du sollst auch kommen. Vielleicht fällt dir etwas Ungewöhnliches auf. Die Mordwaffe ist ein Unkrautstecher.«

»Unkrautstecher?« Tante Marta wundert sich ziemlich. Ist ein Unkrautstecher nicht etwas ganz Normales in einem Blumenladen?

»Ja«, sagt Laura. »In einer Viertelstunde will Hauptkommissar Hauptmeister mit uns allen im Wohnzimmer reden.«

»Dann kannst du noch schnell Leon sein Zimmer zeigen«, sagt Marta. Irgendwie schaut sie anders aus als im Wohnzimmer … Jetzt weiß ich auch, warum. Kochschürze. Komisch, was eine Kochschürze aus einer Dame macht. Sie guckt zu meinen Füßen. »Leon! Hast du nur diesen Rucksack mit?«

»Ich brauche nicht viel.«

»Ein paar Kleider müssen wir dir aber schon besorgen.« Kleider? Meine Jeans hab ich doch an. Seit Jahren sind nicht so viele Frauen um mich rumgehüpft wie jetzt. Komme mir wie beim Zahnarzt vor. Zum Glück ist Lauras Mutter nicht da.

»Was verzapfst du da?«, fragt Laura. Hey! Hab ich das mit Lauras Mutter laut gesagt? Im Bau schmeißt du öfter laute Selbstgespräche. Laura führt mich auf den Dachboden.

»Nur keine Angst«, sagt Laura. »Mama ist streng, aber beißt nicht. Du kriegst bei ihr auch keine Sonderbehandlung. Sie ist zu allen streng, zu Papa, bei mir versucht sie das auch …« Aha! Versucht? Mannomann! Ist die Sherlocka aber eingebildet.

»Ihre Schwester … deine Tante scheint aber ziemlich nett zu sein«, sagc ich.

»Marta? Die spielt immer auf nett. Sie ist heimlich in meinen Vater verliebt.«

»Was?«

Laura bleibt vor einer Tür stehen: »Da ist unser Gästezimmer. Der Lehrling vor dir hat hier auch gewohnt.«

»Was ist aus ihm geworden?«

»Er wurde ermordet.«

»Echt?« Wohl schneide ich ein ziemlich blödes Gesicht.

Laura lacht wieder. »Nee!«, sagt sie. »Nur ein Scherz.« Mann! Die Hippe macht sich echt lustig über mich! Bin hier nicht ich für die Scherze zuständig? »Unser letzter Lehrling hat jetzt seinen eigenen Blumenladen«, fügt Laura hinzu. »Ach, da liegt noch das Buch, das er von mir ausgeliehen hat.« Laura hebt einen Band vom Nachttisch: Agatha Christie. *Mord im Orientexpress.*

»Auf der Fensterbank in der Küche liegt eine CD«, sage ich. »Deine?«

»Die ist sicher von Tante Marta«, sagt Laura. »Sie herrscht in der Küche, wenn Mama weg ist. Ich hole mir meine Musik direkt aufs iPhone. Hörst du noch CDs? Upps … konntest du im Gefängnis Musik hören?«

»Radio.« Klar habe ich im Bau ständig Musik-Clips bei You-Tube angeschaut, wenn ich die Computer dort am Laufen hielt, das wollte ich ihr aber nicht auf die Nase binden. Damit sie nicht auf den Gedanken kommt, ich bin das Supertalenthirn. Soll sie mich doch weiter ruhig für einen Idioten halten.

Sie dreht sich wieder zur Tür. »Komm! Wir sollten Haha nicht warten lassen.«

»Haha?«

»Na, ›H‹ und ›H‹ – Hauptkommissar Hauptmeister.«

»Ich …« Sie winkt ab und will nach unten laufen.

»Vielleicht solltest du das Buch hier liegen lassen«, sage ich.

»Warum denn?«

»Ist halt ein Krimi. Damit dein HaHa uns nicht auf die Schliche kommt. Dass wir Detektiv spielen.«

»Blödsinn!«, sagt sie. »Gegen den bist sogar du Einstein! Komm schon!« Manchmal möchte ein Mann zum Mörder werden. Ein solcher Mann trottet die Treppe runter, Laura nach. Fühle mich wegen ihrem Einstein-Spruch echt beleidigt. Auch wenn ich noch vor ein paar Sekunden den Idioten spielen wollte.

Im Wohnzimmer haben sich inzwischen wieder ein paar Leute versammelt: HaHa und Brummla sind da, Herr Samper und Marta und ein junger Mann um die 25, der wie ein Künstler aussieht … »Das ist mein Bruder René«, stellt ihn mir Laura vor. »René! Das ist Leon, unser neuer Lehrling.« Wir schütteln uns die Hände. Seine Hand ist rau, aber klein wie die einer Frau. Das ist also der Bruder-Poet. Der voll auf Gedichte abfährt. Wie ein Mörder sieht er nicht unbedingt aus, aber wenn jeder Mörder wie ein Mörder aussehen würde, gäbe es keine ungelösten Mordfälle, oder?

»Wir haben bei der Toten einen Zettel mit einem Gedicht gefunden«, sagt HaHa auch gleich. »Vielleicht sagt das jemandem von Ihnen etwas. Na ja, das Gedicht liest sich wie die Reimerei von einem Kindergartenkind, aber nicht jedem ist das Verseschmieden gegeben.« HaHa grinst, als hätte er selbst die Champions-Reim-League gewonnen.

»Da Herr Hauptkommissar schreibt Festgedichterl für unseren Radlverein«, klärt Brummla uns auf.

»Die sind aber schon etwas besser als dieses Reim-dich-oder-stirb-Machwerk des Mörders.« HaHa beginnt zu rezitieren:

***»Die drei Spatzen***
*In einem leeren Haselstrauch,*
*da sitzen drei Spatzen, Bauch an Bauch.*
*Der Erich rechts und links der Franz*
*und mittendrin der freche Hans.*
*Sie haben die Augen zu, ganz zu,*
*und obendrüber, da schneit es, hu!*
*Sie rücken zusammen dicht an dicht,*
*so warm wie Hans hat's niemand nicht.*
*Sie hör'n alle drei ihrer Herzlein Gepoch.*
*Wie lange sitzen sie hier noch?*
*Nicht mehr zu lange, Feder rot!*
*Der kleine Erich ist jetzt tot.*
*Drei Spatzen haben keine Wahl,*
*die Drei ist ihre Todeszahl.«*

Hohe Vortragskunst. Echt! Wie ein Poetry-Slammer hat HaHa das Gedicht performt. Sogar Tante Marta hat kurz vergessen, dass sie im Wohnzimmer ihres Schwagers sitzt: Sie hockt in einem Theater, will vor Begeisterung klatschen, lässt das aber im letzten Moment. Jetzt wacht sie auf. Sie guckt zu Lauras Vater. Ob's ihm auch gefallen hätte. Doch dieser hat nur halbherzig zugehört. Kaut an seinem Unglück. »Furchtbar, dieser Rhythmus, oder?«, sagt HaHa. »Das Gedicht eines Dilettanten. Auch grammatisch gründlich falsch: ›Niemand nicht‹ ist kein richtiges Deutsch. Vielleicht hat's ein Ausländer geschrieben?« Er schaut mich an.

»Meine Eltern kommen aus Altötting«, sage ich und füge hinzu, weil ich einfach nicht das Maul halten kann: »Das Gedicht ist von Christian Morgenstern!« Ich Trottel. Laura staunt. Das ist aber auch schon die einzige Belohnung für meine blöde Bildungsangeberei. Wenn sie nur wüsste, dass ich mir dieses Wissen vor einer Stunde angegoogelt habe.

»Wa… wa… wa… waas?« Plötzlich ist die Zunge von HaHa nicht mehr so flink. Seine Gedanken sind viel schneller: »Wo… wo… woher weißt du das?« Er packt mich am Arm. »Jetzt haben wir dich auf frischer Tat ertappt, wie?«

»Wieso?«

»Wer sonst würde das Gedicht kennen, wenn nicht der Mörder?«

»Ich kenne das Gedicht auch«, sagt Laura. »Nur im Original ist das Ende anders.« Aha! Sherlocka hat auch Recherchen betrieben. Und jetzt rettet sie mich gleich damit.

»Du vielleicht schon«, sagt HaHa, »du besuchst ein Gymnasium, aber einer aus dem Gefängnis? Der hat doch nie ein Buch gelesen. Sehr verdächtig ist das. Ich frage dich zum letzten Mal, Junge!«

»Leon!«, sage ich.

»Waas?«

»Ich heiße Leon.«

»Sei nicht frech! Also… hast du die Frau umgebracht? Hat

sie dich beim Griff in die Kasse erwischt und musste deshalb sterben?«

»Nee!«

KLINGELING! HaHa zieht ein altes Nokia aus der Tasche. »Hauptmeister Hauptkommissar ... äh ... nee ... Haup... Haupt... Hauptkommissar ... äh Hauptkommissar ... äh ...«

»Hauptkommissar Hauptmeister, Chef!«, hilft Brummla ihm etwas.

»Ja!«, sagt HaHa. »Hauptkommissar Hauptmeister am Appartement ... äh ... am Apparat!« Er läuft mit dem Handy am Ohr aus dem Wohnzimmer. Wir gucken uns an. Tante Marta seufzt und schaut wieder zu Lauras Vater. Lauras Bruder René schüttelt den Kopf. Er kommt mir ziemlich nervös vor. Vor allem frage ich mich aber, warum er HaHa nicht selbst aufgeklärt hat: Er muss doch wissen, dass das Gedicht von Morgenstern ist. Wenn er schon so ein Gedichte-Freak ist. Aha!

»Du hilfst jetzt ein paar Tage in unserem Garten aus, Leon«, sagt Herr Samper. »Den Laden lasse ich diese Woche geschlossen. Laura bringt dich morgen hin. Sie soll dort sowieso ihre Ferienbrigade anfangen. Fritz, unser Gärtner, zeigt euch, was zu tun ist. Heute hast du frei. Du kannst dir ein paar Sachen kaufen, die du brauchst. Ich gebe dir einen Vorschuss.«

»Danke!«, sage ich.

»Ich weiß nicht ... eine Tote? In unserem Laden? Sollen wir das Geschäft ganz schließen? Wie können wir hier jetzt Blumen verkaufen?«

Die Sherlocka kann nicht widerstehen: »Vielleicht spezialisieren wir uns auf Grabblumen«, sagt sie.

»Laura!«, sagt Marta. »Du sollst jetzt deinem Vater helfen!

Nicht dich über alles lustig machen … das ist so … unpassend.«

»Entschuldigung!«

»Ihr könnt auch bei mir mal vorbeikommen«, sagt René. »Ich bräuchte etwas Hilfe in meinem Garten.«

»René hat Mamas Gemüsegarten bekommen«, klärt mich Laura auf.

»Meine Frau will sich nur mit ihren Tulpen beschäftigen«, sagt Lauras Vater.

»Tulpen?« Ich sehe vermutlich wieder mal ziemlich verdutzt aus. Aber auch mein neuer Boss scheint sich über das Hobby seiner Frau nicht besonders zu freuen. Ein Unglücksrabe!

»Mama ist eine bekannte Tulpensammlerin«, sagt Laura. »Den Gemüsegarten hat sie von unserem Opa geerbt, wollte ihn aber schon immer loswerden.«

»Jetzt kümmere ich mich darum«, sagt René. »Gemüse! Pfff! …«

Lauras Vater räuspert sich, kann aber nichts mehr sagen. HaHa stürmt wieder das Wohnzimmer. Das Handy nicht mehr in der Hand.

»Ihr zwei verheimlicht etwas vor mir«, sagt er zu Laura und mir. Wie nah er an der Wahrheit ist. »Wenn ich das herausbekomme, wanderst du sofort ins Gefängnis, Junge! Du bist nur auf Bewährung raus.«

»Warum müssen Sie dem Jungen ständig Angst machen?«, fragt Marta. »Sie sollten den Mörder suchen und nicht einen unschuldigen 16-Jährigen verfolgen.«

»Iiiich?« HaHa hüpft vor Aufregung. »Er lügt! Ich sehe das an seinen Augen. Guck mir in die Augen, Leon! Lügst du?«

»Nein!«, sage ich. HaHa glotzt Laura an.

»Nein!«, ruft sie.

HaHas Zeigefinger fliegt in Lauras und meine Richtung wie ein Speer: »Die beiden werfen sich ständig Blicke zu!« Hat er recht damit? Ist mir gar nicht aufgefallen.

»Hören Sie jetzt auf damit!«, sagt Lauras Vater und strafft endlich seinen Rücken. Als ob die Last des Mordes in seinem Laden von ihm plötzlich abgefallen wäre. »Leon wurde uns von der Gefängnisleitung im Rahmen eines Resozialisierungsprogramms empfohlen.«

»Die beiden sind die einzigen Teenies hier«, sagt Marta. »Oder wollen Sie, dass Laura Ihnen ihre Blicke zuwirft?«

HaHa entrüstet: »Aber erlauben Sie!«

»Tante!«, sagt Laura.

»Ich kann auch dumme Witze machen!«, sagt Marta trotzig und guckt wieder mal Lauras Vater an. Zum ersten Mal lächelt er ihr zu. Ich sehe alles.

Mein Boss redet weiter: »Leon hat sich im Gefängnis vorbildlich verhalten, er hat sich dort um das gesamte Computernetzwerk gekümmert.«

»Waas?«, fragt Laura. »Das hast du mir nicht gesagt.« Schade, jetzt gelte ich nicht mehr als Vollidiot, nur als Idiot.

»Bald stürzt das Lügengebäude zusammen!«, kreischt HaHa und stürmt aus dem Zimmer. Brummla hinter ihm her, mit einem gezückten Twix-Riegel in der Hand. Während wir uns noch verdutzt angucken, laufen die beiden noch einmal rein. HaHa wieder ganz cremig – die Ruhe selbst.

»Morgen müssen Sie sich die Leiche bei der Gerichtsmedizin anschauen. Und uns sagen, ob Sie sie kennen.«

»Ich auch?«, frage ich. »Woher soll ich die kennen? Aus dem Knast?«

»Sei nicht frech!«, sagt Brummla.

HaHa schüttelt den Kopf. »Leon muss nicht.«

»Ich habe sie schon gesehen«, sagt Laura. »Ich kenne sie nicht. Muss ich sie noch einmal angucken?«

»Du auch nicht!« HaHa dreht sich zu ihrem Vater. »Haben Sie schon mal den Namen Friederike Schnippköter gehört?«

»So heißt sie?«

»Ja!«

»Hmm … Nie gehört! Ist ja ein ausgefallener Name.«

»Das stimmt!«, sagt HaHa. »Manche Leute haben komische Namen, oder?«

»Sollte mir etwas einfallen, melde ich mich bei Ihnen.«

»Ich bitte darum.« HaHa guckt Tante Marta und Lauras Bruder René an. Sie schütteln den Kopf. So nimmt HaHa sich wieder Lauras Vater vor: »Wo ist eigentlich Ihre Frau?«

»In Paris. Bei einer Tulpenausstellung.«

»Tulpenausstellung? Was tut eigentlich die schwarze Tulpe in Paris?«

»Wie bitte?«

»Äh … auf der Toten?«

»Ich weiß nicht«, sagt Lauras Vater. »Ich mag Tulpen nicht besonders.«

HaHa lacht plötzlich: »Ein Blumenhändler, der keine Tulpen mag?«

»Es gibt Hundebesitzer, die keine Schäferhunde mögen …«

»Waas … ach so … gut gesagt. Ihre … Ihre Frau mag aber Tulpen. Wenn sie auf einer Tulpenausstellung ist.«

»Ja!«, sagt Lauras Vater. »Meine Frau liebt Tulpen.«

»Aha! Kann ich Ihre Frau anrufen?« HaHa bekommt die Nummer und läuft wieder mal aus dem Zimmer. Ein paar Minuten herrscht nahezu Stille im Raum. Bis auf Brummlas lautes Schmatzen. Er steht am Fenster, mit dem Rücken zu uns gedreht. Auch wenn er nicht schmatzte, würden seine schlackernden Ohren verraten, dass er sich einen Happen reinzieht. Was genau, sehe ich nicht. Erst als HaHa wieder ins Zimmer rauscht, lässt Brummla die Reste in seiner Jackentasche verschwinden. »Ihre Frau kennt die Ermordete auch nicht«, sagt HaHa. »Sie kehrt am Freitag in der Nacht zurück. Am Montag muss sie zu mir ins Kommissariat kommen. Dann vernehme ich sie ordentlich. Wir haben sowieso schon ein paar Neuigkeiten über Frau Schnippköter herausbekommen und müssen diesen nachgehen.« HaHa kratzt sich am Kopf. »Haben Sie eine Idee, warum man gerade in Ihrem Geschäft eine Frau ermordet haben könnte?«

»Nein!«

»Haben Sie Feinde?«

»Nein!«

»Das stimmt nicht ganz, André«, sagt Tante Marta. »Du bist mit deinem Bruder arg zerstritten.«

»Marta!«

Marta schüttelt den Kopf. »Das stimmt doch! Josef würde dir sicher eine Leiche an den Hals wünschen. Wenn nicht gar den Tod selbst.«

HaHa wackelt plötzlich vor lauter Aufregung mit den Ohren. Holla! Ein unversöhnlicher Streit zwischen zwei Brüdern? Im Haus eine schöne tote Frau. Fleißig kritzelt HaHa in sein Notizbuch. »Josef Samper heißt Ihr Bruder?«

»Ja, aber …«

»Ich rede mit ihm. Und mit Ihnen auch. Morgen in meinem Büro. Dort haben wir Ruhe, und Sie erzählen mir, warum Sie zerstritten sind. Haben Sie die Frau wirklich nicht gekannt? Na, was?«

Laura glotzt HaHa an und dann ihren Vater. Sicher hat sie gerade HaHas Gedanken gelesen: »Waren die zwei Brüder am Ende wegen der Toten zerstritten? Waren diese Samper in Friederike verliebt und der andere hat sie aus Eifersucht ermordet? Im Laden seines Bruders, um auf ihn den Verdacht zu lenken?« Nur die Überlegungen eines Polizisten. Laura runzelt die Stirn. Ihre Gedanken kreisen um ihren Kopf wie ein Heiligenschein.

Mein Boss räuspert sich. »Aber …«

»Nix aber! Morgen um 9 Uhr. Hier ist die Adresse.« HaHa gibt jedem von uns seine Visitenkarte. »Sollte Ihnen noch etwas einfallen, dann bitte sofort anrufen.« Er winkt Brummla zu sich und dreht sich wieder zum Abgang.

»Jetzt sind nur noch zwei Spatzen übrig«, sagt Laura in seinen Rücken.

HaHa bleibt stehen. Zu einer Schaufensterpuppe erstarrt. Nur die Klamotten an dieser Puppe sind keine schicken modischen Stücke. Der graue Anzug dreht sich um. Die Schaufensterpuppe trägt einen Schnauzer. Auf HaHas Stirn ist ein großes Fragezeichen aufgezogen. »Was willst du damit sagen?«

»Im Gedicht ist doch die Rede von drei Spatzen. Einer von ihnen ist tot, zwei bleiben übrig. Vielleicht sollten Sie nach den restlichen zwei Spatzen suchen. Bevor sie ermordet werden.«

»Haha!«, lacht HaHa, jetzt passend zu seinem Namen und

klopft Lauras Vater auf die Schulter. »Sie sollten Ihrer Tochter die Lektüre von Kriminalromanen verbieten.« Er kommt zu Laura und nimmt ihr das Agatha-Christie-Buch aus der Hand. »Mädchen, Mädchen! Wir sind hier nicht bei Agatha Christie. Die meisten Mörder sind Idioten. Die planen keine Mordserie. Nach Gedichten wird nur in einem Roman gemordet. Glaub mir!«

»Sie hat recht«, sage ich. Mann! Warum kannst du dein Maul nicht halten?

HaHa klopft mit dem Zeigefinger gegen meine Brust und wird plötzlich ganz ernst. »Das hier ist ein richtiger Mord, Leute. Das echte Leben … äh … nicht das echte Leben … der echte Tod … äh … egal! Eine harte Tatsache.« Sein Zeigefinger schlägt einen Metal-Beat in meine Rippentrommel. Endlich hebt er den Zeigefinger von meiner Brust hoch. »Wenn sich einer von euch beiden in die Ermittlungen einmischt oder sie sogar behindert, zieht das Konsequenzen nach sich. Nur ein kleiner Fehler von dir, Leon, und du bist sofort wieder in der Jugendstrafanstalt. Dafür sorge ich. Passt also auf!«

»Mir ist doch etwas aufgefallen«, murmelt Lauras Vater. HaHa und Brummla drehen sich zu ihm. »Die Mordwaffe …«

»Ja?«

»Der Unkrautstecher stammt nicht aus unserem Laden. Solche großen Stecher benutzt man in einem Garten und nicht in einem Blumengeschäft.« Lauras Bruder René geht zum Fenster, wo vorhin Brummla kaute, und macht es auf. Nur ich schaue zu ihm.

»Oukaj!«, sagt HaHa. »Das ist wichtig.« Brummla nickt fleißig mit dem Kopf. Und weg sind die beiden.

Laura starrt ihnen nach. Zu der geschlossenen Tür sagt sie:

»Die ersten Tulpen wuchsen auf den Hängen des Pamirgebirges und waren rot wie Blut.«

Ihr Vater umarmt sie. »Lo«, flüstert er sanft. »Es gibt schönere Blumen als Tulpen.« Sein Gesicht weiter wie ein Trauerzug. Wohl geht's ihm zu tief unter die Haut. Wie soll es aber anders sein, wenn heute in seinem Haus eine schöne Frau ermordet wurde?

Marta hebt eine Papiertüte vom Tisch. »Herr Brummla hat hier seine Rohrnudel liegen lassen. Kannst du ihm seinen Nachtisch bringen, Leon?«

Ich laufe die Treppe runter. Brummla treffe ich am Ausgang. Er lächelt die Papiertüte mit der Rohrnudel an wie seinen verlorenen Sohn und legt sich den Finger an die Lippen: »Psst! Wart kurz! Da Herr Hauptkommissar wui no mit dir redn!« HaHa steht ein paar Meter weiter und telefoniert wieder. Der Typ sollte sich echt ein neues Handy besorgen.

Brummla holt die Rohrnudel aus der Tüte und beißt liebevoll zu. Seine Augen schielen dabei nach seinem Chef. Pflaumenmarmelade läuft Brummla das Kinn runter. Seine Blicke danken dem blauen Himmel dafür, dass es Pflaumen und Weizen und Bäckereien gibt. Endlich! HaHa steckt das Handy in seine Tasche, er winkt mich zu sich. »Vorläufig hast Glück«, sagt er. »Dein Psychologe im Gefängnis, Lutz Breuer, hat mich angerufen. Er hat mir erzählt, du hast dich neben den Computern auch um die Gefängnisbibliothek gekümmert und alles gelesen, was du in die Finger bekommen hast. Deswegen kennst du auch das Gedicht. Junge, Junge! Du sollst ein richtiger Intelligenzler sein. Die Intelligenzler sind immer frech, oder? Bist du frech? Gib's zu!«

»Bitte, erzählen Sie das mit der Bibliothek nicht hier im Haus.«

»Warum willst du, dass dich die Leute für blöd halten?«

»Kennen Sie den Spruch nicht? Wer seine Glorie kennt und dennoch in Schande weilt, der ist das Vorbild der Welt.«

»Von wem ist das? Von Brüderle?«

»Von Laotse!«

»Der ist gut! Herr Brummla! Kennen Sie das mit der Glorie? Was essen Sie da schon wieder?« Er dreht sich zu mir. »Ich habe das Gefühl, du hältst mich für blöd. Deswegen kommst du mir mit Sprüchen! Aber merk dir eins. Erstens ist nicht immer alles, wie es scheint, und zweitens: Nur weil du lesen und mit Computern umgehen kannst, bist du nicht weniger verdächtig für mich. Du bist vorbestraft, ein subversives Subjekt – und wenn ich herausfinde, dass du etwas mit dem Mord zu tun hast, bist du schneller im Bau, als du »Morgenstern« sagen kannst.

Hör mir gut zu, Junge. Du hast bei mir zehn Punkte frei. Wie in Flensburg. Du verbrauchst sie und schwuppepuppe … äh …«

»Schwuppdiwupp!«

»Jawohl! Schwuppipuppi … äh … egal! Du verbrauchst die Punkte und schwupp! Der Führerschein ist weg!«

»Des hams jetz aber schee xagt, Herr Hauptkommissar!«, sagt Brummla.

HaHa lächelt zufrieden. »Alsooo … wegen des Gedichts habe ich dir schon einen Punkt verpasst. Mit noch neun weiteren Punkten wanderst du wieder ins Gefängnis.«

»Sie haben doch von Lutz erfahren, dass ich das Gedicht aus der Bibliothek kennen konnte. Sollten Sie den ersten Punkt also nicht wieder löschen? Den Sie mir gegeben haben?«

HaHa lacht. »Nein, nix streichen, der Punkt bleibt hier schön eingetragen.« Er klopft sich auf die Tasche. »Der ist so eine Art

Versicherung, verstehst du? Den wirst du dir schon verdienen.« Gut gelaunt dreht er sich wieder um und brummt dabei. »Ein guter Satz, ein guter Satz mit der Glorie, vielleicht sollte ich mich auch ein bissl blöd stellen.« Er eilt seinem Hiwi Brummla nach, der gerade eine Metzgerei am Ende der Straße ansteuert.

Ich wieder HOPP, HOPP nach oben. Erster Stock ... aha, die Küchentür ist offen. Ich spähe hinein. Um nach der CD von Tante Marta zu schauen. Um sicherzugehen. Ob ich den Titel auch richtig gelesen habe. Auf der Fensterbank stehen immer noch zwei Blumentöpfe. Mit Tulpen darin. Rote Tulpen. Eine rote Tulpe links, eine rote Tulpe rechts. Die Fensterbank zwischen den Tulpen ist jetzt leer. Die CD ist weg. Ich weiß aber, dass ich den Titel auf dem Cover richtig gelesen habe: *Lustige Gedichte* von Christian Morgenstern.

## Blumenbeete bei Facebook

In meinem Zimmer unterm Dach überlege ich zuerst, wie ich meine neue Wohnung verschönern könnte. Vielleicht die Wände mit nackten Weibern aus Playboy vollkleben? Damit mein neuer Boss und seine Tochter Laura sofort wissen, mit wem sie's zu tun haben. Mit einem echten Knacki! Sie hält mich sowieso für einen asozialen Idioten. Soll ich Laura von meinem Verdacht gegen ihren Bruder und ihre Tante was sagen? Besser nicht, sonst wird sie sicher sauer, so autoritär wie sie ist. Erst wenn etwas mehr Beweise zusammenkommen.

Ich lege mich hin und starre Löcher in die Decke. Vielleicht sollte ich doch ins Waisenheim fahren. Mit Martin reden. Ihm erzählen, was im Heim damals mit Salami und mir abgegangen ist. Irgendwann muss man sich seiner Vergangenheit stellen, oder? Außerdem könnte ich ihn um Rat fragen ... KLOPF, KLOPF, KLOPF. »Ruhe!«, will ich schreien, sage aber nur: »Herein!«

Klar ist's die Sherlocka höchstpersönlich. Wer sonst? Sie hat sich ein frisches T-Shirt angezogen, rosa mit großer Sonnenblume vorne, von der etliche Jungs im Knast sicher gern die Kerne abknabbern würden. Von mir aus kann sie sich eine Flasche Sonnenblumenöl auf ihr T-Shirt drucken lassen. Mir doch egal! Auch dass sie unter dem T-Shirt keinen BH trägt, interessiert mich überhaupt nicht. Echt!

»Ja hör mal«, sagt sie. »Ich versuche, deinen Kopf zu retten, und du liegst hier nur faul rum.«

»In Deutschland wurde die Todesstrafe abgeschafft«, sage ich. »Kopf bleibt dran.«

»Das macht bei dir keinen großen Unterschied«, murmelt sie, aber ich höre alles. Sie packt mich an der Hand. »Hopp!« Mannomann! Sie zerrt mich echt aus dem Bett. So ein stressiges Perlhuhn habe ich noch nie getroffen. Würde mal ein Mann so was heiraten? Die arme Sau tut mir schon jetzt leid.

Ich stehe auf und schüttele sie ab. »Warte!« Wo ist mein Rucksack? Ach, hier. Ich ziehe mein Notebook raus. Das Ding hab ich von der Gefängnisleitung bekommen. Als Belohnung für die Wartung der Knastrechner. Laura macht auf mich Augen wie das Rotkäppchen auf den Wolf. »Schauen wir mal, was wir rauskriegen können«, sage ich cremig. »Gibt's bei euch WLAN?«

»Ist das ein Notebook?«

»Nee!«, sage ich. »Ein Herzschrittmacher!«

»Wirklich? Bist du herzkrank?« Mann! Und diese müde Synapse lacht über mein langsames Denken!

Ich fahre den Samsung hoch. »Doch ein Notebook«, sagt sie enttäuscht und diktiert mir das Passwort von ihrem WLAN.

»Ich habe nachgedacht«, sage ich.

Sie kichert. Diese junge Miss Marple ist echt nicht auszuhalten. Na gut! Soll sie doch allein denken. Ich schmolleee! Sie guckt mir über die Schulter. Ihr Atem streichelt mein Ohr. Plötzlich wird ihr Atem ganz fest. Nee! Das ist nicht mehr ihr Atem. Das ist ihre Brust an meine Schulter gepresst. Wenn sie weiter Druck macht, krieche ich unter den Tisch. »Na, sag schon!«, flüstert sie mir ins rechte Ohr. »Du hast nachgedacht. Was ist dir eingefallen?«

Ich höre auf zu schmollen, drehe mich wieder um. Sie macht auf Abstand und hockt sich auf mein Bett.

»Keiner hier würde die schöne Friederike im Laden umbringen, oder?«, sage ich. »Und schon überhaupt nicht die Leiche so zur Schau stellen: Auf einem Tisch mitten in Blumen, mit einer schwarzen Tulpe auf der Brust, einem Zettel mit Gedicht ... Das wäre doch bescheuert, so die Aufmerksamkeit auf das eigene Haus zu lenken, auf die eigene Familie.« Wohl will ich mich jetzt selbst überzeugen, dass dem so ist.

»Ja, und?«

»Also dein Vater, deine Tante und ... und du ... ihr fallt schon mal als Verdächtige aus.«

»Das will ich auch meinen! Glaubst du etwa, ich könnte jemanden umbringen?«

»Warum denn nicht?«, sage ich. »Kräftig genug bist du. Sogar mit Knarren kannst du umgehen. Liest ständig Krimis und bist davon schon ziemlich verroht ...«

»Ich? Verroht?« Sie schaut mich entrüstet an. »Und das sagt mir ein Knacki?« Jetzt hab ich dich am Haken, was?

»Nur ein Scherz«, sage ich. »Wenn deine Mutter nicht weg wäre, würde ich denken, jemand möchte den Verdacht auf sie lenken. Wo sie sich doch selbst mit Tulpen beschäftigt.«

»Warte!«, ruft sie plötzlich. »Du hast recht. Mama und ihre Tulpen. Aber ... Mama ist in Paris!«

»Sage ich doch. Du scheinst dich mit Tulpen aber auch auszukennen. Was könnte die schwarze Tulpe bedeuten?«

Laura guckt mir in die Augen. Ich mag Augengucker. Im Augengucken ist sie echt begabt. Ich auch. Sie flüstert: »Rote Tulpen galten in Persien als Symbol für unsterbliche Liebe.«

»Uu… uuund … uund …« Verdammt! Warum stottere ich plötzlich? Fremde Augen machen mich doch schon seit Langem nicht nervös. »Und die schwarzen?«

»Kennst du das Buch von Alexandre Dumas nicht? *Die schwarze Tulpe*? Entschuldige! Das kannst du gar nicht kennen. Du …«

Wohl wollte sie mir wieder mal was »Nettes« sagen, verschluckt es aber. Mir wurscht. Rein zufällig hatte ich *Die schwarze Tulpe* gelesen. Schon im Kinderheim. Sage aber nichts. Lasse Sherlocka selbst erzählen: »Im 17. Jahrhundert wird in Holland ein Preis ausgeschrieben. Wer züchtet zuerst eine schwarze Tulpe? Cornelius, einem jungen Blumenhändler, gelingt es fast, er wird aber eingesperrt.« Sie guckt mir wieder in die Augen. »So wie … so wie du«, sagt sie. Ich bin sprachlos. Zum Glück redet sie weiter. »Rosa ist die Tochter seines Kerkermeisters. Die beiden verlieben sich. Rosa rettet Cornelius.«

Hey! Spielt Laura auf uns an? Sie ist aber nicht die Tochter meines Kerkermeisters, oder? Plötzlich unterbricht sie brutal mein Kopfkino und setzt dem Quatsch die Krone auf:

»In der Geschichte über Rosa und Cornelius steht die schwarze Tulpe als Symbol für den guten Ausgang einer Liebesgeschichte.«

»Und in unserer Geschichte steht die schwarze Tulpe als Symbol für einen Mord.«

»C'est la vie.«

»Sela wie? Wie … was? Was meinst du?«

»Idiot!«

Womit wir wieder bei meiner wahren Natur angelangt wären. Logisch weiß ich, was ›C'est la vie‹ bedeutet. So etwas wie ›Du kannst mich mal, Madame!‹, oder?

»Wer könnte also der Mörder sein?«, frage ich.

»Na, der Gärtner!«, sagt sie mit einer ganz ernsten Miene. »Wer sonst?«

Was erzählt sie da? Der Mörder ist der Gärtner? Himmel noch mal! Ist sie echt so blöd, um an solche Sprüche aus den Krimis zu glauben? Nein! Sie lacht. Die Schnecke macht sich wieder mal lustig über mich. Ja, sag mal!

»Aber ein Gärtner als Mörder wäre gar nicht so unwahrscheinlich. Bei einem Unkrautstecher als Mordwaffe. Mein Papa hat einen Gärtner, den Fritz. Im Garten von Onkel Josef arbeitet auch ein junger Mann. Claudin! Der ist unheimlich! Dürr, lang, sieht vollkommen verrückt aus. Wie aus einem Horrorfilm. Ich kenne ihn nicht gut. Habe ihn aber mal abgeblitzt. Schau!« Sie klickt an ihrem iPhone rum und zeigt mir ein Foto.

»Der sieht doch voll lustig aus«, sage ich.

Sie schüttelt den Kopf. An ihrer Stirn geht ein kleines Erdbeben ab, mit ein paar tiefen Furchen als Folge. »Die Stadt ist voll von Gärtnern und Leuten, die sich mit Blumen beschäftigen«, sagt sie. »Wir brauchen das Motiv. Wenn wir wissen, warum man Friederike umgebracht hat, kennen wir auch den Mörder. Und dazu müssen wir mehr über sie in Erfahrung bringen.«

Ich grinse. Ach je … voll auf Krimis, das Mädchen – wie ein Junkie auf Koks. Doch ihr Blick ist fest und scharf wie … äh … wie ein Unkrautstecher. Will sie mich für mein Grinsen bestrafen? Hey, Mädchen! Diesen Augenkampf wirst du nicht gewinnen! Ich kann Leuten stundenlang in die Augen starren. Eine Minute, zwei Minuten! Die Blickbrücke zwischen unseren Augen schaukelt immer mehr. Drei Minuten … komisch! Obwohl ich ein so großer Augenkämpfer bin, möchte ich von unserer Brücke ins Wasser darunter fallen und schnell abtauchen. Sie wird ganz rot im Gesicht, zuckt aber nicht weg mit ihren Augen, groß wie Reiberdatschis. »Leon!«, sagt sie. »Du bist ganz rot geworden.« Gibt's doch nicht, oder? Der Dieb schreit: »Haltet den Dieb!« Ach, was soll der Stress! Muss nicht aus jedem Augenkampf als Sieger hervorgehen. Der Klügere gibt nach, oder? Ich lasse Sherlocka die Von-Aug-zu-Aug-Schlacht gewinnen und gucke mir besser ihre Chucks an.

Laura kichert. »Was ist an meinen Schuhen so interessant?«

»Waas? Nichts, nichts!« Besser schaue ich wieder hoch. Sie redet.

»Also der Claudin … der arbeitet schon länger bei meinem Onkel. Papa und Onkel Josef sind seit Jahren zerstritten. Wir haben keinen Kontakt mehr.«

»Wieso sind sie zerstritten?«, frage ich. Könnte es wirklich sein, dass Lauras Vater und sein Bruder in Friederike verliebt waren? In eine fast 30 Jahre jüngere Frau? Nee! Irgendwie kann ich mir Lauras Papa nicht als einen solchen Casanova vorstellen. »Der Schein trügt«, hat aber meine Mama gemeint, als ich sagte, dass ihre Suppe gar nicht wie Suppe aussah.

Laura seufzt. »Warum die beiden nicht mehr miteinander reden, wissen nur Papa und Onkel Josef. Wenn wir danach fragen, wird Papa wütend, schlägt die Tür hinter sich zu und läuft davon.«

»Hmm.« Eine Familie voller Geheimnisse. »Der Mörder muss ein Fremder sein!«, sage ich. »Und hat mit euch gar nichts zu tun.«

»Das glaube ich auch!«, sagt Laura. »Warum dann aber dieses ganze Arrangement gerade in unserem Laden? Die Tulpe, der Unkrautstecher, das Gedicht … das alles hängt doch zusammen, oder? Ich tippe auf Claudin! Er liebt Onkel Josef abgöttisch. Weil mein Onkel ihn bei sich aufgenommen hat. Claudin ist wirklich nicht ganz dicht im Kopf. Vielleicht wollte er sich wegen Josef an meinem Vater rächen. Wusstest du, dass die Gärtner im Topkapi-Palast in Istanbul für den Sultan auch den Scharfrichter spielen mussten? Sie nähten verurteilte Frauen in Säcke mit schweren Steinen und warfen sie in den Bosporus.«

»Sauber!«, sage ich. »Das ist aber schon lange her, oder?«

»500 Jahre.«

»Bin echt erleichtert«, sage ich. »Übrigens ist dein Bruder René auch ein Gärtner. Ein Gemüsegärtner.«

»Na und?«

»Der könnte doch auch der Mörder sein.«

»So ein Quark!«, sagt Laura. »René könnte nicht einmal einer Fliege etwas zuleide tun. Er schwebt nur in seinen Gedichten.«

»Eben!«, sage ich. »Wir suchen nach einem Dichter.«

»Hör auf mit dem Blödsinn«, sagt sie. »Außerdem ist René auch nicht mein Bruder, sondern mein Halbbruder. Der Sohn der ersten Frau von Papa. Sie ist gestorben. Als René acht Jahre alt war.«

Tja … wenn sie schon bei einem Verdacht auf ihren Halbbruder so reagiert, würde ihr das mit der Morgenstern-CD und ihrer Tante auch nicht gefallen. Das lasse ich besser aus. Eine kleine Spitze kann ich mir aber schon erlauben, oder? Ich gucke wieder in ihre krassen Sonnenblumenaugen und seufze. »Dann suchen wir halt nach unserem Wunschmörder!«

»Vollidiot!«, sagt sie.

Na gut! Dann rede ich besser mit meinem Rechner. Der ist zumindest gut zu mir. Nicht immer, aber öfter als die Sherlocka auf jeden. Ich breche den Augenkotakt ab, packe meinen Blick gut ein und drehe mich um. Im Rücken höre ich, wie sie von meinem Bett aufsteht und näher kommt. Schon wieder! Immer näher. Bis sie mit ihren Brüsten meine Schulterblätter berührt. Mann! Mädchen! Hör auf damit! Das letzte Jahr habe ich Frauen nur in der Glotze gesehen, nicht so auf Tuchfühlung an mir gehabt. Meine Hände liegen auf der Tastatur. Die bunten Fenster von Windows 8 blinzeln uns schon seit ein paar Minuten zu: »Komm, drück mich, klick mich!« Also wollen wir mal. Hey! Und was macht Laura? Sie lehnt sich jetzt voll auf meine Schulter und streckt den Kopf vor, als wollte sie den Bildschirm küssen. Ganz schön neugierig, die Frau. Ich rufe Mozilla auf und drücke STRG-SHIFT-P.

»Was ist das?«

»Der Privat-Modus«, sage ich. »Kennst du das nicht? Das verwenden die Kids im Kindergarten, damit ihre Eltern nicht sehen, dass sie Pornoseiten besucht haben. Im Privat-Modus erzeugst du keine Surfspuren. Kann sein, HaHa nimmt sich mein Notebook vor. Er soll nicht gleich entdecken, was ich mir im Internet angesehen habe.«

»Und was suchst du?«, fragt sie.

»Ich google nach ›Friederike Schnippköter‹.«

»Sicher wird's viele geben.« Doch wenn ich den Namen bei Google in Anführungsstrichen tippe, scheint es nicht so zu sein.

»Nee, nur eine gibt es«, sage ich. »Und die hat eine öffentliche Facebookseite. Guck! Ist das die Tote?« Ich zeige auf Friederikes Profilbild.

»Yepp!«, kommt es von meiner Schulter so laut, dass sich mein Ohr einrollt. Klar ist das unsere Leiche. Nur viel schöner auf ihrem Facebookfoto als tot. Wer konnte überhaupt so viel Schönheit aus der Welt schaffen. Ein mieses Schwein!

Laura zischt, jetzt zum Glück leise. »Tsss … waas? Das da ist ihre Seite?«

»Ja! Krass, oder?«

»Wahnsinn! Das hätte ich nie erwartet!«

»Ich auch nicht!« Und ist das keine Überraschung? Das Titelbild von Friederikes Facebookseite zeigt ein großes buntes Tulpenfeld. Tulpe neben Tulpe, lauter bunte Tulpenköpfe – eine riesige Landebahn für Bienen. Ich klicke das Bild groß. Nicht schlecht! Wir staunen. Sogar ich, der Blumenhasser.

»Tulpen über Tulpen«, sagt Laura. »Wie Sand am Meer!« Friederikes Facebookseite heißt *Tulpenbeet*. Bingo! Eine leidenschaftliche Tulpensammlerin war die Schöne. Bis ihr der Mörder einen dünnen Unkrautstecher aus Stahl in die Brust stieß.

»Langsam gehen mir die Tulpen echt auf den …« Ich breche den Satz ab. Bin nicht mehr im Knast und rede nicht mit Salami, sondern mit einer gebildeten Dame.

»Vielleicht kennt Mama die Frau«, sagt Laura. »Wo sich beide so für Tulpen interessieren …«

Sie schiebt meinen Finger vom Touchpad weg – hey! Ganz schön frech – und scrollt durch Friederikes Chronik. Die Schöne hat jeden Tag mindestens einmal etwas gepostet. Meistens Tulpenbilder, Gedichte, in denen Tulpen vorkommen, kleine Tulpengeschichten … »Siehst du?«, fragt Laura. »Vor drei Jahren, von Ende Mai bis Anfang Juni, steht kein einziger Eintrag. Vor genau drei Jahren!«

»Warum hat sie da nichts gepostet?«

»Vielleicht war sie krank? Oder im Urlaub?«

»Kann sein«, sage ich. »Muss ein wichtiger Grund gewesen sein. Die FB-Junkies lassen normalerweise keine zwei Wochen Facebook aus. Nicht mal, wenn sie im Urlaub sind. Viele Nachrichten hat sie, die auch fleißig kommentiert werden. Komischerweise meistens von Männern. 687 Likes.«

Laura seufzt. »Super! Damit haben wir gleich 687 Verdächtige!«

»Kannst du die ganzen Männer ohne mich besuchen?«

»Das überlassen wir HaHa«, sagt Laura und ich quieke vor Erleichterung. Das wären mehr Männer als im Knast. Auf die habe ich jetzt echt keine Lust. Laura reibt weiter mit ihren Brustspitzen meine Schulterblätter. Ihr Atem duftet mild nach Erdbeeren. Wohl hat sie vorhin den Kühlschrank geplündert. Plötzlich schlägt sie mit ihrem Pfötchen sanft auf den Tisch. »Das hat HaHa mit ›ein paar Neuigkeiten über Frau Schnippkötter‹ gemeint. Die Polizei hat ihre Facebookseite entdeckt und gesehen, dass sie von männlichen Fans umschwärmt wird.«

»Wurde!«, sage ich. »687 Fans! Nicht schlecht für Tulpen. Wo Tulpen nicht ganz so berühmt sind. Wie Gangsta-Rapper zum Beispiel. Oder Supertalents.«

Laura hockt sich wieder auf mein Sofa. Ich lasse die Finger von der Tastatur und gucke sie an. Sie denkt nach. Ihre Gedanken hinterlassen Spuren an ihrer Stirn. Wenn ich Winnetou wäre, würde ich den Spuren folgen. Bin ich aber nicht.

»Drei Jahre!«, murmelt sie. »Vor drei Jahren hat sie auf ihrer Fanseite eine Friedhofsruhe einkehren lassen.«

»Vielleicht ist es ein Zufall.«

Laura schüttelt die Gedanken an Friederikes facebookfreie Tage ab und zuckt mit der Schulter. »Du hast schon recht. Zufälle passieren. Muss nichts von Bedeutung sein. Viele Freundinnen von mir sind Tag und Nacht bei FB und melden sich plötzlich für ein paar Tage ganz ab. Leider steht hier als Wohnort nur München, ihr Name und dass sie für die Seite verantwortlich ist. Kannst du nach ihrem Privatprofil suchen?«

»Keine öffentliche Information. Wenn sie nicht tot wäre, könnte ich ihr eine Freundschaftsanfrage schicken.«

Laura seufzt. »Vielleicht finden wir sie im Telefonbuch.«

»Das haben wir gleich! Ich könnte Friederikes Privatprofil hacken.«

»Du kannst hacken?«

»Klar! Das würde aber zu viel Zeit kosten. Hmm … etliche Bilder auf Friederikes FB-Seite sind mit *Unser Tulpenbeet* betitelt. Unser? Aha! Hier! Ein Kommentar von einer gewissen Berta Schnippköter. Die Frau schaut genauso aus wie Friederike.«

Laura springt auf. »Zeig mal! Ihre Mutter?«

»Glaube ich nicht. Eher Zwillingsschwester. Auf den Profilfotos sehen die beiden gleich aus.«

Ich klicke auf Bertas Profilbild. »Nur ein privates Profil«, sage ich. »Ansonsten keine Infos. Diese Tante scheint nicht so mitteilungsbedürftig wie Friederike zu sein. Na ja, Friederike hat hier auch nichts Persönliches gepostet. Nur Tulpeninfos. Und Tulpenfotos!« Ich gehe auf Friederikes Facebookseite zurück, Laura hockt sich wieder auf mein Bett. Irgendwie gefällt's der Sherlocka dort. Ich scrolle noch einmal langsam durch die Beiträge. Und plötzlich: heureka! Friederike wollte mal ein paar Leuten ihre Tulpen zeigen und traf sich mit ihnen in Moosach – dort liegt also ihr Tulpengarten. Moosach! Klar sage ich das nicht der großen Detektivin. Jetzt kann ich sie richtig aufziehen. Sie chillt auf meiner Kuscheldecke und sieht meine Entdeckung nicht. Na dann! »Ich google noch ein bissl nach Schnippköter«, sage ich und tue, als ob ich dabei überlegen würde, »hmm … hmm …«, GRÜBEL, GRÜBEL. Gleichzeitig rufe ich aber die Google-Bildersuche auf. Zum Glück kann Laura jetzt nicht den Bildschirm sehen. Sie zupft Federn aus meinem Kissen. »Versuchen wir doch über die Bilder auf die Adresse zu kommen.«

»Wie?«, fragt Laura.

»Ein Kinderspiel!«, sage ich. »Auf etlichen Fotos sieht man auch Friederikes Garten und das Gartenhaus.«

Laura guckt mich von meinem Bett böse an: »Ein Kinderspiel? Du Angeber! Das ist sicher nicht so leicht, nach einer kleinen Aufnahme den Ort zu finden. München ist groß.«

»Kein Problem!«, sage ich. »Ich jage die Aufnahme durch mein eigenes Mustererkennungsprogramm!«

»Dein eigenes Mustererkennungsprogramm?«

»Ja! Das hab ich mir mal von extrem geheimen Regierungsseiten runtergehackt. Das Programm vergleicht das Bild von Friederikes Garten mit Bildern aus der Google-Bildersuche.«

Laura lacht so, dass sie sich auf mein Bett hinlegen muss. »Solche Märchen kannst du jemand anderem erzählen!«, sagt sie. »Von wegen geheime Regierungsprogramme.«

Mann! Gott! Ein bissl Glück sollst du mir schon spenden! Damit Sherlockas hübsche Pfannkuchen-mit-Birnenmus-Augen aus der Pfanne hüpfen. Ich hole das Bild von Friederikes Gartenhäuschen auf meine Festplatte und ziehe die Bilddatei mit der Maus direkt ins Google-Suchfeld. Dazu schreibe ich Moosach. Und heureka! Ist das hier nicht das hübsche Gartenhäuschen von Friederikes Tulpengarten? Samt der Tulpen darin? Auf den Webseiten eines Moosach-Begeisterten. Sauglück hatte ich. Sollte ab jetzt echt an Gott glauben. »Ich hab's«, sage ich.

Laura hüpft von meinem Bett hoch. »Das glaube ich nicht!«, sagt sie. »Du hackst wirklich geheime Regierungsprogramme?« Sie steht wieder direkt hinter mir. Ich zeige ihr die Bilder. »Hoppla!«, sagt sie. ›Hoppla‹ ist schon krasse Sprache, oder? Hab's zuletzt in der Krippe gehört.

»Hier ist das Bild von Friederikes FB-Seite«, sage ich. »Siehst du? Und hier ein ziemlich ähnliches auf Google Bilder. Der Garten liegt im Norden von München. Unweit der U-Bahn-Station in Moosach.«

»Genial!«, sagt sie. »Und das hast du im Gefängnis gelernt? Regierungsseiten zu hacken?« He? Bin ich genial? So müssen sich Katzen fühlen, wenn man sie streichelt.

»Ich hatte im Knast die ganze Zeit der Welt!«

»Aber wie konntest du so schnell den Ort finden? Auch wenn du ein super Hightechprogramm hast. Das dauert doch nicht zwei Minuten? So schnell schaffen das nicht einmal Profis!«

»Wenn du ein paar zusätzliche Informationen hast, geht's schnell.«

»Welche zusätzlichen Informationen?«

»Auf einem Posting auf Friederikes FB-Seite stand, dass sie sich zu einer Tulpenbesichtigung mit ihren Fans an der U-Bahn-

Station in Moosach trifft. Dann hab ich das Foto direkt bei Google Bilder gesucht. Die Bildererkennung bei Google ist ziemlich gut. Die meisten Leute kennen die direkte Suche mit einer Bilddatei bei Google nicht …«

»Ich auch nicht!«, sagt Laura. »Du hast mich also auf den Arm genommen?«

»Ja!«

»Du Schuft!«, kreischt sie und verpasst mir von hinten einen doppelten Nelson. »Willst du dich über mich noch lustig machen?«

»Nein! Lass mich los! Ich mach das nie wieder!«

»Das würde ich dir auch raten«, sagt sie und lässt mich los. »Konntest du im Gefängnis aber wirklich so viel Zeit an Computern verbringen? Allein?«

»Am Anfang durfte ich nur unter Aufsicht an die Computer ran, aber dann hat man mir immer mehr vertraut. Wir wissen also, wo Friederike ihren Garten hatte«, sage ich. »Vielleicht wohnte sie in der Nähe. In der Gegend gibt's eine Menge Wohnhäuser.«

»Vor allem müssen wir nach Friederikes zwei Freundinnen suchen«, sagt Laura.

»Wieso nach ihren zwei Freundinnen?«

»*Die drei Spatzen* heißt das Gedicht von Morgenstern. ›Der kleine Erich ist jetzt tot.‹ Franz und Hans bleiben noch übrig. Wir müssen sie finden, bevor sie auch umgebracht werden.«

»Ist mir klar! Wieso aber gerade ihre Freundinnen? Das können doch ihr fremde Leute sein, oder?«

»Klar gehören Hans und Franz zu Friederikes Umfeld«, sagt Laura. »Sonst ergibt das Gedicht keinen Sinn.«

»Vielleicht sind's Männer. Ihre männlichen Freunde, Bekannte …«

»Nein!«, sagte Laura. »Der Verfasser verwendet einfach die Männernamen aus dem Gedicht … Gemeint sind aber Frauen. Friederike war ja schließlich auch eine Frau …. Hier ist der männliche Machtchauvinismus gegenüber Frauen im Spiel.«

»Was?«

»Spürst du das nicht in dem Gedicht? Jetzt, wo du die junge hübsche Frau tot mit der schwarzen Tulpe auf der Brust, zwischen den ganzen Blumen, gesehen hast? Kannst du dir noch vorstellen, dass Franz und Hans Männer sind?«

»Ja! Hans war der Koch bei uns im Knast …« Hey … für diesen Blick von Laura würde ich noch tausend blöde Sprüche bringen.

»Ach, sei etwas ernsthafter«, sagt sie.

Echt unerhört!

»Noch eine Sache wissen wir.«

»Welche denn?«

»Die Drei spielt bei diesem Mordfall eine wichtige Rolle.«

»Wegen den drei Spatzen?«

»Du sollst ›wegen‹ mit Genitiv verwenden. Richtig heißt das ›wegen der drei Spatzen‹. Hat man euch im Gefängnis nicht Deutsch beigebracht?«

Diese kleine Besserwisserin macht mich noch irre. Aber echt. »Wegen **DER** drei Spatzen meinst du?«

»Das auch. Aber vor allem wegen des letzten Zweizeilers im Gedicht:

*Drei Spatzen haben keine Wahl,*
*die Drei ist ihre Todeszahl.«*

»Hmm …«

»Die Drei muss für den Mörder irgendeine Bedeutung haben. Sonst würde er die Zahl doch nicht so betonen, oder?«

»Hmm …«

Laura runzelt die Stirn. »Welche Bedeutung aber?«

»Keine Ahnung!«

»Du musst dich nicht grämen deswegen«, sagt sie. Mann! Kann sie auch nett sein? »Ahnung erwarte ich von dir nicht.« Blöde Schnepfe! Gleich zerrt sie mich vom Stuhl. »Komm!«

»Warte!«, rufe ich. »Hier ist eine hübsche Straßenansicht mit dem Gartenhaus. Kannst du das Foto an eurem Drucker ausdrucken? Ich muss mir sowieso die Schuhe anziehen. Und den Rechner runterfahren.«

»Okay! Wir treffen uns im Wohnzimmer.«

Fünf Minuten später laufe ich unten auf der Treppe ihrem Vater in die Arme. Er schleppt mich ins Wohnzimmer. »Wir sind gleich fertig, Leon.« Mist! Vermutlich erlaubt er uns gar nicht, nach draußen zu gehen. Seine Tochter und ein krimineller Aso wie ich. Welcher Vater würde so was schon erlauben.

»Kommst du?«, ruft Laura vom Flur. »Ich warteee!« Ungeduldig ist sie auch. Ich kratze mich an der Nase. Sie steckt ihren Kopf ins Wohnzimmer herein.

»Wo geht ihr hin?«, fragt ihr Vater. Der Kummer scheint ihm weiter im Nacken zu sitzen.

»Leon muss ein paar Sachen besorgen«, sagt die kleine Lügnerin. »Wir fahren kurz in die Stadt!«

»Ihr müsst höllisch aufpassen. Bis der Mörder geschnappt

ist. Es ist jetzt wirklich besser, dass du mit Leon zusammen unterwegs bist. Zu zweit kann euch nichts passieren.« Mann! Vor einem Knacki hat der Typ keine Angst. Das macht ihn sympathisch.

»Ja, Papa!«

»Warte, Leon!«, sagt mein Boss. »Ihr geht einkaufen? Ich gebe dir etwas Vorschuss.« Huch! 400 Euro. So viel Geld hab ich noch nie auf einmal gehabt. Er dreht sich noch mal zu Laura. »Das Abendessen ist um 19 Uhr.«

»Bis dahin schaffen wir's nicht, Papa«, sagt Laura und streckt ihm ihre Hand hin. Was soll das? Er legt ihr einen Zwanziger drauf. Na, die macht mit ihm echt, was sie will. Hoffe, dass sie mich aus solchen Spielchen rauslässt. Ich möchte die Freiheit genießen.

»Kauft euch etwas zum Essen. Aber kein chemisches Zeug. Salat! Ich muss sowieso zu einem Vortrag über den Regenwald.«

»Bis dann, Papa!«

»Bis 21 Uhr seid ihr aber zu Hause!«, ruft er uns auf der Treppe nach.

Laura dreht sich um. »Aber Papa! Wir haben Sommer. Bis 22 Uhr gibt's Licht draußen.«

»Na gut«, brummt er und verschwindet wieder im Wohnzimmer.

»Mensch!«, sage ich draußen zu Laura. »Dein Vater ist echt nett. Keiner sonst würde mit einem Knacki wie mir so umgehen.«

»Manchmal ist Papa zu nett«, sagt Laura. »Er ist bei den Grünen. Meine Mama ist viel strenger. Zum Glück ist sie nicht da. Sonst müssten wir zu Hause hocken. Papa ist super, aber der

Mord macht ihn ziemlich fertig. Das sieht man ihm an. Ansonsten ist er immer zu Scherzen aufgelegt.« Ich hoffe immer mehr, ihr Vater grämt sich nur, weil der Mord bei ihm im Laden passiert ist. Und nicht, weil er damit etwas zu tun hat.

»Willst du dein Geld nicht in dein Zimmer bringen?«

Ich lache und stecke die vier bunten Scheine in meine rechte Socke. »Hier ist es am sichersten.«

»Habt ihr Geld auch im Gefängnis so versteckt?«

»Nein! Im Knast versteckst du Geld und Drogen anderswo.«

»Wo?«

»Frag lieber nicht.«

»Mhmm. Ich muss nicht alles wissen.«

»Im Kinderheim haben wir unser Geld in den Socken versteckt.«

»Wie lange warst du dort?«

»Zwei Jahre. Die Socken haben wir aber hin und wieder gewechselt.«

»Idiot! Ich wollte nicht wissen, wie lange du das Geld in deinen Socken getragen hast, ich ...«

»Ich weiß«, sage ich und lächle cremig. »Ich kam ins Kinderheim, nachdem meine Mutter gestorben war.«

»Tut mir leid.«

»Ist schon drei Jahre her.«

»Wie war's im Heim?«

»Nicht schlecht! Besser als im Knast. Martin, mein Betreuer im Heim, war ein guter Freund von mir. Wir haben zusammen ständig Fußball gespielt.«

Laura bleibt stehen. »Willst du ihn nicht besuchen? Jetzt, wo du aus dem Gefängnis entlassen wurdest?«

»Martin würde mit mir nicht reden«, sage ich. »Ich … ich habe ihn enttäuscht.«

»Weil du mit deinem Freund im Kinderheim einen Tresor ausgeraubt hast?«

»Hey! Das weißt du auch? Hab gedacht, dass solche Sachen dem Datenschutz unterliegen.«

»Mein Vater muss doch wissen, dass du kein Kinderschänder bist, oder?«

Na, sag mal! Zu allem Überfluss klatscht sie mir auf den Arsch. Echt frech! »Du solltest hinfahren«, sagt sie. »Mit Martin reden. Deiner Vergangenheit kannst du nicht davonlaufen.« Wie recht sie hat. Dass meine Vergangenheit mich gleich einholen würde, weiß sie trotzdem nicht. Ich auch nicht.

# Geld oder Leben

Der Salat ist nahrhaft und gesund und setzt sich aus einer Semmel und einer roten Bratwurst dazwischen zusammen. Marke Schlemmermeyer. Wir kauen und schlendern gemütlich über den Viktualienmarkt: Puten, Käse, Pferdeknacker, Fische und Bier. Der Biergarten inmitten der Verkaufsstände ist voll. Ein Zwölfjähriger zwinkert uns von einem der Tische zu. Seine Mama lackiert sich die Fingernägel, obwohl sie schon genug Farbe an sich trägt, sein Papa winkt einem imposanten Herrn in Lederhosen zu: »Das ist doch der Wildbach Toni!«, ruft er. Alle drehen sich um. Der Knirps packt das Bier seines Papas, er putzt das halbe Glas weg. Noch einmal zwinkert er uns zu und füllt das Bierglas mit seiner Limo auf. Wildbach-Toni lächelt. Der Mann vom Berg in der Stadt. Zwei hübsche Damen winken: »Hallooo!«

»Griasseich!«, sagt Wildbach-Toni und setzt sich zu ihnen. Die Damen sind glücklich. Aufruhr zu Ende. Die Gäste gucken wieder in ihre Biergläser.

»Kruzifix!«, sagt der Papa. »Ist das Bier heute aber süß!« Der kleine Knirps zwinkert uns zum dritten Mal zu.

»Kennst du Wildbach-Toni?«, fragt Laura.

»Vom YouTube«, sage ich.

»Wir sollten ein paar zusätzliche Vitamine zu uns nehmen«, sagt Laura und kauft zwei Limos. Himbeere. Wenn Laura lächelt, zwitschern sich die Vögel in den Kronen der Bäume am Viktualienmarkt die frohe Botschaft zu: »Sie lächelt!« Kein Fanta-Lächeln, ein Himbeerlimo-Lächeln – direkt aus München.

»Darüber würde sich dein Papa sicher freuen«, sage ich. »Wurscht, Zucker …«

»Sport und Kontakt zu anderen Menschen sind wichtiger als gesunde Ernährung«, sagt Laura.

»Körperkontakt?«, frage ich mutig.

»Übertreiben sollte man's nicht«, sagt Laura. »Fahren wir?«

Auch den Marienplatz haben die Touristen gestürmt und für den Rest des Sommers besetzt. Ich schlage für Laura eine Bresche in die Menschenmassen, wir kämpfen uns zum U-Bahn-Eingang durch. Jede Sekunde erwarte ich, Laura zu verlieren. Ein Japaner im Tirolerhut knallt mir seinen Ellbogen in die Niere. »Besser, wir halten uns an den Händen«, brüllt Laura mir ins Ohr. »Sonst verlieren wir uns. Du hast kein Handy, oder?«

Ich schüttele sprachlos den Kopf und sie packt mich an der Hand. Huch! Noch in der Früh hockte ich in meiner Zelle und dachte, ich würde da nie rauskommen. Und jetzt hab ich einen neuen Job, einen Mord am Hals, und eine krasse Braut schleppt mich quer über den Marienplatz. Das Leben ist ein Zirkus, oder?

Im U-Bahn-Geschoss lässt sie meine Hand los. Schade … Quatsch! Was soll dieses Händchenhalten. Wenn mich dabei jemand aus dem Knast gesehen hätte, wäre ich dort für immer erledigt. Da sagt plötzlich der Klugscheißer in meinem Schädel: »Willst du da noch mal hin?«

In der U-Bahn weint ein kleines türkisches Mädchen. Der Papa singt ihr leise ein Lied, sie hört auf zu weinen. Wir gehen tiefer in den Waggon. Eine Kindergarten-Streiterei. Ein 12-jähriger Gangsta droht einem anderen Gleichaltrigen, der die Hose noch tiefer als er trägt: »Isch mach disch Döner, Mann!«

»Isch fick deine Oma, Mann!« Oha! Mit Mutter hab ich den Spruch im Knast jeden Tag gehört. Aber mit Oma! Echt originell!

Die U-Bahn spuckt uns in Moosach aus. Schon 19 Uhr. So am Abend, obwohl Sommer, ist hier am Stadtrand nicht mehr viel los. In den Ferien ist die Stadt sowieso leer. Bis auf den Marienplatz. Der erste U-Bahn-Waggon hat uns ans Ende des Bahnsteigs gefahren, wir müssen durch die ganze U-Bahn-Station zurücklatschen. Ganz leer ist es hier aber nicht: Auf der äußersten Bank hocken drei Typen. Klar scanne ich ständig meine Umgebung, das haben mir der Knast und das Kinderheim vorher beigebracht. Hmm … kenne ich den Rechten auf der Bank? Er und ein anderer etwa gleich alt wie wir, der in der Mitte wohl zwei Jahre älter, so um die achtzehn. Sie trinken Bier aus braunen Flaschen: Paulaner. Der Schrank in der Mitte rülpst laut. Wohl nicht sein erstes Bier. Ich lockere alle meine Muskeln, damit sie aus mir eine Kanonenkugel machen, wenn ich sie auf einmal anspanne. Aber hallo! Den Typ am Rand, den Kleinsten der drei, kenne ich doch. Ja! Da ist sie, meine Vergangenheit. Die drei tun, als ob sie uns nicht sehen würden. Echt kritisch! Der Bahnsteig vor uns leer. Wir müssen an den dreien vorbei zum Ausgang. Und schon sind wir auf ihrer Höhe. Laura nimmt die Jungs nicht wahr, sie ist ja in einem grün-gesunden Haus behütet aufgewachsen. »Übertreibst du's nicht, Mann?«, frage ich mich. »Du bist doch nicht mehr im Knast! Hier draußen herrscht kein Krieg.« Wahrscheinlich hat der Klugscheißer in meinem Hirn recht. Schon sind wir an der Bank mit den drei Typen vorbei. Gehen weiter. Zum Glück ist der Stein von meinem Herzen neben meine Chucks gefallen, sonst hätte er mir den Fuß zertrümmert. Erleichterung pur! Heute wird's keine Ekschn geben! So und ähnlich freue ich mich des Überlebens im Stadtdschungel, bis ich hinter uns »KLACK, KLACK, KLACK« vernehme. Schritte? Laura hört nichts, doch meine Sinne sind scharf wie Peperoni. Drei mal zwei sind sechs. Sechs Füße! Vier davon in schweren Springerstiefeln. Heavy Horses! Die Sohlen sicher mit Eisen beschlagen. Und schon kommt von hinten die obligate Frage: »Hast du Feuer?« Mann! Die Typen lernen auch nie etwas Neues. Laura will sich umdrehen, doch jetzt packe ich sie an der Hand und zerre sie weiter. Eins, zwei, drei Schritte. Wenn die Typen dich von hinten ansprechen, bleiben sie stehen und warten, bis du dich umdrehst. Bei der Drehung bist du offen und ungeschützt wie eine Tulpenblüte. Jeder kann dir die Blütenblätter zupfen. Ein Schlag aufs Kinn, und schon liegst du hingestreckt auf dem Rücken und guckst dir die Sternchen in deinen Augen an. Deswegen habe ich mich nicht gleich umgedreht: Wir machen drei Schritte, erst dann die Drehung. »Warum legst du dir keinen besseren Spruch zu, Mann?«, sage ich zu dem Kasten in der Mitte. »Das mit dem Feuergeben ist doch übelst unoriginell?«

»He?« Der Anführer starrt mich verdutzt an, die Rechte zum Schlag immer noch bereit. Dutsche neben ihm glotzt auch. Plötzlich erkennt er mich.

»Walle!«, sagt er zum Gorilla.

Doch Walle trägt schon einen anderen deppperten Spruch auf den Lippen: »Her mit euren Kicherscheinen!« Kicherscheine? Wo hat er diesen Ausdruck ausgegraben? Hmm. Zu spät, Dutsche zu grüßen. Der Anführer kann jetzt nicht ein bissl sein Gesicht verlieren, er verliert es ganz oder gar nicht. Damit du nichts verlierst, musst du dir zuerst Respekt verschaffen. Sonst bist du ein Hund. Das weiß Dutsche am besten. Er ist zum Glück nicht der Anführer. Der Älteste, der Stärkste, ist das Problem. Nicht einer, der mal mit dir im Knast gehockt hat.

»Gib ihm die Vierhundert, Leon!«, sagt Laura. Das gibt's doch nicht! Die Chicke verrät ihm, dass ich so viel Geld mittrage. Spinnt die?

»Vier-hundert?« Der Gorilla fängt an zu sabbern. Fehlt nur noch, dass sie ihm sagt, ich würde die Scheine in der Socke versteckt halten.

»Ich hab doch keine Vierhundert«, sage ich.

»Doch!«, sagt sie. »Die in der Socke!«

»In der Socke?«, fragt der Kerl. »Her mit den Scheinen!«

»Du langweilst mich, Mann!«, sag ich. »Weißt du überhaupt, was du willst? Feuer oder Geld? Und warum fragst du nach Feuer, wenn dein Feuerzeug hier in deiner linken Hosentasche steckt?« Ich zeige auf seine Baggy Jeans, die sehr tief hängt. Vielleicht nur an seinem Pimmel wie an einem Haken. Verwirrt guckt er hin. Soll ich ihm die Hose komplett runterziehen? Dadurch würde er aber sein Gesicht ganz verlieren. Jetzt hab ich ihn auf jeden Fall dort, wo er mich vor einer Minute haben wollte, kann endlich die gelockerten Muskeln spannen: Auf einmal! Meine Rechte ist ein Torpedo, nur ein Schlag auf den linken Kiefer und er klappt zusammen. Klar lege ich nicht alles in den Schlag. Ich will ihn nicht umbringen, ich will ihm nur zeigen, dass er mit mir nicht alles machen kann. Laura glotzt, als wäre ich James Bond persönlich. Geht nicht anders, Mädchen. Wenn dich im Knast jemand blöd anmacht, musst du dir Respekt verschaffen. Im Knast reicht ein Schlag. Komisch! Hier nicht! Der Typ schmeißt nur einen Purzelbaum nach hinten und steht schon wieder auf den Füßen. Diesmal aber mit etwas in der Hand: »Klack!« Die Klinge springt vor lauter Ungeduld aus dem Griff.

Laura schüttelt den Kopf. »Warum gibst du ihm dein blödes Geld nicht?«, fragt sie.

»Das ist doch der Professor, Walle!«, sagt Dutsche. Doch Walle hört nicht mehr zu. Sein Gehirn auf Rot. Alle seine Gedanken stehen an der Ampel und trauen sich nicht weiter.

»Warte!«, ruft Laura. »Ich gebe dir mein Geld!« Erst das Wort Geld erreicht sein Hirn: Geld? Gibt sie mir Geld? Auch ich staune nicht schlecht. Für eine Detektivin ist sie echt naiv, die Kleine. Meint sie, dass er uns so gehen lässt? Jetzt, wo er ein Messer hat und somit etwas mehr Argumente als wir? Und ich 400 Euro in der Socke? Nie! Was soll's. Kann sie doch reden, wie sie will. Ich werde so oder so springen. Mit Messern hab ich im

Bau nicht allzu viel Erfahrung gesammelt, aber irgendwie kriege ich's schon hin, oder? Etwas Schlimmeres als mich umzubringen, kann er mir sowieso nicht antun.

»Da hast du dein Geld«, ruft Laura noch mal. Fassungslos drehe ich mich zu ihr. Kann sie mit dem Blödsinn nicht aufhören? Sie macht ihren kleinen roten Rucksack auf, zieht die Knarre ihres Vaters raus und richtet sie auf den Gorilla. Ja, sag mal! Waren in ihrer Grillwurscht am Viktualienmarkt Drogen drin? Warum hat sie die Knarre dabei? Will sie hier auf *Bonnie and Clyde* machen? Warum habe ich mich nicht nach China verzogen, verdammt, nachdem ich die tote Friederike gesehen hatte? »Her mit eurem Geld!«, sagt sie, kichert aber gleich. »Hihihi, nur ein Scherz!« Echt krass, die Frau!

Wir glotzen sie an. Komisch, wie so ein Blick auf eine Knarre einen heißen Kopf abkühlt. Auf einmal kann der Gorilla sogar Dutsche zuhören. »Das ist der Professor, Walle!«, sagt Dutsche noch mal. »Wir waren zusammen im Knast. Der ist kein Hund.«

»Warum sagst du das nicht gleich, Dutsche?«, sagt Walle und lässt sein Springmesser in seiner Hosentasche abtauchen.

»Kann ich jetzt die Pistole wieder einstecken?«, fragt Laura etwas verunsichert.

»Klar!«, sage ich und klatsche mit den Jungs ab.

»Klar!«, sagt Walle.

Dutsche lacht. »Mann, Prof! Bist du schon lange draußen?«

»Seit heute«, sage ich. Dutsche habe ich nur ein paar Wochen am Anfang im Knast erlebt. Er wurde dann entlassen, hat eine Familie. Wenn er sich aber mit Walle rumtreibt, bleibt er nicht mehr lange draußen. Laura wühlt unschlüssig in ihrem Haar, hält die Pistole immer noch in der Hand. Nur richtet sie diese jetzt auf keinen. Etwas unentschieden, die Frau. Die drei Gangstas fressen sie mit Blicken. Gucken anerkennend zu mir. Bin mächtig stolz. Mann! Auch wenn ich langsam das Gefühl bekomme, dass diese ganze Geschichte hier für mich ungesund ausgeht. Ziemlich ungesund!

## Die drei Tulpen

»Seid ihr aus der Gegend?«, frage ich die drei Verbrecher.

»Warum willste das wissen?«, fragt Walle. Wieder etwas misstrauisch.

»Wir suchen nach einem Garten«, sage ich.

»Willst du's klarmachen?«, fragt Dutsche.

Laura guckt mich komisch an: Klarmachen?

»Soll ich da die Gurken abräumen?«, sag ich. »Nee! Muss dort nur etwas abliefern.« Ich drehe mich zu Laura. »Kannst du den Jungs das Foto zeigen?« Sie zuckt mit der Schulter, steckt endlich die Pistole in ihren Rucksack und holt einen farbigen Ausdruck mit dem Gartenhäuschen und einem Stück des Tulpengartens raus.

»Das is' doch der Garten von den Tulpen?«, sagt Dutsche. »Der liegt weiter draußen, aber die Tulpen wohnen gleich hier ums Eck.«

»Die Tulpen?«, fragt Laura etwas irritiert. »Die Blumen?«

»Nee, die Tanten! Die züchten Tulpen. Und für uns sind sie auch Tulpen. Früher war'nse drei. Drei Drillingsschwestern.

Die eine hat sich aber ’nen Metzger am Viktualienmarkt angelacht.«

»’nen Metzger?«, frage ich.

»Ja!«, sagt Walle. »Die dritte Tulpe hat die Tulpen voll eklig gefunden, da hat’se ’nen Metzger geheiratet.« Die drei lachen wie die Blöden. »Mein Alda hat erzählt, die Karla hat voll die Tulpenallergie gekriegt. Konnte im Haus nix keine Luft finden und lief so krassrot rum. Die hab ich mal so selbst gesehen. Rot wie’n Feuerlöscher!«

»Im Viertel hamma scho’ immer die Tussen Tulpen genannt. Schauen voll geil aus. Wie Models in Glotze. Echt! Krass hübsch. Den Tulpengarten hab’n die vom Vater. Karla, die Metzgerfrau, die is’ letztes Jahr in die Stadt gezogen. Die is’ nicht so hübsch. Die zwei Hübschen wohn’n hier aba weita. Voll die Tulpen-Sexbomben, Berta und Friederike.« Das stimmte nicht ganz. Friederike wohnt dort wohl nicht mehr.

»Wo liegt die Straße?«

»Kannste uns ein paar Biere spendieren?« Ich kaufe den Jungs im nahen Kiosk ein paar Flaschen Paulaner. Sie erklären uns den Weg.

Beim Abgang sagt endlich der Dritte etwas: »Pass auf, Mann! Die zwei haben schon alle Männer aus der Gegend verhext.«

»Wie verhext?«

»Irgendwie machen die Tulpen Männer verrückt.«

Dutsche räuspert sich. »Ihr Alter hat sie verkorkst.«

»Hat er sie geschlagen?«

»Das auch!«

»Und?«

Dutsche guckt sich um. »Als Kinder hab’n wir im Viertel

*Räuber & Gendarm* gespielt. Ich hab mich mal auf dem Balkon von die Tulpen versteckt. Hab durchs Fenster ins Zimmer geschaut.« Dutsche guckt zu Laura. »Ihr Alda, das war echt 'n Schwein.«

»War?«, fragt Laura. »Ist ihr Vater schon tot?«

»Schon vor Jahren abgekratzt. Vielleicht haben die Tulpen den selbst abgemurkst.

»Wisst ihr, wie die Metzgerfrau jetzt heißt? Wohl nicht mehr Schnippköter, wenn sie geheiratet hat.«

»Keine Ahnung. Aber sie und ihr Mann hab'n 'nen Laden auf dem Ficktualienmarkt.«

»Viktualienmarkt?«

»Yepp!«

»Thank you! Bis dann, Jungs!«

Das Viertel zeigt sich bereit, uns aufzunehmen, wir schlendern hinein. Die Sonne verteidigt noch erfolgreich ihren Platz am Himmel. Erst in drei Stunden wird sie ihren Kampf verlieren. Ich bin sauer. Nicht auf die Sonne. »Wieso schleppst du die blöde Knarre mit?«, frage ich.

»Wir ermitteln doch in einem Mordfall«, sagte Laura. »Schon jetzt hat uns die Pistole das Leben gerettet.«

»Blödsinn«, sage ich. »Ich will nicht wegen einer Scheißknarre wieder im Bau landen. Ich hasse Waffen!«

»Ein Krimineller hasst Waffen?« Sie lacht wieder. Echt blöd. »Das ist etwas Neues.«

»Das Leben ist kein Krimi. Ich will mit der Knarre nichts zu tun haben.«

»Das ist ja keine richtige Pistole«, sagt Laura. Sie holt das Ding aus dem Rucksack. »In den Lauf hat man Blei gegossen.« Hey! Deswegen war sie so cool, als ich ihr die Knarre mittags im Laden aus der Hand gehauen habe. Und dann macht sie mit dem Spielzeug drei Gangstas Angst. Ganz schön mutig!

»Ich mag's trotzdem nicht«, sage ich.

»Na, gut!«, seufzt Laura und schleudert die Pistole ins Gebüsch.

»Wird dein Vater die nicht suchen?«

»Die gehört mir«, sagt sie. »Ich hab sie mal auf dem Flohmarkt gekauft.« Ach je, diese kleine verlogene Detektivin. Fast wird sie mir sympathisch. Aber nur fast.

»Warum hat Dutsche gesagt, du bist kein Hund?«, fragt sie.

»Wenn du in den Knast kommst und dir alles gefallen lässt, bist du ein Hund. Am Anfang macht dich immer jemand an. Mit einem blöden Spruch, mit einem Schubser, man spuckt dir beim Essen in den Teller …«

»Das ist brutal!«

»Du musst dir sofort Respekt verschaffen. Dann hast du deine Ruhe. Ansonsten spielst du den Hund, den Sklaven also.«

»Und wie … wie verschaffst du dir Respekt?«

»Ist ganz einfach«, sage ich. »Wenn dir jemand blöd kommt, haust du ihm einfach eins auf die Schnauze.«

»Und wenn er zurückschlägt?«

»Meistens schlägt er nicht zurück. Er weiß, du musst dir Respekt verschaffen. Möchtest du ein Mann sein?«

»Nee!«, sagt sie. »Und du?« Das Lachen kommt wie eine Lawine. Ein krasser Lachanfall packt uns. Kurz müssen wir uns auf den Boden hocken deswegen. Mann! So viel lachen wollte ich mit ihr gar nicht, aber was willst du machen, wenn sie so blöde Sprüche klopft.

Ausgelacht. Weiter geht's! Wir laufen in die von Dutsche beschriebene Straße. Sofort hüpfen wir aber wieder zurück. Schnell hinter die Telefonzelle. Schreck! Schock! Na ja. Was haben wir uns eigentlich gedacht? Dass hier Ruhe herrschen würde wie in einem Rentnerheim? Aus unserem Versteck gucken wir vorsichtig hinaus. Vor dem Haus der Tulpen rückt gerade die Kavallerie an. Ein ziviler BMW und ein weiß-grüner Polizeiwagen. Zwei Uniformierte bleiben am Polizeiauto gelehnt stehen, HaHa läutet an der Gartentür, Brummla steht neben ihm. Wunder über Wunder! Kein Essen hält er in der Hand. Die Villa ist blau gestrichen wie der bayerische Himmel. Kleine Tulpenbeete ums Haus herum. Nur Tulpen. Was sonst? Auch wenn der echte Tulpengarten ein paar Kilometer weiter liegt. Und schon fliegt die Haustür auf: Eine Frau kommt heraus.

»Friederike«, flüstert Laura.

»Ne!«, sage ich. »Ihre Drillingsschwester Berta.«

»Sie ist der zweite Spatz«, sagt sie.

»Was?«

»Das nächste Mordopfer! Jetzt macht das Gedicht Sinn: Drillingsschwestern – drei Spatzen! Nur die dritte Schwester, die Metzgerfrau passt irgendwie nicht dazu.«

Lauras Überlegungen sind mir wieder etwas zu hoch. Besser gucke ich: Berta weint. Wahrscheinlich hat ihr schon jemand gesagt, dass ihre Schwester tot ist. HaHa streckt ihr die Hand hin und stellt sich vor. Blitzschnell dreht sich einer der Uniformierten zum Auto. Trotz der traurigen Frau hat ihn ein Lachanfall gepackt. Der Bulle läuft ums Auto herum, kniet sich hinter den Wagen hin und lässt sich dort in lautlosen Lachkrämpfen durchschütteln. Diesmal hat's HaHa nicht mitgekriegt. Er und Brummla gehen mit Berta ins Haus.

»Komm! Wir hauen ab«, sage ich. »Wenn HaHa uns hier erwischt, ist alles aus.« Wir drehen uns um und dackeln davon.

»Er hat uns schon erwischt«, sagt Laura. »Warum musstest du bloß deinen Freunden an der U-Bahn-Station erzählen, dass wir gerade dieses Haus suchen?«

»Sind nicht meine Freunde.«

»Egal! Die laufen doch sofort zur Polizei, wenn sie erfahren, dass Friederike ermordet wurde.«

»Nee!«, sage ich. »Die Jungs würden nie zu den Bullen gehen. Auch ohne das Ding mit dem Messer nicht. Meinst du, Walle sagt, tja, wir wollten die beiden ausrauben, aber dann haben wir's uns anders überlegt? Die haben schon alle im Jugendknast gehockt, die gehen zu keinem Schnittlauch.«

Vor der U-Bahn-Station bleibt sie plötzlich stehen. Eine Minute lang guckt sie mich an. In meine Augen. Ihre sind wieder mal groß wie Pfannkuchen. Ein Zeichen, dass sie sich wundert. Das ist mir schon klar. »Warum hat man dich im Gefängnis eigentlich Professor genannt?«, fragt sie.

»Weil ich in der Knastschule nie die richtige Antwort wusste. Mit Professor haben sich die Jungs über mich lustig gemacht.«

»Hätte ich mir auch denken können«, sagt Laura. »Allzu viel Weisheit hast du nicht gelöffelt.« Wie lange ich es schaffen würde, vor dieser unerträglich eingebildeten, hochnäsigen Tusse den Volltrottel zu spielen? Sicher nicht mehr lange. Irgendwann oute ich mich als Einsteins Sohn und knalle ihr das Einmaleins um die Ohren: Und 7 x 9 ist … äh … 36? So blöd, wie du denkst, bin ich gar nicht.

In der U-Bahn denkt Laura so verbissen nach, dass ihre Gedanken fast Löcher in meinen Schädel schlagen. Plötzlich strahlt sie so wie eine … wie eine … keine Ahnung. Eine Allwissende? Mann! Gleich macht sie den Mund auf und sagt mir, wer Friederike ermordet hat. Sie macht den Mund auf und sagt: »Wenn ein junger Mann in Persien seiner Angebeteten eine Tulpe schenkte, wollte er ihr damit sagen, dass er sie unsterblich liebt.« Was meint sie damit? Muss vor dem Einschlafen ein bissl nach Tulpen und nach Persien googeln. Und nach Liebe. Und so sollte mich in dieser Nacht das Gedicht des persischen Dichters Hafez in den Traum wiegen: *Der Glanz der Tulpenblätter schimmert wie die Wangen meiner Geliebten.* Aber erst später. Bevor ich ins Bett kam, hatte noch die ermordete Friederike einen Eintrag ins Poesiealbum unserer Herzen geschrieben. Mit schwarzer Tinte.

# Tulpentrauer

Die U-Bahn hält am Marienplatz an. Ich stehe auf. »Wir steigen erst an der Implerstraße aus«, sagt Laura.

»Wollen wir nicht mit der Metzgertulpe reden?«, frage ich. Immer mehr beschleicht mich das Gefühl, bald wieder im Knast zu landen. Irgendwas wird HaHa schon gegen mich finden. Mein Mordaufklärungsmotor kommt auf Hochtouren. Wohl macht Sherlocka mich noch zu einem fanatischen Detektiv. »Jetzt wären wir bei Karla ungestört«, sage ich. »HaHa kann uns bei ihr nicht erwischen. Der ist in Moosach.«

Laura haut mir auf die Schulter. Als hätte sie einen Pfosten in den Boden schlagen wollen. »Gut gedacht!« Egal, wie ich den Satz drehe, entdecke ich an ihm keine Spottlücke. Wollte sie mich damit am Ende echt loben? Das kommt mir geradezu unheimlich vor. »Wie willst du Karla aber finden?«, fragt sie. »Wir kennen nur ihren Mädchennamen. Sie hat einen Metzger geheiratet und heißt jetzt sicher anders. Hast du einen Plan?«

»Klar habe ich einen Plan! Einen super Plan!« Wir steigen aus der U-Bahn.

»Aha! Brauchst du mein iPhone?«

»Nein! Wir fragen die Leute nach Karla.«

»Waas?« Laura bleibt stehen und schlägt mit ihren Laseraugen Blitze: »Und das nennst du einen Plan? In einer Millionenstadt nach Karla zu fragen.«

»Denk halt ein bissl nach«, sage ich. Dieser Spruch sperrt Lauras Mund weit auf. Nicht um zu lachen. Sie schaut mich an, als hätte ich ihre Brotzeit geklaut. He, he! Gleich würde sie mir eine Karatekante verpassen. Plötzlich seufzt sie aber und trottet brav neben mir aus dem U-Bahn-Geschoss am Marienplatz. Und schon sind wir da: Viktualienmarkt. Ich gehe einfach in jeden Metzgerladen auf dem Viktualienmarkt rein und sage: »Grüß Gott! Könnten wir mit Karla reden?« Auf diese schnelle Art schaffen wir sieben Metzgereien bis zum Ladenschluss. Im siebten Laden muss ich nicht mal fragen. Karla erkennen wir sofort. Die Friederike in ihr. Weil sie uns ihre linke Gesichtshälfte zeigt: wunderschön! Bis sie sich umdreht.

»Das hat mir unser Vater angetan«, sagt sie und streicht mit dem Zeigefinger über ihre rechte Wange: vernarbt, rot, dunkelrot. Kein schöner Anblick. Wir hocken im Biergarten auf dem Viktualienmarkt. Auch Karla hat schon über den Tod von Friederike Bescheid gewusst, als wir im Laden nach ihr gefragt haben. Jemand von der Kripo hatte sie angerufen. So verstört wie Berta zeigte Karla sich aber nicht über den Tod ihrer Schwester. Reden wollte sie mit uns zuerst auch nicht. »Das ist ein Fall für die Polizei!«, hat sie gesagt. »Nicht für Kinder.«

Schon wollte Laura etwas Scharfes antworten. Zur Abwechslung klatschte ich ihr auf den Po und Laura klappte erstaunt den Mund zu. Aha! Grade hatte ich eine super Methode gefunden, die vorlaute Detektivin zum Schweigen zu bringen: mit einem Popoklatscher.

Karla hatte im Leben Schlimmes erleiden müssen. Das hat sie zu einer Außenseiterin gemacht. Mir ist es nicht so schlimm wie ihr ergangen, trotzdem fühle ich mich seit Jahren auch wie sie: ein Außenseiter. Um Karla zum Reden zu bringen, habe ich alles auf eine Karte gesetzt. Vielleicht würde uns die Wahrheit am weitesten bringen: »Nachdem meine Mutter gestorben war, hat man mich für zwei Jahre ins Kinderheim geschickt«, sage ich. »Meinen Vater habe ich seit drei Jahren nicht gesehen. Vor einem Jahr kam ich in den Jugendknast. Jetzt bin ich auf Bewährung draußen und gleich in den Mord an Ihrer Schwester verwickelt. Wenn wir den Mörder nicht bald finden, steckt man mich wieder ins Gefängnis.«

Auch Karla guckte mir lange in die Augen. »Simon«, sagte sie dann. Aus dem Hinterraum war gerade ein ziemlich korpulenter Mann aufgetaucht. »Wir sitzen draußen im Biergarten. Schließt du den Laden allein ab?«

»Mach ich, Karla. Ich koche dann das Abendessen.«

»Jetzt wundert's mich aber richtig«, flüsterte Laura, als Karla kurz im Hinterraum verschwand, um ihre weiße Schürze auszuziehen.

»Was wundert dich?«, flüsterte ich zurück.

»Dass du gar nicht so blöd bist, wie du ausschaust.«

Und so hocken Karla, Laura und ich jetzt im Biergarten am Viktualienmarkt und wühlen in Karlas Vergangenheit. Und in der ihrer Schwestern Friederike und Berta. Zumindest Laura wühlt: »Sind Sie schon vor Langem aus dem Haus Ihrer Familie gezogen? Von … von Ihren Schwestern?«

Mit ihrer hübschen Gesichtshälfte ist Karla zu Laura gedreht, will ihr antworten. Plötzlich dreht sie sich aber zu mir. Spürte wohl, wie ich ihre vernarbte Gesichtshälfte anstarrte. »Unser Vater war ein Sadist!«, sagt sie zu mir. »An meinem neunten Geburtstag hat er mir kochendes Teewasser ins Gesicht geschüttet. Mit Absicht!«

»Dafür hätte man ihn doch ins Gefängnis schicken können.«

»Nach außen hat unser Vater einen braven und frommen Mann gespielt. Die Hölle fand zu Hause statt.«

»Aber Ihre Mutter …«

»Unsere Mutter ist kurz nach unserer Geburt gestorben. Trotzdem hatten wir zuerst eine schöne Kindheit. In unserem Tulpengarten. Als wir in die Schule kamen, hat Vater aber schon sehr viel getrunken. Heimlich. Zu Hause. Damit es die Nachbarn nicht sahen. Damit das Jugendamt uns ihm nicht wegnehmen würde. Er hat immer in der Küche getrunken, hat geheult, dass ihm nur Unrecht geschehen sei: Seine Mutter ist gestorben, als er sehr klein war, sein Vater hat ihn im Stich gelassen und zuletzt hat man ihm auch noch seine Frau genommen …«

»Sie haben aber auch Ihre Mutter verloren!«

»Das war ihm egal! Er hat nur an sich gedacht. Sein Selbstmitleid hat alles Gute in ihm ersoffen. Selbstmitleid und … Schnaps! Irgendwann fing er an, uns zu schlagen. Wegen jeder Kleinigkeit … ständig passte ihm etwas nicht. Manchmal … einmal hat

Berta eine Kaffeetasse beim Frühstück umgekippt. Zuerst hat unser Vater nur geseufzt: ›Schon wieder!‹, dann noch einmal: ›Schon wieder machst du Stress beim Essen!‹ Mit jedem weiteren Satz schaukelte er sich selbst hoch, egal, ob ihm jemand widersprochen hatte oder nicht, plötzlich brüllte er und schlug zu. Wenn Friede und ich Berta nur mit einem Wort schützen wollten, verprügelte er uns alle. Friede hat zuerst gelernt, Berta oder mir nicht zu helfen ...« Sie seufzt. »Eigentlich hatte ich Glück gehabt. Seitdem er mein Gesicht ... zerstört hatte, hat er mich nie mehr angerührt. Nur Friede und Berta. Das war gut, sonst wäre ich so geworden wie sie.«

Laura hat die Farbe eines weißen Bettlakens angenommen. Wäre ich Zauberer, würde ich zwei meiner schönsten Gedanken zu Schmetterlingsflügeln zaubern. Ein großer bunter Schmetterling würde sich auf Lauras Handrücken setzen und ihr sagen: Es gibt auch Schönes in der Welt. Auch wenn sie Angst hat vor der Antwort, fragt sie trotzdem: »Hat Ihr Vater ... hat Ihr Vater Friederike und Berta ... missbraucht?«

Karla sagt nichts. Wir wissen die Antwort auch so. Erst nach ein paar Minuten beginnt sie wieder zu reden. »Sie haben zuerst unseren Vater gehasst, dann alle Männer, vor allem Friederike, Berta machte aber mit, sie war absolut unter Friedes Einfluss. Männer waren für sie Schweine, denen man alles heimzahlen sollte. Alles Schlimme, was sie selbst erlebt haben. Sie haben mit Männern gespielt und sie ... sie dann fallen gelassen und gedemütigt, als sie von ihnen abhängig waren. Männer waren verrückt nach ihnen. Ich ... ich hatte da nicht so viel Glück.«

»Sie sind jetzt glücklich verheiratet.«

»Simon ist ein guter Mann«, sagt Karla.

»Haben Sie Ihrem Mann von den Sachen mit Ihrem Vater erzählt?«

»Nein! Vielleicht … vielleicht kann man so was nur Fremden erzählen.« Das scheint echt so zu sein. Wir müssen Karla keine Fragen stellen. Sie redet selbst. Als möchte sie eine Beichte ablegen. »Vater ist gestorben, als wir 16 waren. Seine Leber war wie ein Sieb. Eine entfernte Tante hat dann bei uns gewohnt, bis wir 18 waren. Wir haben um unseren Vater nicht getrauert. Doch sein Tod hat Friede und Berta nicht gereicht. Sie haben weiter ihre Spielchen getrieben. Die Männer sind meinen Schwestern wie Hunde nachgelaufen. Bis Friede und Berta sie ausgelacht haben, bis sie einen Neuen zum Spielen gefunden haben. Auch wenn sie Männer hassten, brauchten sie sie. In jedem sahen sie … unseren Vater. Einmal hat Friede über einen ekligen Typen gelacht, so nannte sie ihn, er hat sie in unserem Hof angebettelt, ihm noch eine Chance zu geben, auf den Knien … Plötzlich hat Friede gesagt: ›Schade, dass Vater nicht mehr da ist!‹ Mich … ich habe nie einen Freund gehabt. Erst mit 20, Marco … Marco wollte mich. Nicht Friede, nicht Berta, mich wollte er. Wir hatten uns bei einer Ausstellung im Stadtmuseum kennengelernt. Über historische Fotografie.« Karla lächelt, doch setzt gleich wieder ihre traurige Miene auf. »Ich war so dumm, Marco meinen Schwestern vorzustellen. Nach ein paar Tagen hatte Marco nur noch Augen für Friede und Berta. Obwohl er wie die meisten Männer meine Schwestern nicht auseinanderhalten konnten. Mich schon.« Karla zeigt auf ihre vernarbte Wange. »Ich habe Friede angebettelt, Marco in Ruhe zu lassen. Sie hat nur gelacht. Wenn er mich so leicht aufgebe, wäre er nichts für mich, hat Friede gesagt. Ich solle auf die wahre Liebe warten. Zum Schluss wollte Marco sich das Leben nehmen. Zum Glück ist nichts passiert. Später ist Marco nach Köln gezogen. Er schreibt mir hin und wieder. Doch die alte Liebe ist es nicht mehr.« Karla guckt auf ihre Armbanduhr. »Ach! Jetzt muss ich aber heim.« Sie steht auf. Wir sehen ihr nach. Irgendwie geht sie entschiedener als vorher. Reden hilft.

»Da schau an!«, sagt eine Stimme hinter unserem Rücken. Eine Stimme wie ein Song von Johnny Cash: *Folsom Prison Blues*. Verdammt! Wie hat er das so schnell hierher geschafft? HaHa setzt sich auf den Stuhl, auf dem vor einer Minute Karla hockte. »War das nicht die dritte Frau Schnippköter?«, fragt er. »Die gehe ich gerade besuchen und erlebe eine schöne Überraschung: Ein auf Bewährung entlassener Jugendlicher mischt sich in polizeiliche Ermittlungen ein. Aha … ich sollte jetzt gleich einen Streifenwagen rufen, Junge. Guck mir in die Augen!«

Das tue ich. Auch wenn mir der Schock alle Gehirnleitungen einfriert – kein einziges Wort bringe ich heraus. Zum Glück ist Laura Herrin der Lage. »Ist es denn verboten, mit Leuten zu reden?«, fragt sie. »Was wollen Sie dem Bewährungsrichter denn erzählen? Dass Sie Leon ins Gefängnis schicken wollen, weil er mit einer unglücklichen Frau geredet hat?«

Die Halsschlagader an HaHas Hals schwillt an und dreht sich wie eine Schlange, als er anfängt, vor Aufregung mit dem Kiefer zu malen. Er will Laura zurechtstutzen, doch plötzlich hellt sich seine Miene auf. »Wir haben handfeste Beweise!«, kreischt er nahezu. »Jawohl! In eurem Blumenladen wurden Leons Fingerabdrücke gefunden! Aha! Und was sagt ihr jetzt dazu?«

Ich sehe, wie Laura aufgibt. Sie macht den Mund auf. Gleich

erzählt sie HaHa, wie wir die Leiche gefunden haben. Gleich bin ich unterwegs in den Knast. Keine Erfahrung hat das Mädchen, auch wenn sie eine große Detektivin spielen will. Wie soll ich sie stoppen? Leider kann ich ihr jetzt nicht auf den Po klatschen wie vorher, um sie zum Schweigen zu bringen. Sie sitzt ja auf einem Stuhl. So verblüffe ich die beiden mit einem Ruf: »Wo ist Brummla?« Das verschlägt Laura die Sprache. Sie reißt sich zusammen und wartet, was von mir weiter kommt.

»Brummla? Äh ... ich kann Brummla doch nicht zum Viktualienmarkt mitnehmen bei seiner Fresssucht ... äh ... sag mal, Junge! Was hat Herr Brummla mit deinen Fingerabdrücken zu tun?«

»Genauso viel wie die gefundenen Fingerabdrücke mit mir«, sage ich. »Als Sie heute im Laden nach Fingerabdrücken gesucht haben, konnten Sie dort meine nicht finden. Weil ich noch nie im Blumenladen war. So einfach ist das.« Laura reißt ihre Augen auf. So dreist kann er also lügen, sagt sie sich sicher.

HaHa knirrscht etwas mit den Zähnen. Doch plötzlich kichert er. »Aber probieren musste ich das, was? Das seht ihr ein, oder? Ein Polizist hat viele Methoden! Psychologische Finessen, was? Clever!« Fast klopft er sich auf die Schulter.

»Faule Tricks!«, sagt Laura. »Lügen! Sie sollten sich schämen!«

»Keine Tricks, Mädchen!«, sagt HaHa. »Das ist große Psychologie! Fast hätte ich Leon jetzt doch erwischt, oder?«

»Sie können mich nicht erwischen«, lüge ich weiter, »ich war nicht dort!«

»Drei Punkte bekommst du trotzdem, Junge!«, sagt HaHa. »Wegen Behinderung von Mordermittlungen. Ich habe euch beiden verboten, euch in den Fall einzumischen. Jetzt hast du schon vier Punkte.« HaHa zieht seinen Notizblock aus der Tasche und kritzelt hinein.

»Vier Punkte?«, fragt Laura verwirrt.

»Mit zehn Punkten wird ihm der Führerschein entzogen, Mädchen«, sagt HaHa und kichert wieder. »Dann hilft ihm kein Bewährungsrichter mehr, hihihi …«

»Leon hat aber keinen Führerschein!«

»Das ist nur eine Metapher, Mädchen«, sagt HaHa. »Lernt ihr denn nichts in der Schule? Eine Metapher wie in einem Gedicht von Goethe.« HaHa steht auf und deklamiert wie auf der Bühne. Die Biergartengäste drehen sich um und schauen ihm zu. Dem Typen ist wirklich nichts zu peinlich:

*»Und frische Nahrung, neues Blut*
*saug' ich aus freier Welt'*
*Wie ist Natur so hold und gut,*
*die mich am Busen hält!«*

Hast du's gemerkt, Fräulein Samper? Goethe sagt, dass ihn die Natur am Busen hält. Das ist auch eine Metapher, was? Die Natur hat doch keinen Busen, hehe, oder? Genauso ist es mit dem Führerschein. Ein Bild! Als ob! Verstehst du, Mädchen? Nur ist die Metapher mit dem Führerschein … äh … von mir. Nicht von Goethe: Zehn Punkte und Leon wandert ins Gefängnis. Gut, oder?«

»Den ersten Punkt haben Sie mir aber ungerecht gegeben«, sage ich.

»Na gut!«, sagt HaHa. »Den lösche ich. Jetzt hast du nur vier Punkte!«

»Drei!«

»Nee! Für die Einmischung in unsere Ermittlungen bekommst du vier Punkte. Drei wären zu wenig.« Er steckt seinen Notizblock in die Tasche und watschelt davon.

Wir laufen zum Marienplatz zurück. Langsam kann ich mir echt nicht vorstellen, dass HaHa so blöd ist. Sicher spielt er nur mit uns. Pardon: mit mir! Oder?

»Eine nette Frau, die Karla«, sage ich in der U-Bahn. »Ziemlich unglücklich aber.«

»Der Erste!«, murmelt Laura.

»Was meinst du?«

»Karla ist der erste Mensch, von dem wir sicher wissen, dass er einen guten Grund hatte, Friederike umzubringen.«

»Und ihr Exfreund Marco? Und wohl hundert andere Männer?«

Wir sitzen nebeneinander auf dem U-Bahn-Sitz. Laura lehnt ihren Kopf auf meine Schulter und sagt: »Ich muss diesen ganzen Dreck wegduschen!«

## Eine Ahnung von Mord

Uff! Schon Viertel vor acht! Ich ziehe die Gardinen auseinander, die Sonne sticht zu und lacht mich aus und brüllt auch ganz schön metaphorisch: »Schlafsack!« Im Knast warst du voll organisiert, im Waisenheim auch, die Freiheit scheint etwas komplizierter zu sein. Wohin zum Beispiel jetzt? Klar! Alle Wege führen nach Rom. Und das Rom jeder Wohnung liegt in der Küche. Dort hockt schon der Boss in seinem Schlafrock. Zwei Spiegeleier glotzen voller Angst sein Besteckmesser an. Doch Lauras Vater zögert, starrt die Spiegeleier an, als ob er sich nicht trauen, als ob er sich schämen würde, ein Messer in der Hand zu halten. Graust in seinen Gedanken wieder der Mord? Erst ich reiße ihn aus seiner Starre heraus: »Morgen, Herr Samper.«

»Gut… guten Morgen, Leon! Könntest du im Lebensmittelmarkt hinten an der Tankstelle Milch holen? Laura ist unter der Dusche. Ich muss gleich zur Polizei.« Er gibt mir einen 10-Euro-Schein. Ich laufe nach draußen und verwechsle die Badezimmertür mit dem Ausgang. Nee! Nur ein Scherz. Klar lande ich nicht bei Laura unter der Dusche. Trotzdem laufe ich ihr direkt in die

Arme. Im Flur. Die Nixe ist aus dem Badezimmer aufgetaucht wie aus einem Waldteich, von ihrem Haar tropft Tau. Ein Duft von frischen Blüten … oder träume ich das nur? Weil ich Nixen schon immer nett fand? Na ja, diese Krimi-Nixe ist auf jeden Fall nicht nett. Voll dominant. Mit einem ungesunden Hang zur Arroganz. Auch wenn sie gestern in der U-Bahn ihren Kopf ganz schön auf meine Schulter gelegt hat. Manchmal ist sie … Mein Blick wandert nach unten. Ein weißes T-Shirt. Diesmal ohne eine einzige Blume drauf. Verwaschene Jeans mit Wasser gesprenkelt. Ihre nackten Zehen sehen ganz hübsch aus, das muss ich zugeben. Zehennägel zum Glück nicht lackiert. Ich mag keine farbigen Zehennägel. Die violetten sind echt übel.

Mit einem blauen Handtuch trocknet sie ihre Haare. Ihr weißes T-Shirt rutscht hoch, darunter ein freier Bauchnabel, eine Pforte in eine fremde Welt. »Wo gehst du hin?«, fragt sie.

»Milch holen.«

»Soll ich mitkommen? Muss mir aber noch die Haare föhnen.«

»Ich schaff's allein«, sage ich. »Ich weiß, wo der Laden liegt. Föhn dich schön!« Das sage ich aber nur, damit sie weiß, dass nicht nur Mörder und Polizisten dichten können.

Vor dem Lebensmittelmarkt steht eine hübsche Vietnamesin: »Du hast Sack?«, fragt sie mich.

Ich gucke mich um, ob uns jemand zuhört und sage: »Klar hab ich einen Sack!«

»Voll Sack«, sagt sie. Krass! Woher weiß sie, dass ich im letzten Jahr Mädchen nur in meinen Träumen gesehen habe? Auch dies will ich bejahen, sie zeigt aber auf einen Haufen am Eingang und sagt: »Voll Kaltofelsack 20 Kilo kosten nul 8 Eulo.« Ich kaufe die Scheißkartoffeln. Weil sie mich ganz schön angelächelt hat. Nicht so spöttisch wie Laura.

Der verschlägt der 20-Kilo-Kartoffelsack in der Küche die Sprache. Ihrem Vater auch. Nanu? Eine kleine Überraschung zum Frühstück, was?

»Das war im Angebot«, sage ich. »Ich hab's von meinem Geld gekauft. Will mich etwas an den Lebensmittelausgaben beteiligen.«

»Das musst du nicht, Leon«, sagt Lauras Vater. Er nimmt mir den Sack aus den Händen. »Trotzdem ist es sehr nett von dir.«

»Und wo ist die Milch?«

»Äh ... die Milch hab ich vergessen.«

Laura verdreht die Augen. Ich lächle. Wenn Idiot, dann ein ordentlicher.

Wiesen, Wälder, Berge. Diese Bilder der Umgebung von München habe ich zuletzt vor drei Jahren gesehen. Bei unseren Auto-Ausflügen. Mit Mama und meinem Yogi-Vater. Jetzt sind Sherlocka und ich unterwegs zum Blumengarten ihres Vaters. Wir starren aus den Fenstern der S-Bahn, sie hockt mir gegenüber, guckt mich aber kein einziges Mal an. Wahrscheinlich denkt sie über den Kartoffelsack nach. Ich verstehe selber nicht, warum ich den Schmarrn gekauft habe. Im Knast musst du ständig spontan handeln. Ach, was soll's? »Das Denken kannst du einem Elefanten überlassen, Mann!«, sagt mein Freund Salami immer.

»Der hat einen größeren Kopf als du.« Also überlasse ich das Denken dem Elefanten und genieße das Land hinterm Fenster. Die Sonne dreht ihre Tagesrunde. Wie ein Opa komme ich mir vor. Früher, vor meinen Knastzeiten, haben mich solche sonnigen Land-Aussichten nicht besonders interessiert. Jetzt schon. Gran Canaria von München, wie Mama den Süden nannte. Klar ist in dieser ganzen Natur auch der Mensch ein hübscher Anblick, die Frau mit Sonne im Gesicht, mit ihren kleinen braunen Sommersprossen. Worum kreisen jetzt ihre Gedanken? Um Mord? Laura reißt den Blick vom Fenster und guckt mich an. »Ich finde das lustig und schön«, sagt sie.

»Was?«

»Dass du den Kartoffelsack gebracht hast.« Sie lacht plötzlich und es ist überhaupt kein Spott darin. Ich lache mit. Reiß dich zusammen, Mann! Die Fallen sind gelegt.

»Ich verstehe nicht, dass du wegen eines Tresorraubs gleich ins Gefängnis musstest«, sagt Laura unterwegs vom S-Bahnhof. »Als Jugendlicher hättest du doch eine Bewährungsstrafe bekommen müssen.«

»Ich hatte schon eine Anzeige am Hals. Wegen einer Schlägerei.« Dass ich Fettysch in einem Blechspind eingesperrt habe und wegen Freiheitsberaubung angeklagt wurde, sage ich ihr lieber nicht. Fettysch hat Salami schon immer gemobbt. Wohl hab ich dank Salami nach YouTube-Clips Kung-Fu gelernt. Bei jeder Gelegenheit mit Salami Freikampf geübt. Salami brauchte das Training sowieso. Früher hatte er sich nie wehren können. Als ich vor drei Jahren ins Heim gekommen bin und zum ersten Mal im Spielhof auftauchte, musste Salami gerade einen Wagen mit Fettysch schieben. Fettysch war wie sein Spitzname: fett und böse. In Salamis Augen loderte Angst. So stieg meine erste Schlägerei im Heim. Fettysch und ich hörten damit erst auf, als uns beiden Blut aus den Nasen lief. Seitdem sind Salami und ich zusammengehangen. Fettysch ließ Salami aber nie in Ruhe. So hab ich ihn zuletzt in den Spind gesteckt und dort eingeschlossen. Dass ich mich um Salami kümmerte, gefiel auch Martin. Ja, das hat Martin sicher gefallen. Erst seit dem Raub wohl nicht mehr.

»Warum habt ihr den Tresor ausgeraubt?«, fragt Laura unterwegs vom S-Bahnhof. Hier hat's in der Nacht geregnet. Die Sonne lässt die restlichen Wassertropfen in den Blättern der Bäume entlang des Fußwegs glitzern. Wäre ich ein Zauberer, könnte ich die Hand strecken und die glitzernden Tropfen in Perlen verwandeln. An einer silbernen Kette würde ich sie einem Mädchen um den Hals legen. Wenn ich nur möchte.

»Wegen Geld«, sage ich. »Was sonst?«

»Das glaube ich nicht«, sagt sie.

»Wieso glaubst du das nicht?«

»Ich kenne dich schon etwas.«

»Hey! Pass auf! Ich bin echt kriminell.«

»Dumm bist du und nicht kriminell. Warum machst du dich ständig so schlecht?« Hmm. Warum mache ich mich ständig so schlecht? Eine alte Gewohnheit halt. Im Knast lebst du gar nicht so schlecht, wenn du dich schlechtmachst. Aber so philosophisch will ich ihr gar nicht kommen. Sie hat sowieso schon geseufzt, und das klang wie ein Punkt hinter dem Komma, wie der Sprachmeister HaHa sicher sagen würde. Komisch, wie mir der Gedanke an diesen Komiker einen Schauer den Rücken runterjagt. Nur ein Fehler, Junge, nur ein Fehler … Mann! Ich will nicht in den Knast zurück.

Das große Gartentor ist auf, als wollte es die Vorbeigehenden anlocken: »Nur herein in den Garten Eden!« Der Garten Eden ist das aber nicht! Der Gärtner zu jung, um Gott zu spielen. Er steht neben einem kleinen Gartenhaus aus Holz. »Guten Morgen, Laura!«, sagt er. »Dein Vater hat mir am Telefon gesagt, dass ihr kommt.« Klein, der Typ, irgendwie erinnert er mich an Salami. Keine Ahnung, warum. Salamis Eltern stammten aus Marokko und sind bei einem Autounfall ums Leben gekommen. Der Gärtner ist ein Deutscher: Jeans, ein kurzärmeliges Hemd, ein breiter Strohhut, darunter Sommersprossen. Nur ein paar Jahre älter als wir. 23? »Du bist Leon, oder?« Er reicht mir die Hand. »Ich heiße Fritz. Du kannst mich duzen.« Klar duze ich ihn. Wenn er mich duzt, duze ich ihn auch, oder?

»Da sind frische Latzhosen für euch! Damit ihr eure Klamotten nicht verdreckt.« Er führt uns durch den Garten und zeigt, was auf uns wartet: Tonnen Unkraut zwischen mickrigen Blumen. Zwei Unkrautstecher bekommen wir. So ein Ding hatte ich schon gestern in der Hand gehalten. Diese Klinge ist zum Glück nicht fleckig von Blut. »Das Beet dort musst du aber zuerst mit dem Spaten umgraben, Leon«, sagt Fritz.

»Ich mache das«, sagt Laura. Warum will die Frau bloß ständig an vorderster Front stehen? Egal! Ich freue mich darauf, wie sie sich beim Graben blamiert. Wenn sie sich mit dem Spaten ihre Chucks zerhackt hat, nehme ich ihr das Gerät ganz cremig aus der Hand und sage: »Männerarbeit! Hehe!« Sie packt aber den Spaten, als ob sie in ihren Händen nie etwas anderes gehalten hätte. Alles klar! Ein Mädchen aus einer Gärtnerfamilie. Sicher schon einer Menge Maulwürfe die Wohnungen vernichtet.

Trotzdem will Fritz zeigen, wer hier der Gartenprofi ist. »Du musst den Spaten so halten!«, sagt er, stellt sich hinter Laura, umfasst sie von hinten und verschiebt ihre Hände am Spatenstiel. Angeber! Schleimer! Ich stoße den Unkrautstecher in den Boden und der Stich geht knapp an meinem Herz vorbei. Warum bringt's mich aus der Fassung, wenn er ihr so nahe kommt? Ich will doch mit der Sherlocka nichts zu tun haben. Am liebsten würde ich zwischen uns die Alpen sehen. Oder besser gleich den Himalaja. Trotzdem gefällt's mir nicht, wie sie bei seinem Gegrapsche kichert, statt ihm eine zu schmieren. Mir würde sie sicher an die Gurgel springen, wenn ich sie so von hinten packen würde, oder? Ach, bist du eifersüchtig, Leon? Nee! Sicher nicht.

Bis zum Mittag haben wir etliche Blumenbeete befreit. Keine bösen, grünen Stachel-Krieger weit und breit, die den Pflanzen ihre Nahrung und die Sonne rauben würden. Komme mir wie Che Guevara der Beete vor. Freiheit für die Blumen! Gestern früh hab ich noch Blumen gehasst und jetzt kämpfe ich auf breiter Front für ihr alleiniges Recht aufs Blumenbeet. Laura malt sich einen braunen Erdstreifen auf die Stirn, als sie sich mit der Hand den Schweiß wegwischen will. Braunes Haar, braune Augen und ein brauner Streifen dazwischen. Passt gut zusammen.

Ich zeige nach rechts. »Dort in der Ecke sind Tulpenbeete, oder?«

Laura steht auf. »Uaah!« Wenn Laura sich streckt, strecken die Bäume sich bis in den Himmel: Ein paar Tropfen fallen. Einer auf ihre Nasenspitze. Laura versucht, ihn abzulecken, kitzelt sich mit der Zungenspitze aber nur am Nasenbein. Eine kleine Zunge. Sie klopft sich ein paar biestige Unkräuter von ihrer Latzhose runter. »Ja! Um die Tulpen kümmert sich meine Mama! Papa sieht das aber nicht gern. Er meint, das sind nur Spielereien. Er hat schon immer Probleme damit gehabt, dass Mama sich mehr um ihre Tulpen kümmerte als um den Gemüsegarten. Den versorgt jetzt aber zum Glück René. Ich verstehe Mama schon, dass sie die Tulpen nicht aufgeben will. Papa sagt aber, nur mit Tulpen kann man kein Geld verdienen.«

»Unser Mord hat etwas mit Tulpen zu tun«, sage ich. »Deine Mama sollte unbedingt mit der Polizei reden.«

»HaHa hat sie schon dreimal angerufen«, sagt Laura.

»Schon komisch, dass zwei bekannte Tulpensammlerinnen aus München sich nicht kennen«, sage ich.

Laura guckt mich an. »Mir graust vor diesen Zusammenhängen. Wir müssen den Mörder schnell finden.« Dazu sage ich nichts. Ich hab plötzlich Zweifel, dass wir überhaupt was in dem Mordfall rausbekommen. Eher lande ich wieder in der Burg. Zum Glück brüllt mich gleich der Lebensretter im meinem Kopf an: Mann! Kämpfe! Jawohl! Wir finden den Mörder! Und sollte ich dafür lebenslänglich kriegen.

Laura wirft einen Erdklumpen nach mir. Autsch! Doch kein Erdklumpen. Ein verdammt harter Stein! »Sag mal!«, brülle ich. »Du bist gegen mich gewalttätig, du wirfst Steine nach mir, auf deinen Vater schießt du …«

Sie kommt zu mir und klatscht mir auf den Po. »Sei nicht so zimperlich! Das war für deinen gestrigen Poklatscher!«

»Ja? Was wäre, wenn ich dich so schlagen würde, wie du mich schlägst?«

»Du darfst mich nicht schlagen. Ich bin eine Frau!« Hey! Voll männerfeindlich, oder? Na ja, schlagen will ich sie sowieso nicht. Nur, wenn's sein muss.

Laura zupft Blätter von einer Unkrautpflanze. »Erinnerst du dich an die Facebookseite von Friederike? Die paar Tage vor genau drei Jahren ohne Einträge?«

»Ich hab mir die FB-Seiten gestern Abend noch mal angeguckt«, sage ich. Und zögere. »Das Einzige …«

»Na, sag schon!«

»Nach der Woche ohne Einträge hat sich ihr Ton etwas geändert. Nichts Konkretes. Davor hat sie hin und wieder einen Witz geschmissen. Die Tage danach postet sie nur Ernstes. Erst ein paar Wochen später, im Juli, ist sie lustig. Blümelt wieder mit den männlichen Fans, was das Zeug hält.«

»Blümelt?«

»Äh … flirtet!«

»Wo hast du nur dieses schlechte Deutsch gelernt? Im Gefängnis?«

»Sorry«, sage ich. »Die weißen Tage vor genau drei Jahren auf ihren Facebookseiten bringen uns nicht weiter. Damals hätte echt alles passiert sein können. Vielleicht hatte Friederike einfach ein paar Tage lang keinen Bock auf Facebook. So was kann vorkommen. Du hast doch selbst gesagt, dass die drei Jahre ein Zufall sind.«

»Kann sein«, sagt Laura. »Kann aber auch sein, dass Friederike damals einem Mann etwas Übles angetan hat. Etwas richtig Übles. Und ein paar Tage brauchte, bis sie drüber wegkam.«

»Karla glaubt, Friederike hätte nie große Gewissensbisse gehabt.«

»Vielleicht hatte sie nur Angst, dass man ihr auf die Schliche kommt. Ich rufe Karla an und frag sie. Vielleicht weiß sie etwas über diese Zeit.«

»Du hast ihre Telefonnummer?«

»Sie hat mir heute eine SMS geschickt. Wir sollen Berta nichts davon erzählen, was sie uns gesagt hat.«

»Wohl hat sie Angst vor ihrer Schwester.«

»Kann sein. Auch wenn Friederike die Gefährliche war.« Laura hebt den Zeigefinger vor ihre Lippen: PSST! »Hallo … hallo Frau Pirschelbär!« Na, super! Karla Schnippköter heißt jetzt Karla Pirschelbär. Namentlich hat sie sich nicht viel verbessert. Laura stellt ihre Frage und lauscht. Nach ein paar Minuten wandert das iPhone wieder in ihren kleinen Rucksack. »Nein! Vor drei Jahren war Karla schon weg aus dem Haus in Moosach und hat ihre Schwestern gemieden, wo sie nur konnte. Nur hat sie mich jetzt noch einmal gebeten, Berta nicht zu sagen, dass sie mit uns über ihren Vater und die Vergangenheit geredet hat.«

»Einen Riesenschiss hat sie vor ihrer Schwester.«

Laura schaut mich streng an. »Du solltest dir langsam deine Gefängnissprache abgewöhnen. Wenn du das vor Mama sagst, dann fliegst du.«

»Deine Mama kann mich auch am Arsch lecken«, sage ich, selbstverständlich aber nur in Gedanken. Trotzdem fürchte ich langsam die Rückkehr ihrer strengen Mama.

»Hallooo!«, brüllt Fritz vom Gartenhäuschen. »Mittagspause!« Echt an der Zeit. Etwas zum Beißen wäre nicht schlecht.

In einem nahen Café bestellen Laura und Fritz Salat. Partnerlook, was? Da mache ich nicht mit, Leute. Gehe zur Theke, um dort etwas Anderes und Gesundes zu finden. Schweinswürschtl mit Sauerkraut? Warum denn nicht? Auch super vegetarisch und außerdem schmackhaft.

Hola! Guckt Laura neidisch auf meinen Teller? »Leon!«, sagt Fritz. »Nach der Mittagspause arbeitest du allein. Laura holt vom Gärtner aus dem Nachbarsort Blumensamen.« Während er redet, guckt er mir nicht in die Augen. Stattdessen schaut er sich die Caféwand rechts von mir an und gräbt in seinem Salat nach einer Olive. Komisch, oder? Will er vor mir was verbergen? Im Knast musst du lernen, jedem in die Augen zu gucken. Damit jeder weiß, du hast keine Angst vor ihm. »Ich muss auch etwas erledigen«, fügt er hinzu. »Spätestens in einer Stunde sind wir zurück. Nimm dir eine Flasche Wasser und deine Sachen aus dem Gartenhaus. Ich sperre es ab.« Laura macht den Mund auf. »Hier laufen ständig Leute vorbei«, sagt Fritz. »Ich schließe das Gartenhaus besser ab, damit dort keiner reinkommt, wenn du im Garten arbeitest, Leon.« Den Schlüssel bietet er mir nicht an. Wohl hat er kein Vertrauen zu einem Knacki. Sicher ist er nicht bei den Grünen wie Lauras Vater. Wenn ich aber im Gartenhaus was klauen möchte, habe ich sein primitives Schloss in zwei Sekunden geknackt. Das hat mir Salami schon im Heim beigebracht. Er ist ein Einbrecher vor dem Herrn.

Draußen vor dem Café warten Fritz und ich auf Laura. »Ich muss kurz die Blumen gießen«, hat Laura innen gesagt und ist nach hinten gelaufen. Witzig ist sie manchmal schon. Aber nur manchmal.

»Hübscher Laden«, sage ich zu Fritz.

Genervt kickt er einen Stein. »Die wollen dir auch nur Geld aus der Tasche ziehen.«

Das checke ich nicht. Wir haben gut gegessen, hübsch gechillt, und der Typ, statt sich zu freuen, sieht nur Negatives dran. Arme Sau! Lach doch! Lach! An seiner Stelle lacht aber Laura beim Herausgehen aus dem Laden. »Hier gibt's nur ein gemeinsames Klo für Männer und Frauen. Hätte ich gewusst, dass vor dem Klo zwei Männer warten, wäre ich etwas länger drinnen geblieben. Die Männer haben nicht so viel Erfahrung mit den Warteschlangen vor Toiletten.« Schadenfroh ist Sherlocka also auch.

Ich hab leider nichts zu lachen. Über mir braut sich wieder mal Unheil zusammen: Überraschung der Marke Psychoterror: Vor dem Gartentor läuft ein Tiger hin und her. Heute sieht er echt gefährlich aus. Nicht mal sein Hiwi Brummla will ihm zu nahe kommen und schnuppert ein Stück weiter an den Pflanzen rum, die über den Zaun ragen, ob an ihnen nicht Würschtl wachsen würden. HaHa sieht uns und schreit gleich vor Begeisterung: »Sie sind der Zeuge, Herr Brummla! Der Junge mischt sich wieder in Ermittlungen ein!« Und schon läuft er auf mich zu und feuert direkt aus der Hüfte: »Aha! Aha! Was machst du denn hier? Jetzt redest du dich nicht raus! Behinderung von polizeilichen Ermittlungen! Schau mir in die Augen!« Dabei dreht er sich zu Brummla um, sodass ich ihm höchstens in den Buckel schauen kann. »Schnell, schnell, Brummla! Legen Sie ihm die Handschellen an!«

»Mir ham koane Handschelln, Herr Haupt … äh … jetzt bin i scho selber damisch. Mir ham koane Hauptschellen, Chef!«

»Chef? Brummla! Bin ich ein Koch? Nehmen Sie den Jungen endlich fest.«

»Warum?«, fragt Laura.

»Warum? Weil er sich wieder in die Ermittlungen einmischt. Was macht er hier? Wolltest du den Gärtner aushorchen, was? Aha! So wie wir! Na, was machst du hier, Junge? Schau mir in die Augen! Ich bin wie ein Lügendetektor. Wenn du lügst, sehe ich das sofort an deinen Pupillen. Schau mir in die Augen.«

»Ich kann nicht in Ihre Augen schauen. Sie zucken ständig weg.«

»Sei nicht frech! Was machst du hier also? Aha!«

»Ich arbeite hier!«

»Waas?«

»Er arwat da, Herr Wachtmeister … äh … Herr Hauptmeister!«

»Herr Hauptkommissar, Brummla!«

»Jawohl, Herr Hauptkommissar. Leon arwat da.«

HaHa kichert plötzlich, wie es seine Art ist. »Selbstverständlich arbeitet Leon hier! Das weiß ich auch! Wollte dich nur prüfen! Habe ich dir aber schon Angst eingejagt, was? Schau mir in die Augen! Man muss den Verbrecher immer aufscheuchen, was, Herr Brummla? Dann macht er Fehler.«

Ich bin sprachlos. Laura auch. HaHa und Brummla gehen mit Fritz zum Gartenhäuschen, um ihn auszufragen. HaHa kichert immer noch vor sich hin. Das gibt's doch gar nicht, oder?

»Doch!«, sagt Laura. Scheiße! Hab ich wieder laut gesprochen? »Ja!«, sagt Laura.

Locker arbeite ich mich von Beet zu Beet. Ohne Aufsicht ist die Arbeit super. Hmm … wie spät ist es? Muss mir ein Handy besorgen. Eine Uhr habe ich nicht. Mithilfe eines Holzstocks, einer Blumenstütze, stelle ich eine Sonnenuhr auf. Nach zwei Stunden gucke ich immer öfter hin und messe den Schatten. Die verflossene Zeit macht sich an meinem Bauch zu schaffen. Als ob Ameisen vom Beet auf meinen Beinen hinauf in meinen Darm kriechen und dort rumtollen würden. Wo bleibt Laura so lange? Hätte schon längst hier sein sollen. Ich stehe auf, wasche mir die Hände an der Gartenpumpe, trinke Wasser und laufe zum Tor. Von Laura und Fritz keine Spur. Auch HaHa und Brummla sind schon längst weg. Und plötzlich: ein böser Gedanke! So schlecht, dass ich mich für den Gedanken etwas schäme. »Musst du nicht, Leon«, sagt der Lebensretter in mir, der alles besser weiß. »Fritz ist wohl 23, Laura 16. Wenn sie sich zusammen verzogen haben, wenn sie etwas zusammen haben, machen sie doch nichts Schlechtes, oder?« Trotzdem fühle ich mich verraten und verkauft. Warum denn? Liegt mir so viel an Laura? Sie hält mich doch für einen Gehirnamputierten! Bei der hätte ich nie eine Chance. Ein Knasthocker! Auch wenn ich aufhören würde, den Idioten selbst zu spielen. Das will ich aber nicht. Mein verdammter Stolz: Wer seine Glorie kennt und dennoch in Schande weilt, der ist das Vorbild der Welt. Ich scanne die Gegend mit meinem Blick. Uff! Wer kommt denn da? Fritz! Auf seinem Fahrrad aus der Richtung vom S-Bahnhof. In den Büschen hinterm Garten waren sie also nicht zusammen. Wieder mal fällt ein Stein vom Steinbruch in meinem Herzen runter.

»Laura ist noch nicht zurück«, sage ich und erwarte, dass er geschockt ist und wir gleich nach ihr eine Suchaktion starten werden.

»Sie kommt schon«, sagt Fritz. »Sicher hat sie sich irgendwo verquatscht.« Warum guckt er mir auch jetzt nicht in die Augen?

»Herr Samper hat gemeint, Laura soll nicht allein rumlaufen«, sage ich. »Wegen des Mordes im Laden.«

Fritz starrt einen Apfelbaum rechts von mir an. Vielleicht sollte ich ihm sagen, dass man beim Reden den Leuten in die Augen schauen soll. »Ich muss jetzt auf den Handwerker warten«, sagt er. »Nimm das Fahrrad und fahr ihr entgegen!«

»Kannst du sie nicht anrufen?«

»Mein Akku ist leer. Im Gartenhaus gibt's kein Telefon.« Hmm … muss mir echt bald ein Handy besorgen.

Ich schwinge mich auf den Fahrradsattel, drehe noch schnell den Kopf um, will »Tschüs« sagen und sehe, wie er lacht. Ich trete in die Pedale. Laura geht verloren und der Typ lacht. Und plötzlich bin ich nicht mehr eifersüchtig, plötzlich kriege ich richtig Angst. Ist er der Mörder? Hat er Laura irgendwo verscharrt? Zeit hatte er dafür genug. Ist er so kalt, sie kurz darauf zu ermorden, nachdem er von der Polizei verhört wurde? Wie ein Irrer rase ich über den Feldweg.

Im Knast hab ich schon viel gelesen, wollte nicht blöd bleiben wie die anderen Jungs: nur schnüffeln und checken, wo man Fressen und Dope kriegen könnte. Geld, Geld, Geld! Draußen dann eine fette Goldkette und einen Porsche und drei halb nackte Tussen, die um dich herumhüpfen. Das schöne Leben eben. Und dann wieder für zwei Jährchen in die Burg. Das hat mich nie gereizt. Deswegen habe ich im Knast gelesen. Klar hat mir das Lesen auch Spaß gemacht. Aber so hirnlos zu lesen wie sie? Verdammt noch mal! Sich's mit einem Krimi auf einer Bank gemütlich machen, während ein Tulpenmörder frei herumläuft? Und diese Frau bezeichnet mich als einen Idioten? Und vor allem: Wie kann sie hier so cremig lesen, während ich mir vor lauter Angst um sie in die Hose scheiße? Nee – so was würde ich nie bringen. Sherlocka schon! Sie hockt im Schatten auf einer Bank unter einer großen Linde auf dem Dorfplatz und liest einen Krimi. Ja, auch das gibt's auf der Welt! Voll unberechenbar, die Frau! Klar will ich ihr nicht zeigen, dass ich mir um sie Sorgen gemacht habe. »Fritz hat mich geschickt, dich zu suchen«, sage ich. »Du hättest schon vor zwei Stunden kommen sollen.«

»Sorry!«, sagt sie. »Frau Meinhard aus der Gärtnerei hat mir den Krimi in die Hand gedrückt. Hab den noch nicht gelesen.« Sie hüpft hoch, steckt den Krimi in ihren kleinen roten Rucksack und schnauzt mich an: »Worauf wartest du noch? Komm!« Spinnt sie? Sie fragt mich, worauf ich noch warte? Sie zeigt auf eine große blaue Ikea-Tasche mit Pflanzensamenbeuteln. »Die Tasche kannst du tragen«, sagt sie. He? »Ich nehme das Fahrrad. Wir müssen unseren eigenen Fall anpacken.« Zum Glück schiebt sie das Fahrrad nur und lässt mich mit den Samen nicht allein. Sicher Samen von fleischfressenden Pflanzen. Zusammen trotten wir zurück.

»Was kommt als Nächstes?«, frage ich. »Wie packen wir unseren Fall an?«

»Wir nehmen den verdächtigen Gärtner unter die Lupe!«

»Fritz?«

»Nicht Fritz! Fritz ist doch nicht verdächtig. Claudin besuchen wir. Den Gärtner von Onkel Josef.«

»Besuchen?«

»Wir beobachten aus einem Versteck, was er treibt«, sagt Laura. »In den Büschen von Onkels Garten kann man sich gut verstecken.« Sie bleibt stehen, ihre Augen schlagen wieder mal Blitze. »Wie kannst du nur denken, Fritz könnte der Mörder sein?«, fragt sie entrüstet.

Recht hat sie. Meine Eifersucht hat mich so weit getrieben. Bescheuert, oder? Vor einer Viertelstunde hab ich sogar gedacht, Fritz hätte auch Laura ermordet. Schäm dich, Leon! Du musst den Idioten gar nicht spielen, du bist ein echter!

»Fritz war im selben Kinderheim wie du«, sagt Laura. »Vor fünf Jahren hat Papa ihn zu uns genommen. Zuerst als Lehrling. Seit zwei Jahren versorgt Fritz unseren Garten.«

Aha! Fritz war auch im Kinderheim? Sogar im selben wie ich? Muss wieder an Martin denken. Der hat mal erzählt, manche Kinder würden ihn noch Jahre nach ihrem Aufenthalt im Heim besuchen. Fritz gehörte sicher nicht dazu. Ihn habe ich im Heim nie gesehen.

»Huuuuuuh!« Kommt hier auf dem Feldweg die Feuerwehr angefahren, oder was? Laura holt ihr iPhone aus der Tasche und guckt mürrisch aufs Display: Wen muss sie denn wegklicken? Schade! Sie nimmt an. Schon lächelnd. »Hallo Mama! … Ich war Samen holen. … Waas? … Warum denn? … Da musst du doch keine Angst haben. … Nein! … Papa wollte, dass wir beide bei Fritz aushelfen! … Warum sollte Papa wahnsinnig sein?« Laura schaut mich an, ihr Lächeln schwindet. »Ja! Leon ist da. … Mama! Bitte! Muss das sein?« Aha! Bei der Mama sitzt die Sherlocka nicht so hoch auf Ross wie beim Papa. Widerstrebend steckt sie mir das Handy in die Hand. »Mama will mit dir reden!«

»Hallo!«, sage ich. »Ich …«

»Hören Sie mir gut zu!«, sagt sie. »Mein Mann ist manchmal sehr naiv. Mir können Sie aber nichts vormachen! Ich möchte nicht, dass Sie meiner Tochter zu nahe kommen! Ist das klar?«

»Ich hab die Frau nicht umgebracht«, sage ich. Bin doch wieder mal ziemlich unter Schock. Eine bessere Antwort ist mir nicht eingefallen.

»Der Mord spielt hier keine Rolle«, sagt sie. »Sie sind ein Krimineller. Und Sie bleiben ein Krimineller. Ich lasse mich nicht so bezirzen wie mein Mann. Haben Sie mich verstanden?«

»Ja!« Ich gebe Laura das Telefon zurück.

»Sorry!«, sagt sie. »Mama ist manchmal etwas stur. Sie ist aber kein schlechter Mensch. Wirklich! Glaub mir! … Möchtest … möchtest du von uns jetzt weggehen?«

»Ich? Weggehen? Warum? Wir müssen doch zusammen den Mord lösen.« Ich fühle, wie meine eigene Sturheit bis in den Himmel wächst. Die Am-Arsch-lecken-Haltung. Dieses Gespräch mit der krassen Mutti habe ich echt gebraucht. Jetzt werde ich hier alle Geheimnisse lösen. Das schwöre ich! Und sollte ich deswegen gekillt werden. Auch dein Geheimnis lüfte ich, werte Mama von Laura. Denn jetzt bin ich mir ziemlich sicher, du weißt etwas über den Mord an Friederike. Oder irre ich mich da?

## Der Mörder ist immer der Gärtner

Fritz wartet auf uns. »Dein Bruder hat angerufen!«, sagt er.

»Ich hab keinen Bruder«, sage ich.

Laura lacht wieder. »Fritz meint meinen Bruder!« Ach so! Warum guckt er dann mich an, wenn er zu ihr spricht? Und – Erleuchtung! Plötzlich fällt mir die Lösung des Rätsels ein. Der Typ schielt. Logisch muss ein Schielender an dir vorbeischauen, wenn er zu dir redet. Anders geht's nicht. Und ich verspotte ihn deswegen. Laura hat recht – ich bin blöd. Klar würde ich mich bei Fritz für meine blöden Gedanken nie laut entschuldigen. Warum auch? Muss mich trotzdem fragen, ob mich die Eifersucht dazu getrieben hat, Fritz als einen Fiesling abzustempeln. Hey! Sicher keine Eifersucht. Ich bin doch nicht in die Sherlocka verknallt. Dann wäre ich ja nicht nur ein Idiot, sondern ein Vollidiot! Wer würde sich schon einer solchen selbstgerechten Besserwisserin wie Laura freiwillig ausliefen? Die sich über dich bei jeder Gelegenheit lustig macht. Trotzdem verspreche ich mir feierlich, nie im Leben eifersüchtig zu sein. Sonst fresse ich zur Strafe einen ganzen Korb schwarzer Tulpen.

»Morgen arbeitet ihr im Garten bei René!«, sagt Fritz.

»Cool!«

»Bis dann!« Er gibt mir die Hand und guckt dabei jemand neben mir an. Ein ganz netter Typ.

»Wo gehst du eigentlich hin? Die S-Bahn-Station liegt doch dort!«

»Wir gehen nicht zur S-Bahn!«

»Echt nicht?«

»Klar! Siehst du doch!«

»Ja! Ich sehe schon, dass wir nicht zur S-Bahn gehen!«

»Du hast nun mal Augen wie ein Falke! Weißt du schon, wo wir hingehen?«

»Nee!«

»Das überrascht mich nicht. Ich wusste, dass du ein Blitzdenker bist!«

»Wo gehen wir hin, verdammt?«

»Na, wohin denn?«

»Zur S-Bahn?«

»Idiot!«

Ungefähr so klug und weise verläuft unser Feierabendgespräch. Während wir mit unseren Chuck-Sohlen den Lehmboden eines trotz Sonne immer noch etwas feuchten Feldwegs stempeln. Die Baumkronen über uns werfen Schatten. Unser Gespräch mit ihrer Mama hat Laura schon voll verdrängt, ihre Befürchtung, ich könnte hier abhauen. Sie ist bissig wie eh und je.

»Und wo gehen wir also hin?«, frage ich.

»Na, zum Garten von Onkel Josef«, gibt Laura endlich eine Antwort, mit der ich was anfangen kann.

Nach etwa 20 Minuten Marsch an Hecken vorbei schleppt sie mich auf eine Wiese und treibt mich durch blühende Bäume und Büsche: Flieder? Die Vögel zwitschern uns eine abgefahrene Mucke zu. Mannomann! Kann mich überhaupt nicht erinnern, ob ich im Knast einen Vogel habe zwitschern hören. Im Kinderheim schon. Ein ausgedientes Nonnenkloster mit einem großen Baumgarten drum herum. Hier gibt's kein Gebäude, nur Bäume.

Laura bleibt stehen. Eine Schweißperle schmückt ihre Stirn. Die Sommerbrise klebt ihr eine Haarsträhne darauf. »Dort ist Onkels Garten!« Sie zeigt zu einer Wand aus Buschkronen, bunt und groß wie Luftschiffe. Wieder Flieder! Das Dichten geht bei mir immer besser. Über den violetten Blütentrauben steigt eine Rauchsäule auf. Blütentrauben … hehe, … die würde HaHa sicher Traubenblüten nennen. Wir schleichen weiter. Über den violetten Blütentrauben also steigt eine Rauchsäule bis in den Himmel auf und reizt die Himmelaugen. Sie fangen an zu tränen. Ein paar Sommertropfen fallen herunter, aber gleich ist es vorbei. Dem Rauch scheinen die Tropfen nicht zu schaden.

»Hoffentlich verbrennt der Mörder nicht gerade alle Beweise«, sage ich. »Warte!« Ich horche. »Singt da jemand hinter den Büschen?«

»Komm!« Sie zerrt mich in die Buschmauer hinein. Zweige zerkratzen unsere Arme. Jetzt sehe ich den Garten. »Das reicht«, flüstert Laura mir ins Ohr. Auf einem kleinen freien Plätzchen zwischen den Büschen bleiben wir stehen. Von uns aufgeschreckte Tierchen: Eine Schnecke jagt in Panik davon, Richtung Garten.

Wir glotzen aus dem Buschfenster und beobachten einen Massenmord: Eine zu Mensch gewordene Bohnenstange in einer zu weiten blauen Latzhose hüpft um ein Feuer herum, als tanzte sie einen krassen Indianer-Kriegstanz. Und tötet und tötet!

»Das ist Claudin!«, sagt sie und schmiegt sich an mich ran. Hat sie Angst? Soll ich dich beschützen, Kleines? Ich höre, wie Büsche brechen, weil meine Schulter in die Breite wächst. Claudin tanzt mit einer großen Emailschüssel in den Händen ums Feuer herum und schmeißt eine Handvoll Schnecken nach der anderen in die Flammen. Begleitet von einem Schlacht-Sprechgesang:

*»Schlechte Schnecken!*
*Böse Schnecken!*
*Schlechte Schnecken!*
*Böse Schnecken!«*

Aber hallo! Auch ein Dichter! Nicht direkt Morgenstern, aber »Schnecke« reimt sich auf »Schnecke« auf jeden Fall, oder? Na, wenn das nicht unser Mörder ist! Dieser brutale Typ! Plötzlich fällt mir die Schnecke ein, die wir von unserem Platz vertrieben haben. Sie raste in den sicheren Tod.

»Der ist extrem verdächtig!«, sage ich zu Laura unterwegs zur S-Bahn.

»Nicht jeder Schneckenmörder bringt auch hübsche Tulpensammlerinnen um!«

»Nicht nur die Schnecken … wie er sich darüber freute, dass er die armen Viecher ins Feuer wirft.«

»Leute essen Schnecken und freuen sich drüber«, sagt sie. »Weil ihnen die Schnecken schmecken.«

»Kannst du das schnell so zwanzigmal hintereinander aufsagen: Schnecken schmecken, Schnecken schmecken, Schne… äh … Schme…«

Laura seufzt nur. »Hast du schon Schnecken geschme… gegessen?«, fragt sie. Auch sie von HaHa angesteckt.

»Nur Nussschnecken.«

»Idiot!« Wie schon so oft schüttelt sie missbilligend ihren Kopf. Plötzlich bricht sie aber eine Weidenrute vom Busch am Feldwegrand und schlägt mir damit auf den Rücken. Voll brutal, oder? »Hopp, hopp!«, sagt sie. »Wir müssen uns beeilen. Ich muss am Abend noch zum Training!«

»Cheerleader?«

»Nein!«, sagt sie. »Fußball!«

»Fußball?« Macht sie sich wieder lustig über mich?

»Ja! Kickst du auch?«, fragt sie.

Was soll ich sagen? Dass ich der talentierteste Mittelstürmer nördlich des Alpengürtels bin? »Nee!«, sage ich. »Ich spiele keinen Fußball.«

»Hab ich mir gleich gedacht«, sagt sie. Sie runzelt die Stirn. »Auch wenn die toten Schnecken noch kein Beweis sind … trotzdem … wir haben den ersten Verdächtigen aus unserem direkten Umfeld.« Den ersten aus ihrem Umfeld? Das sehe ich ganz anders: ihr Halbbruder, ihre Tante, ihr Vater … Plötzlich mag ich nicht mehr über Morde reden. Hinter den S-Bahn-Fenstern läuft an uns München vorbei: Gleise, Graffiti an Betonsäulen, an Wänden: Donnersbergerbrücke, Hackerbrücke, Hauptbahnhof… Eigentlich will ich sie nach Hause begleiten. Vielleicht könnte ich am Abend an die Isar laufen und dort mit ein paar Jungs auch kicken. Meine Kung-Fu-Formen wieder mal durchziehen. Auch wenn ich heute Bewegung genug hatte. Doch ich will noch nicht in mein neues Heim, in das Blumenhaus ihres Vaters. Erst später! Hat ihr Fußballgerede meine Pläne durcheinandergeschmissen? »Kannst du deinem Vater sagen, ich komme erst gegen neun?«, frage ich. »Muss noch was erledigen.«

»Klar!«

»Also bis morgen!« Ich drehe mich um. Ein Metaller mit langem Haar schlendert an uns vorbei. Aus seinen Kopfhörern dröhnt AC/DC – *Highway to Hell* –, seine Ohren vibrieren und tragen die Mucke ins ganze S-Bahn-Geschoss. Laura klopft mir von hinten auf die Schulter. Ich drehe mich um.

»Ich weiß, dass du kein Idiot bist, Leon!«, sagt sie. »Papa hat erzählt, du hast im Gefängnis viele Bücher gelesen …«

»Nur die mit vielen Bildern darin!«, sage ich. »So ganz gut lesen kann ich nicht.« Was soll ich sonst dazu sagen? Zum Glück kommt grade meine S-Bahn, die mir einen passenden Spruch zum Augenblick liefert: »Mach's gut!«, sage ich und hüpfe in den Waggon.

»Ich drück dir die Daumen!«, brüllt sie mir nach. Kann sie auch Gedanken lesen? Schlau genug dafür ist sie. Eine so kluge Frau kannst du echt nicht mit einer einzigen Rolle unterhalten. Muss mir eine andere Rolle als die des Vollidioten zulegen. Weswegen will sie mir die Daumen halten? Ich ziehe doch nicht in den Krieg. Nur in meine Vergangenheit.

## Deine Vergangenheit muss dich nicht einholen – sie ist nie weg gewesen

Martin treibt im Hof vor unserem Kloster ein paar kleine Kinder im Kreis vor sich her. Sie kichern. Wie das Spiel aber genau geht, kann ich nicht sagen: Martin hat sich schon immer komische Spiele für uns ausgedacht, die keiner checkte. Vielleicht checkt Martin sie selbst nicht. Immer noch trägt er sein Käppi mit den zwei gekreuzten Piratensäbeln drauf, aus dem knallrote Locken sprießen, hart wie die Borsten einer Drahtbürste. Darunter das breite, im Sommer immer rote Gesicht mit Millionen kleinen Sommersprossen. Wie ein waschechter Ire! Scheint gar nicht überrascht zu sein, als er mich mit seinem Blick erwischt. Mann, ich bin's! Der Räuber, der Dieb! Der Junge, der dich so enttäuscht hat! Ein ganzes Jahr habe ich ihm nicht in die Augen geschaut – nicht schauen können. Sehe ich jetzt Hass auf mich in ihnen? Vielleicht werde ich nie ausbügeln können, was vor einem Jahr passiert ist. Weswegen ich in den Knast ging.

»Ich hab deinen Tresor nicht geknackt«, sage ich. Jetzt ändert es sowieso nichts mehr. Aber irgendwie möchte ich, dass er mir glaubt. Endgültig will ich Martin nicht verlieren. Wie ich meine Mutter verloren habe.

»Ich weiß, Leon. Schon damals habe ich das gewusst.«

»Echt?«

»Du warst doch krank, als mein Büro ausgeraubt wurde. Hast mit Fieber im Bett gelegen.«

»Hast du's mir damals im Gericht nicht geglaubt? Dass ich das Fieber nur simuliert habe? Wegen Alibi?«

Martin lacht. Sein altes Lachen. Auf einmal muss ich an Laura denken. Martin lacht genauso wie sie. Na ja, unter uns: Einen Hauch hübscher als Martin lacht Laura schon. Manchmal lacht er, wenn du was vermasselst, aber nicht, um über dich zu lachen … irgendwie, als ob er möchte, dass du mit ihm lachst. »Ich wusste, dass du das Fieber nicht simuliert hast«, sagt er. »Ich war damals die halbe Nacht bei dir. Du hast Halluzinationen gehabt.«

»Warum … warum hast du's dann nicht bei der Verhandlung gesagt?«

»Du wolltest doch in den Knast. Wegen Salami. Damit er dort nicht zugrunde geht, oder? Du warst am Tag nach dem Raub zu mir gekommen, als Salami schon festgenommen war. Hast mich gefragt, in welche Jugendstrafanstalt Salami denn kommen würde. Ich hab dir gesagt: Für jugendliche Kriminelle in Bayern unter 17 gibt's nur eine. Danach bist du zur Polizei gegangen und hast dort gesagt, du hast den Raub mit Salami zusammen verübt. Du wolltest mit ihm in den Knast. Um ihn dort zu beschützen. So wie du ihn auch hier im Kinderheim beschützt hast.«

Das ist echt ein Schock für mich. Er wusste das und hat nichts gesagt. Wir gucken uns an. »Ich habe lange überlegt«, sagt Martin. »Du hast aber deinen eigenen Willen. Wenn du etwas entscheidest, ist das deine Sache. Ich konnte das der Polizei nicht sagen. Auch wenn wir dich deswegen verlieren würden. Glaubst du, ich habe mir nicht Gedanken gemacht, was aus dir im Gefängnis werden könnte?«

»Danke!«, sage ich.

»Willst du deinen Koffer abholen? Der liegt immer noch im Keller.«

»Nee. Kannst du ihn noch dalassen? Ich möchte neu anfangen. Mit neuen Sachen. Vielleicht schmeiße ich das alte Zeug mal weg.«

Martin klopft mir auf die Schulter. Warum konnte mein Vater mir nie so auf die Schulter klopfen? Martin immer. »Ich hab gehört, du hast bei Herrn Samper angefangen. Er hat schon ein paar Jungs aus dem Kinderheim geholfen. Ein guter Mann.«

»Ja! Ich weiß … ich hab heute bei seinem Gärtner Fritz gearbeitet. Der war auch hier, oder?«

Martin runzelt die Stirn und denkt nach. »Ach, der Fritz!«, sagt er. »Den hab ich schon fast vergessen. Fritz hat sich hier nie blicken lassen … warte! Wie lange ist er schon weg? Fünf Jahre? Mensch! Die Zeit läuft mir davon. Hmm … Fritz. Ein Eigenbrötler und Einzelgänger. Als er ins Heim kam, sollen die älteren Jungs Fritz längere Zeit gemobbt haben.«

»Hast du ihm nicht geholfen?«

»Ich war in seinem ersten Jahr noch nicht da. Wenn ich mich richtig erinnere … das ist schon etwa 15 Jahre her. Fritz war für sein Alter sehr klein.« Martin guckt mich an. »So wie Salami! Fritz konnte sich nicht wehren. Irgendwann kam Faust ins Heim … auch noch vor mir.«

»Faust? Ein Junge?«

»Ja.«

»Komischer Spitzname für einen Jungen. Nach einem Buch von Goethe.«

»Fausts Spitzname kam nicht von Goethe. Eher von seiner harten Faust. Faust war ein paar Jahre älter als Fritz. Er hat Fritz beschützt. Hat zwei der Rowdys verprügelt und sich ab da um Fritz wie ein älterer Bruder gekümmert.« Martin schaut mich an. »So wie du dich um Salami gekümmert hast, Leon! Fritz ist ein Waisenkind wie Salami. Er hat keine Familie. Leider ist Fritz mit mir nie warm geworden. Irgendwie hat er der Heimleitung die Schuld dafür gegeben, dass er ins Heim kam. Statt bei einer Familie zu sein. Vielleicht hat er gedacht, die Heimleitung hat auch verschuldet, dass er hier am Anfang von den Jungs gemobbt wurde. Darüber weiß ich aber nicht viel. Fritz war total auf Faust fixiert. Hatte kein Vertrauen zu Erwachsenen.«

»Hmm … Fritz und ich haben uns heute auch nicht besonders verstanden.«

Martin zeigt mit dem Zeigefinger auf meine Brust, als ob ich etwas am T-Shirt hätte. Ich gucke nach unten und er schnippt mit dem Finger gegen meine Nase. »Hehe … und du sollst ein gewiefter Krimineller sein. Wo du auf die blödesten Tricks hereinfällst.«

»Nur um dir Freude zu machen«, sage ich. »Ich wusste, dass du wieder mit dem Quatsch kommst.«

»Willst du wirklich nicht deine Sachen mitnehmen? Habe zuerst gedacht, du bist gekommen, um sie abzuholen.«

»Ich wollte dich sehen.«

»Das freut mich. Spielen wir Fußball?«, fragt er.

»Aber nur, wenn ich heute das Tor aus den Nonnentöpfen bekomme.«

»Spinnst du?«, sagt Martin. »Das sind doch meine Nonnentöpfe!« Martins Torpfosten waren schon damals aus zwei Nachttöpfen gebaut.

»Komm! Die Jungs warten schon auf uns.«

»Hab nur eine Stunde Zeit«, sage ich. »Sollte um neun Uhr zu Hause sein.« He? Habe ich zu Hause gesagt?

»Eine Stunde Zeit? Mensch, Leon! In einer Stunde kann ich euch zehn Tore schießen.« Früher habe ich gedacht, Martin könnte in die Zukunft sehen. Doch das heutige Spiel verliert er. Genau wie ich etwas später auch. Beim Heimgehen wartet an der Einfahrt des Klosters ein Polizeiauto auf mich.

»Du kommst mit!«, sagt ein Schnittlauch zu mir. Sieht gar nicht unsympathisch aus. Aber wie gesagt: Der Schein trügt.

»Wieso denn?«

»Hauptkommissar Haupt…« Er bricht ab, zögert.

»Na, sag schon!«, sagt ein anderer Bulle, der gerade aus dem Klosterbüro am Eingang kommt. Nichts zu machen. Jetzt weiß man in meinem alten Heim, dass ich mordverdächtig bin.

»Nou! Das schaffe ich nicht!«, sagt der erste Bulle.

»Hauptkommissar Haupt…«, will ihm der andere helfen. »Hehehe…« Die beiden lachen sich blöd. Anscheinend ist HaHa bei der Polizei ein lebendiger Running Gag.

Nicht dass mir ihre Späßchen nicht gefallen würden, doch

würde ich schon gern erfahren, ob ich am Abend wieder in meiner alten Zelle hocke. »Was will er von mir?«

»Steig ein. Das erfährst du noch alles.«

»Bin ich festgenommen?« Sie lachen wieder.

Klar frage ich mich unterwegs und auf der Bank im Kommissariat, wo ich den Fehler gemacht habe. Hat man im Blumenladen mein Haar gefunden? Daraus einen DNA-Abdruck gemacht? Oder hat Laura dort doch nicht alle meine Fingerabdrücke abgewischt? Ja! Um Fingerabdrücke handelt es sich. Doch ganz anders, als ich denke. Bei meiner Festnahme, damals, nach Salamis Heimtresorraub, hat man mir die Fingerabdrücke so schlampig abgenommen, dass man's jetzt wiederholen musste. Nicht einmal ein Computerprogramm kann meine Fingerabdrücke reparieren. Bin stolz auf mich. Im Stillen bedanke ich mich bei Gott, an den ich immer noch nicht glaube, dass ich noch im Freien bleiben darf. Zum Glück ist im Polizeilabor nicht HaHa aufgetaucht. Erst beim Herausgehen aus dem Kommissariat erwischt er mich. »Junge, Junge«, sagt er, »im Blumengeschäft von Herrn Samper haben wir eine Menge fremde Fingerabdrücke gefunden. Die müssen wir nur mit deinen abgleichen. Schau mir in die Augen! Morgen holen wir dich. Das spüre ich in meinen Knochen.«

»Vielleicht sind Sie wetterfühlig.«

»Waas?«

»Na, vielleicht ändert sich das Wetter und Sie spüren das in den Knochen!«

»Schau mir in die Augen! Bist du frech?«

»Nein!«

»Da hast du aber Glück!«

»Bis morgen also!«

»Morgen?«, HaHa kratzt sich an der Nase. »Sind wir morgen verabredet?«

»Sie haben doch gesagt, dass Sie mich morgen holen.«

»Bring die Schüssel nicht zum Überlaufen! Raus hier!« Klar sage ich nicht, dass wir schon draußen stehen. Und mache auch nicht ein Fass aus der Schüssel. Nein! Ich trotte cremig in mein neues Blumenheim.

# Der Dichter

Die gelben Augen der Spiegeleier beäugen mich wieder vom Tisch. Anscheinend das Standardfrühstück von Lauras Vater. Mannomann! Wann habe ich zuletzt Spiegeleier gefrühstückt? Meine Mutter machte sie gern. »Dann bist du den ganzen Tag stark«, sagte sie. Mein Vater aß schon damals nur Gemüse. Ich Eier und Gemüse: Spiegeleier mit Schnittlauch bestreut.

Ich lange zu. Schon das Brot ist besser als jedes Essen, das ich in den letzten drei Jahren gegessen habe: zwei Jahre Heim, ein Jahr Jugendstrafanstalt. Nach meiner dritten Brotscheibe fängt Laura wieder mal an zu grinsen: »Wilde Kruste!«

»Ich bin gar nicht so wild.«

»Ich habe gemeint, das Brot heißt ›Wilde Kruste‹. Hofpfisterei.«

»Ach so!«, sage ich und gucke so blöd wie ich nur kann. Doch plötzlich fällt mir meine neue Rolle des klugen Kerlchens ein. Es bleibt mir sowieso nichts anderes übrig: Laura hat die Leseratte in mir entlarvt.

»Machst du dich über mich lustig?«, fragt sie, nimmt den kleinen Kaffeelöffel und schlägt mir damit auf die Nase. BUMM! Tränen! Ja, was soll das? Sie neigt zu brutalen Taten.

»Laura!«, sagt ihr Vater. »Übertreibst du nicht etwas?« Er dreht sich zu mir. »Mich schlägt sie auch ständig«, sagt er. Das beruhigt mich voll. Bin nicht allein geschädigt. Er steht auf. »Ich muss in die Stadt. Ihr geht heute zu René, oder? Er bracht eure Hilfe. Leon! Könnest du aber gegen 15 Uhr zum Gartencenter mitkommen? Wir müssen dort Blumentöpfe und ein paar andere Sachen abholen. Um 14 Uhr treffen wir uns hier. Bis dann!« Die Küchentür fliegt zu. TIPP, TIPP, TIPP, seine Schritte die Treppe runter verhallen. Vielleicht hätte ich ihn fragen sollen, wie's gestern bei der Polizei war? »Hat dein Vater HaHa gebeichtet, worüber er mit seinem Bruder seit Jahren im Streit liegt?«, frage ich.

Laura seufzt. »Ich habe ihn schon gestern Abend gefragt. ›Das unterliegt dem Datenschutz‹, hat er gesagt.«

»Du musst ihn vermöbeln. Dann rückt er sicher mit der Wahrheit raus.«

Sie steht vom Stuhl auf, kommt um den Tisch. Ich denk, sie will sich was im Küchenschrank hinter mir holen. Plötzlich hält sie mich aber mit dem rechten Arm im Schwitzkasten und sagt: »So meinst du?«

»Hilfe!« Sie lacht zufrieden, lässt mich los und hockt sich wieder hin. Hab noch nie ein Mädchen getroffen, das so locker mit Körpernähe umgegangen wäre. Sie balgt so gern wie … ein Junge. Na ja. Im Bau gab's keine Mädchen. Hab da nicht so viel Erfahrung. Aber im Heim hat's einige Mädels gegeben, die auch mit Fäusten umgehen konnten. In solchen Einrichtungen musst du dich durchsetzen, egal, ob du ein Junge oder ein Mädchen bist. Ich nehme die letzte Brotscheibe vom Teller. »Wo liegt der Garten deines Bruders?«

»Auch im Süden. Aber nicht so weit wie die Blumengärten. An der Isar. Wir radeln hin.«

»Ich hab kein Fahrrad!«

»Wir haben im Keller ein Fahrrad für die Lehrlinge. Ihr müsst damit manchmal Besorgungen machen.«

Das ist nicht Arbeit! Das ist ein Ausflug! Wir radeln an der Isar entlang. Das Wasser blubbert um die Ufersteine, die Sonne hüpft von Stein zu Stein, ein paar Jungs bauen schon ihren Grill auf. Im Wasser kühlt ein Kasten Augustiner.

Laura hält an: »Machen wir kurz Pause?« Wir ziehen uns die Schuhe aus, die Socken. Ich rolle meine Jeans hoch.

»Du kannst die Hose ganz ausziehen«, sagt Laura.

»Ich laufe scharf«, sage ich.

»Wie bitte? … Was heißt das?«

»Ich trage keine Unterhose!«

»Wirklich?« So verdutzt habe ich sie noch nie gesehen. Leute, die ohne Unterhose laufen, gehören nicht in Lauras Welt. Ich lache. »Du Schuft!«, brüllt sie. »Du machst dich lustig über mich?« Sie packt einen großen Stein … nee, macht sie nicht, den Stein habe ich mir ausgedacht. Sie geht mit leeren Händen auf mich los. Trotzdem. Wenn die mich jetzt erwischt, bin ich tot. So brutal, wie sie ist. Nichts wie weg hier. Wie eine Rakete schieße ich zum Wald, der die Isar von Giesing trennt. »Autsch!« Leider habe ich schon meine Schuhe ausgezogen.

»Komm zurück!«, ruft sie. »Ich tue dir nichts!« Ganz schön vorsichtig schleiche ich mich wieder zum Fluss. »Keine Angst!«, sagt sie. »Ich halte meine Versprechen.« Ich komme zu ihr, lächle sie an und ziehe meine Jeans runter. Sie starrt meine blauen Boxershorts an. Plötzlich springt sie mich an und haut mich ins Wasser.

»Brrr!« Ich tauche auf. »Was soll das? Du hast gesagt, du hältst deine Versprechen.«

»Du sollst nicht alles glauben, was die Leute sagen«, sagt Laura. »Die Lage hat sich geändert. Jetzt ohne die Jeans kannst du ruhig baden, oder?« Mann! Ich habe große Lust, sie auch ins Wasser zu schmeißen, lasse das aber. Ich bin noch nicht so weit.

Wir waten durch den Fluss. »Du solltest dir Shorts kaufen«, sagt Laura. »Dann musst du hier vor so vielen Leuten nicht in der Unterwäsche rumlaufen.« Da haben wir's: Zuerst überredet sie dich, die Hose auszuziehen, und dann meckert sie rum, dass du in der Unterhose rumläufst. Sie trägt rote Shorts. Alte Levi's mit abgeschnittenen Hosenbeinen.

»Wo hast du diese Unterhose überhaupt gekauft?« Etwas skeptisch guckt sie meine blaue Boxershorts an.

»Noch im Heim bekommen«, sage ich und gucke nach unten. »Ist die nicht hübsch?« Ein Lachanfall schmeißt sie fast ins Wasser. Sie rutscht aus, ihre Hände krallen sich in meinen Arm. »Sorry!«

»Nix passiert!«, sage ich. Aber es ist gelogen. Ich muss echt aufpassen. Meine Freiheit fing mit einem Mord an. Wie endet sie?

Manche Steine auf dem Ufer hat das Wasser im Laufe der Zeit

zu gemütlichen Sesseln geschliffen. Auf zwei Ufer-Steinsesseln chillen wir. Kleine Wasserperlen rollen von Lauras Beinen herunter, sie landen auf dem Stein, verdampfen und zischen wie kleine Dschinns aus der Flasche davon. Oder träume ich das Zischen? Die Steine dürfen gar nicht so heiß sein, sonst könnten wir auf ihnen nicht sitzen. Vielleicht vergeht für mich gerade die Zeit rasend schnell, weil sie so schön ist. Sicher braucht eine Wasserperle viel Zeit, um zu verdampfen. Doch Stunden specken ab und werden zu Minuten, zu Sekunden – sie sterben, werden in der Erinnerung begraben. Ich werfe kleine Brüder der Ufersteine ins Wasser.

»Ich kann mir nicht vorstellen, dass Claudin der Mörder ist«, sagt Laura. »Das wäre zu leicht. Wir haben sowieso keine Beweise. Dass er Schnecken verbrennt, hat nichts zu bedeuten.«

»Erinnerst du dich an die Hör-CD, nach der ich dich am Dienstag gefragt habe?«, frage ich. »Die von deiner Tante. Die ich in der Küche gesehen hab.«

»Ja?«

»Die war mit Gedichten von Christian Morgenstern.«

Ohne was zu sagen, holt Laura ihr iPhone aus dem Rucksack. »Marta?« Spinnt sie? Will sie ihre Tante direkt fragen? Ich will sie stoppen, da fängt sie aber schon an zu reden. »Hallo! Hast du eine Morgenstern-CD? Die lag am Dienstag in der Küche. Was? Von René? … War … war das Gedicht mit den Spatzen darauf? … Klar sage ich nichts der Polizei.« Sie legt auf und starrt übers Wasser, zum anderen Isarufer. Ich warte. Frage nicht. »Die CD hat Tante Marta von René ausgeliehen gehabt«, sagt Laura, nachdem so viel Isar an uns vorbeigeflossen ist, um den Ozean zu füllen. »Unser Spatzen-Gedicht war auch darauf. Deswegen hat's Marta gleich nach dem Gespräch mit HaHa eingesteckt. Damit keiner auf dumme Gedanken kommt. René würde aber …«

»Glaube ich auch«, sage ich. »Er würde doch nicht so blöd sein und jemandem eine CD leihen, wenn er nach einem Gedicht daraus morden möchte.« So sicher war ich mir aber nicht. Kluge Menschen machen die blödesten Dinger. Salami ist auch ein kluges Kerlchen und raubte einen Tresor aus, der im selben Haus wie unser Zimmer lag. »Du sollst solche Gespräche nicht am Handy führen«, sage ich.

»Da hast du recht«, sagt sie. Ja! Zum ersten Mal, seit wir uns kennen, hat sie gesagt, dass ich recht habe. Krass, oder?

Das Tor zum Gemüsegarten von Lauras Halbbruder René ist abgeschlossen. Auch das Gartenhäuschen hinter dem Zaun scheint verlassen zu sein.

»Wir schauen im Gemüseladen vorbei, dort drüben im Viertel«, sagte Laura. »René beliefert den Händler, manchmal hockt er dort.«

Wir radeln zurück. Nach etwa zwei Kilometern, wieder zwischen den alten Wohnblocks, biegt Laura in eine größere Straße ein. Gleich hinter der Bushaltestelle liegen auf Ladentischen auf dem Gehsteig Tomaten, Auberginen, aber auch Obst. Im Laden eine kleine Schlange. Die Kassiererin bedient gerade.

»Was ist denn das?«, fragt der Kunde an der Kasse. »Ist das Porree oder ist das Lauch?«

»Der Preiß sagt Porree, mir sag'n Lauch, aber sonst isses

wurscht«, sagt die Kassiererin. Laura und ich gucken uns an und lachen zusammen. Auch zum ersten Mal? Nee!

»Da seid ihr!« Lauras Bruder René kommt aus dem Lager hinter der Theke.

Hinter ihm taucht der Gemüsehändler auf: »Servus, Kinder!«, sagt er. Laura verdreht die Augen. Als Kind komme ich mir schon lange nicht mehr vor. Trotzdem schüttelt Laura dem Gemüsehändler die Hand: »Hallo, Herr Falkenstein!«

»Du bist von Woche zu Woche schöner«, sagt der Gemüsehändler. »Gell! Junge!« Er guckt mich an.

»Das kann ich nicht bestätigen«, sage ich. »Hab Laura letzte Woche nicht gekannt.«

Der Gemüsehändler lacht und haut mir kräftig auf die Schulter. Laura zischt: »Tsss ...«

»Servus, Leon!« René lächelt nicht mal. »Hallo, Schwester!« René küsst Laura auf die Backen. Mich küsst er nicht, schüttelt mir aber die Hand. Ich gebe auch zu, ich bin nicht scharf drauf, von ihm geküsst zu werden.

»Kommt, wir gehen in den Garten«, sagt René. »Ich zeige euch, was zu tun ist.«

Als Erste marschiert Laura aus dem Laden. So dominant wie sie ist. »Um 13 Uhr müssen wir wieder in die Stadt fahren«, sagt sie draußen zu René. »Papa braucht Leon beim Einkaufen.«

»Dann solltet ihr schnell loslegen. Es ist schon halb elf.«

»Echt?«

René hantiert in seinem Gartenhaus. »Ihr müsst die Erdbeeren hinten pflücken. Nehmt euch die Schüssel hier.«

»Okay!«, sagt Laura. »Das mache ich gern!«

René guckt sie ganz ernst an. »Aber nicht alles wegessen, Laura! Ich habe Herrn Falkenstein im Gemüseladen 10 Kilo für den Verkauf versprochen.« Hat René das jetzt ernst gemeint? Oder hat er einen Witz geschmissen? Nee! Kein Witz. Der Dichter scherzt nie. Er befürchtet echt, dass Laura isst statt sammelt. Mit ernster Miene trabt er davon. Aus dem Garten hinaus. Wohl wieder in den Gemüseladen von Herrn Falkenstein.

Laura will heute keine Latzhose anziehen. »Zu heiß!«

Ich gucke ihre roten Jeans-Kurzhosen an, ihre nackten Beine. »Du hast recht!«, sage ich. »Sehr heiß!«

Laura wird tomatenrot, packt einen Weidenrutenbesen von der Gartenhauswand und jagt mich damit zwischen den Karotten- und Tomatenbeeten! »Ein Komiker, was? Ich bring dir schon den Ernst des Lebens bei!«

Und PEITSCH und BUMM und »Autsch!«

»Was ist denn los?«, ruft René von der Straße. Der Ernst des Lebens in Person. »Wollt ihr nicht endlich anfangen? Bald müsst ihr weg!« Wir packen die Eimer und gehen zu den Erdbeerbeeten am Ende des Gartens.

»René versteht keinen Spaß«, sagt Laura. »Als Kinder haben wir nie zusammen gespielt. Er ist neun Jahre älter als ich.«

»Ist klar«, sage ich. »Dein Papa und deine Mama haben sich erst nach dem Tod von Renés Mutter kennengelernt?«

»Mama hat mir erzählt, Papa und seine Exfrau haben sich getrennt. Etwas später ist Papa mit Mama zusammengekommen. René hat zuerst bei seiner Mutter gelebt. Als sie gestorben war, ist er zu Papa gezogen. Da lebten Mama und Papa schon zusammen. Erst danach kam ich auf die Welt.« Hmm … bin ich deswegen bei Lauras Vater, weil er damit sein schlechtes Gewissen beruhigen will? Dass er damals seinen eigenen Sohn verlassen hat? Wenn auch nur für eine kurze Zeit.

»Egal, was du jetzt denkst, es stimmt nicht«, sagt Laura. »Hör also auf damit.« Na, sag mal! Jetzt mischt sie sich auch in meine Gedanken ein. Zugegeben aber, meine Gedanken waren nicht schön. Ihr Vater hilft mir. Mein Vater hat sicher nie einen Anflug schlechten Gewissens, dass er mich hier hat sitzen lassen. Scheiß-Yogi! … Meine schlechten Gedanken türmen sich hoch, bis sie Schatten auf die Sonne werfen. Schluss damit. Die Erdbeeren wollen gegessen werden. Also los! Die beerenschwangeren Sträucher warten schon ungeduldig. Wann nehmen wir endlich die Tonnen von ihren Zweigen? Laura kniet sich zu einem Strauch, nimmt eine Erdbeere in den Mund, groß wie ein Apfel. Sie steht auf, ihr Knie ist von einer zerquetschten Erdbeere rot angemalt. Sie lacht, auch ihre Zähne sind rot. Super Schmuck zu ihren roten Jeansshorts. Sie zeigt auf meine Latzhose. »Ich habe Tante Marta versprochen, dir ein paar Sachen zum Anziehen zu kaufen. Deine Boxershorts aus dem Kinderheim sehen ziemlich illegal aus. Ich glaube, solche Shorts zu tragen, ist in Deutschland mittlerweile verboten.«

»Na, hör mal!«

»Auch für die Arbeit brauchst du ein paar Sachen. Papa hat mir alles aufgeschrieben. Morgen nehmen wir uns frei zum Einkaufen.«

Klar wehre ich mich gegen diese Bevormundung. Bin ein freier Mann. »Ich kann mir doch selbst Sachen zum Anziehen besorgen.«

»Nein! Da habe ich kein Vertrauen zu dir. Das muss eine Frau machen. Männer kennen sich mit Kleidern nicht aus. Ich will mich nicht für dich schämen müssen, wenn du in unserem Laden arbeitest.« Unglaublich, oder? Als ob ein Blumenhändler den Kunden seine Boxershorts vorzeigen müsste. Die Gurken schon, hehehe … Sie rattert weiter: »Außerdem müssen wir mit unseren Mordermittlungen vorankommen. Gleich in der Früh besuchen wir Berta, die Schwester von Friederike, die zweite Tulpensammlerin.«

»Ich hoffe, die zerstückelt uns nicht. Wo ihre Metzgerschwester so viel Schiss vor ihr hat.«

»Keine Angst!«, sagt Laura. »Berta hat sicher einigen Männern das Herz gebrochen. Aber sie war anscheinend nur eine Mitläuferin. Das kannst du auch bei Facebook sehen. Die Tulpenseiten versorgte Friederike, ich hab mir die Postings dort schon einige Male angesehen. Friederike schäkerte dort mit den Männern. Nicht Berta. Berta hat nur sehr sporadisch einen kleinen Kommentar geschrieben.«

»Vielleicht sollten wir uns doch mit den Männern auf der Facebookseite beschäftigen.«

»Ich hab mir schon Friederikes Fans aus München angesehen. Vor allem die, die Friederikes Postings oft und sehr persönlich kommentiert haben. Acht Männer gehörten zu ihrem inneren Kreis. Alle acht haben bei Facebook meine Freundschaft angenommen. Scheinen aber alle ganz entspannt zu sein. Die meisten davon haben auch Familien.«

»Du solltest da aufpassen. Keinen von denen ohne mich treffen.«

Laura lacht und schubst mich. »Ich muss doch auf dich aufpassen! Aber ich sag dir schon Bescheid, wenn ich einen Mann treffen will, hihihi … Du solltest dir Friederikes Postings auch ordentlich ansehen. Vielleicht habe ich etwas übersehen.«

»Das mache ich sowieso. Sollen wir morgen echt zu Berta fahren? Wenn wir mit Berta sprechen, erfährt das bestimmt HaHa. Berta ist sicher nicht so verständnisvoll wie ihre Drillingsschwester Karla.«

»Was sollen wir sonst tun?«, fragt Laura. »Warten, bis wieder ein Mord passiert? Bis Berta ermordet wird? Schließlich hat sie bei Friederikes Männerverarsche mitgemacht. Warum sollte Berta gleich HaHa anrufen, wenn wir sie besuchen? Sicher sagt sie ihm nichts. Wir müssen sie warnen. HaHa ist unfähig.« Hmm … wenn alles so leicht wäre, wie Laura sich die Welt vorstellt, würden wir hier wie Luftballons fliegen. Was kann ich aber noch groß widersprechen? Wenn Laura sich etwas in den Kopf setzt, zieht sie's sowieso durch. Egal, ob ihr Vater oder ich oder wer auch immer was dagegen haben.

»Wann kommt deine Mutter?«

»Morgen in der Nacht. Vielleicht müssen wir ganz verdeckt ermitteln, wenn sie da ist.«

»Wie ganz verdeckt ermitteln?«

»Sie sieht's sicher nicht gern, wenn wir zusammen unterwegs sind. Macht dir das nichts aus?«

»Deine Mama wird mich noch lieben lernen. Manchmal bin ich unwiderstehlich.«

»Angeber! Kannst du zwei Flaschen Mineralwasser vom Gartenhaus holen? Dort stehen ein paar Kästen.«

Ich verlasse meine immer noch leere Schüssel und laufe zum Gartenhaus. René ist noch nicht zurück. Zumindest glaube ich das. Das Gartenhaus steht offen. Nichts rührt sich darin. Aha! Sehr dunkel. Die Fensterläden sind zu, damit keine Sonne und keine Hitze hereinkommen. Stehen die Kästen mit Wasser dort drüben? Ziemlich groß, der Raum. Groß, dunkel und angenehm kühl. Ich gehe hinein. Stolpere über etwas. Verdammt! Soll ich umkehren und das Licht einschalten? Bewegt sich etwas in der Ecke? René? »Ist da jemand?« Keine Antwort. Ich bleibe stehen. Nee! Hab keine Lust, tiefer ins Haus zu gehen. Habe ich Angst? Was? Ich und Angst? Schlimmer als umbringen kann man mich nicht. Hehe … Ich mache einen Schritt nach vorn. »Krsssss!« Die Katze tunnelt mich und haut mich dabei fast um – durch meine Beine läuft sie zu der offenen Tür. Auf und davon. Schock! Und Erleichterung: nur eine kleine süße Katze. Kein Tulpenmörder. Ich gehe weiter, jetzt sehe ich die Kästen mit Wasser, auch ein Kasten Bier steht dort, die dunkle Wand hat sich weiter nach hinten verschoben. Was sehe ich da? Zwei leuchtende Augen? Quatsch! Die Katze ist weg. Zwei Katzen gibt's hier wohl nicht. Die zwei hellen Punkte verschwinden. Sicher ein Trugbild. Ich bücke mich, hole zwei Flaschen Wasser aus dem Kasten, plötzlich höre ich ein Geräusch hinter mir, springe auf und BUMM!

In meinen Hinterkopf fahren zwei Unkrautstecher. An jeder Seite einer. »Aaaah!« Licht! Eine Stimme.

Über mir steht René. Hat er mich niedergestreckt? Macht er mich jetzt ganz kalt? Nur soll er Laura nichts antun. Scheiße! Angst kriecht mir die Wirbelsäule runter. Trotz krasser Kopfschmerzen lockere ich wieder mal alle meine Muskeln, um sie im günstigen Moment auf einmal anspannen zu können: spannen und springen. Ich fühle meine Beine, meine Füße, meine Handgelenke. Meine Glieder sind frei. Bin nicht gefesselt. Der Typ ist aber ein großer Optimist, wenn er meint, ich kann mich nicht wehren. Ich gucke in sein Gesicht, das direkt über mir schwimmt, und werfe einen schnellen Blick zur Seite. Immer noch das Gartenhaus. Nur das Licht ist jetzt an.

»Sorry«, sagt René. »Bin gerade ins Haus gekommen, als du die zwei Flaschen aus dem Kasten geholt hast. Habe dich erschreckt. Du wolltest dich schnell aufrichten und hast dich mit dem Kopf hier am Bücherfach angeschlagen.« Er hilft mir aufzustehen und schiebt mich auf ein kleines Sofa an der anderen Wand. Kein Ochsenziemer also? Kein Totschläger? Nur ein blödes Bücherfach. Direkt an der Wand gegenüber, an der ich noch vor Kurzem stand und dann lag, glotzt mir ein Wandregal mit zwei Fächern entgegen. Voll mit Büchern. Auch über die zwei Meter Entfernung kann ich einige Titel lesen: Rilke, Trakl, George. Lauter ernste tote Dichter. Im Fach darunter aber: *Tulpenwahn*, *Die Tulpe: Eine Kulturgeschichte*, *Der Tulpen bitterer Duft* und andere Tulpenbücher. Der Gärtner hier weiß, was eine schwarze Tulpe auf der Brust einer Toten bedeutet. Oder irre ich mich?

»Ich rufe einen Krankenwagen, Leon«, sagt René. »Du hast sicher eine Gehirnerschütterung. Kurz warst du bewusstlos.«

»Nee, keinen Krankenwagen! Mir geht's super!«, lüge ich, obwohl mein Kopf brummt wie nach der Begegnung mit 'nem Bulldozer. Ich rapple mich hoch, es geht einigermaßen, und hebe die zwei Flaschen Mineralwasser auf. Zum Glück keine Scherben. »Muss mich sputen. Sonst hast du deine Schüssel für den Gemüseladen nicht voll.« Mit den zwei Flaschen in den Händen torkele ich zur Tür. Benebelt, schmerzbesoffen. René sagt nichts mehr. Trotzdem: So ernst, so schwer, so hoffnungslos hat mich zuletzt mein Vater bei Mutters Begräbnis angeschaut, als ihr Sarg ins Grab glitt.

»Wo warst du so lange?«, fragt Laura.

»Hab mir einen Tagtraum geleistet.«

»Faulenzer!«

Ihre Schüssel ist zu einem Viertel voll, meine auch. »He?«, sage ich und glotze auf die gepflückten Beeren. Hab ich durch den Schlag auch das Gedächtnis verloren? In meiner Schüssel waren doch vorher nur ein paar Früchte.

»Ich habe auch für dich gesammelt«, sagt sie. »So ist es gerecht!« Nicht schlecht, diese Fürsorge. Besser als Aspirin. Meine Kopfschmerzen schwinden. Als wir um 13 Uhr zurückradeln wollen, sind sie nahezu weg.

René steht am Gartentor neben einem Opel. Aus dem Auto steigt Fritz, holt vom Hintersitz einen Stapel Bücher und reicht sie René. Noch drei Tomatenbeete, dann stehen wir bei ihnen. Laura packt mich am Arm. »Guck! René macht aus Fritz langsam auch eine Leseratte.«

»Liegt wohl in der Familie.«

Und schon sind wir bei den beiden. »Hallo Fritz!«

»Hallo! Kinder!« Mich kann nichts mehr beleidigen. Hab heute schon genug abgekriegt. Wenn Fritz sich damit groß machen muss, indem er uns klein macht, soll's mir recht sein.

»Gut, dass ihr beide da seid, Jungs«, sagt Laura. »Wir nehmen morgen frei.« Sie sagt das so, als ob nicht die beiden unsere Chefs wären, sondern sie die Chefin. Als würde sie ihnen jetzt gnädig einen Tag freigeben. Voll autoritär, das Mädchen. Und wenn du nicht horchst, prügelt sie dich durch.

»Ist okay«, sagt René. »Ich fahre sowieso gleich in die Schweiz. Bleibe dort bis Samstag.«

»Muss ich hier wieder alles allein abschuften?«, sagt Fritz, aber auch das hört sich nicht wie ein Scherz an. Eher wie mein Vater, als er damals nach Mutter Begräbnis zu mir sagte:

»Warum musste das gerade mir passieren?«

René winkt ab. »Kannst du morgen bei meinen Schnittblumen im Wohnzimmer das Wasser nachfüllen, Laura? In dieser Hitze brauchen sie's jeden Tag.«

»Klar!«

»Da hast du den Schlüssel.« Fritz sagt nichts. Guckt Laura an, die neben mir steht. Und ich muss mir wieder sagen: Schluss mit dem Blödsinn, Leon! Fritz guckt nicht Laura an, Fritz schielt, Fritz guckt dich an.

Auch im Fahrradkeller von Lauras Haus wartet kein Mörder auf uns. »Das Wandregal im Renés Gartenhaus ist voll mit Büchern über Tulpen«, sage ich.

»Das sind Mamas Bücher. Mama macht aber langsam auch aus René einen Tulpennarr.«

»Sie ist doch nur Renés Stiefmutter.«

»Die beiden verstehen sich sehr gut. Das war schon immer so. Papa sieht Mamas Tulpenhobby nicht gern. Sie muss mit anderen drüber reden. Wenn Papa nicht wäre, hätte Mama aus dem Gemüsegarten schon längst einen Tulpengarten gemacht. Jeden Montag besucht sie René im Gemüsegarten. Uns sagt sie, sie würde sich am besten in ihrem alten Gemüsegarten ausruhen.

Ich glaube aber, Mama schmiedet dort mit René Pläne, wie sie das Gemüse zu Tulpen wandeln könnte.«

»Warum ist dein Vater dagegen?«

»Er mag alle Blumen, nur nicht Tulpen. Die hat ihm Mama vermiest.«

# Krieg

Zum Gartencenter fahre ich mit Lauras Vater im Lieferwagen. »Das ist wirklich dumm, dass du bei uns gerade jetzt anfangen musst«, sagt er. »Mit einem Mord.«

»Das ist für Sie sicher auch nicht angenehm.«

»Da hast du recht«, sagt er. »Morgen in der Nacht kommt Camilla aus Paris zurück, meine Frau. Ich hoffe, dass sie damit zurechtkommt. Sie ist sehr empfindlich.«

Im Geschäft laden wir zuerst große Blumentöpfe auf. Bei unserem zweiten Gang in den Laden stoße ich mit einer dürren und langen Gestalt zusammen. Sie drängt sich an uns vorbei zu einem Regal. Fast rufe ich »Claudin«, doch ich muss es nicht tun. Lauras Vater tut es für mich: »Claudin?«

»Ah, da bist du, Arschloch!«, hallt eine Stimme hinter Lauras Vater. Ich drehe mich um. Träume ich? Hat man mir heimlich Drogen verpasst? Als ob Lauras Vater sich verdoppelt hätte. Jetzt steht er hinter sich selbst und beschimpft sich als »Arschloch«. Warum hat Laura mir nicht gesagt, dass ihr Papa und ihr Onkel Zwillinge sind? Drillingsschwestern. Zwillingsbrüder. Langsam wird's unheimlich, auch für einen Knastbruder wie mich. Die Zwillingsbrüder haben heute sogar ähnliche Sachen angezogen: Jeans und ein kurzärmeliges Karo-Hemd. Partnerlook. Trotzdem wollen sie nicht viel miteinander reden. Der eine sagt »Arschloch«, der andere »blöde Sau«, und schon boxen sie sich in die Rippen. Na so was! Im Heim und im Knast haben sich oft Jungs geprügelt, auch ich war schon in einige Schlägereien verwickelt, doch zwei erwachsene Männer? *Fight Club*, oder was? Zum Glück boxen sie nicht lang, gleich halten sie sich, ringen rum, räumen dabei ein paar Blumentöpfe mit Blumen weg. Josef liegt auf dem Rücken, Lauras Vater kniet über seinem Bauch und hält Josefs Handgelenke zu Boden gedrückt. Voll ohne Stil, diese Schlägerei. Wie im Kindergarten. Bei Bud Spencer dürften die beiden sicher nicht mitspielen. Plötzlich blickt Josef zu mir und brüllt: »Nein! Claudin!«

Jetzt lockere ich keine Muskeln, um sie gleich darauf anzuspannen – keine Zeit dazu. Blitzschnell drehe ich mich um, sehe nur einen vorbeistürmenden Körper, hochgehobene Hände … was hält er in ihnen? In der Drehung hebe ich mein linkes Bein. Roundkicks habe ich im Knast ausgiebig trainiert. Salami hat seine Arme in meine Bettdecke gepackt und sie vor der Brust gehalten. Ich habe gekickt. Genauso wie jetzt. Erst am Ende der Drehung spanne ich alle Muskeln im linken Bein. Und KICK! Mein Schienbein erwischt seinen Bauch. Claudin klappt zusammen und schlägt mit dem Schürhaken ein Stück Ladenboden raus. Etwa einen Meter von Lauras Vater entfernt. Hätte der

Schürhaken meinen Boss erwischt, wäre er nicht mehr auf Erden. Jetzt hat er sich aber schon zu uns gedreht. Beide Brüder rappeln sich hoch. Inzwischen hat sich bei uns ziemlich viel Publikum zusammengerottet. Voll das Kino hier. Josef hilft Claudin wieder auf die Beine, dieser ächzt, steht aber auf. Zwei Verkäufer kommen angelaufen. »Alles in Ordnung«, sagt Lauras Vater zu ihnen. »Ich übernehme den Schaden.« Vorsichtshalber stelle ich mich auf das Loch, das Claudin mit dem Schürhaken in den Boden gehauen hat. Sonst gibt's keine großen Verwüstungen: nur ein paar kaputte Blumentöpfe samt Blumen darin – rote Tulpen, die jetzt tote Tulpen sind. Tja. Wer hätte das gedacht? Claudin! Ein Killer? Josef zieht ihn beiseite, und mir ist jetzt eins klar: Am Abend bin ich wieder im Knast. Diese zwei Typen würden mich sicher anzeigen. Doch ich bereue nichts. Plötzlich klopft mir jemand auf die Schulter. Ich drehe mich um. Ein kleiner Asiate mit langem schwarzen Haar: »Super gemacht, mein Junge!«, sagt er und steckt mir eine Visitenkarte zu. »Wenn du etwas dazulernen willst, dann komm vorbei.« Auf der Karte steht der Namen einer Münchner Kung-Fu-Schule.

Ich schaue rüber. Josef redet, Claudin nickt, die ganze Zeit nickt der Gärtner, während sein Boss redet. Josef klopft ihm auf die Schulter. Claudins Gesicht strahlt. Ja, es lächelt nicht, es strahlt. »Danke, Leon!«, sagt mein Boss. »Wenn du nicht wärest, wäre ich jetzt tot.« Oho! Vielleicht komme ich gar nicht in den Knast. Oder doch? Josef und Claudin steuern uns an.

»Claudin möchte sich bei euch entschuldigen«, sagt Josef. Claudin starrt uns an. Viel reden tut er nicht.

»Muss er nicht«, sagt Lauras Vater.

Josef will etwas sagen, vielleicht kommt jetzt die große Verbrüderung. Die Streithähne im Knast haben sich nach blutigen Kämpfen oft gegenseitig in den Armen gelegen, sich ewige Freundschaft geschworen. Ohne Kriege wäre der Mensch nie auf den Gedanken gekommen, seine chillige Zeit Frieden zu nennen, oder? Ohne Krieg kein Frieden! Manche Menschen müssen sich wehtun, um sich zu lieben. Doch falsch gedacht: No peace! Josef dreht sich um. Ohne ein Wort des Abschieds zerrt er Claudin davon. Mein Boss macht den Mund auf, will seinem Bruder »Arschloch« nachrufen, lässt es dann aber doch bleiben. Anscheinend hat er auch genug für heute. »Dieser Claudin!«, sagt er. Komisch! Ich finde Claudin trotzdem irgendwie sympathisch. An Salami erinnert er mich, als Salami ins Kinderheim kam: von allen im Stich gelassen. Doch nicht in Selbstmitleid schwelgend wie mein Vater. Claudin ist doppelt so lang wie Salami, aber genauso hilflos. Sicher hängt Claudin sehr an seinem Boss. Sonst würde er ihm nicht mit 'nem Schürhaken in der Hand das Leben retten wollen.

»Zum Glück ist heute nichts passiert«, sagt mein Boss und der Vater der Braut, die mich hoffentlich im Knast besucht, wenn unsere Mordermittlungen schiefgehen. Was meint er aber damit? Ist irgendwann etwas passiert? Ach, nichts Großes, Leon, du Depp! Nur ein Mord in seinem Laden. Mannomann, schon höre ich überall fleischfressende Tulpen wachsen, schon deute ich jeden Spruch von jemandem als ein Mordgeständnis. Muss aufpassen. »Kannst du vor dem Geschäft auf mich warten, Leon?«

»Voll!«, sage ich. »Wenn Sie sich heute keine Schlägereien mehr liefern.« Er lächelt endlich. Ich trabe zum Ausgang.

Auch Josef hat Claudin rausgeschickt. Der lange Kerl strahlt den Eisstand vorm Eingang so intensiv an, dass die Eissorten schmelzen. Na, gegen ein Eis hätte ich auch nix. Ich brettere zu der Bohnenstange. »Was machen wir also, Claudin?« Mein Spruch löscht sein Strahlen aus. Eine sterbende Sonne. Hat er Angst vor mir?

»Weiß ich nicht!«, sagt Claudin. Auch das erinnert mich an einen Freund. An einen Jungen aus meiner alten Schule in Neuhausen. Als Mama noch lebte: Erik. Der ist mit seinen Eltern nach München gezogen und zu uns in die 6. Klasse gekommen. Beim Spielen im Schulhof haben sich ein paar Jungs aus der 7. Klasse über Erik lustig gemacht. Weil er den Fußball nicht treffen konnte. Als Erik den Ball endlich traf, wollten die Idioten von ihm, dass er den Ball putzte. Weil er ihn mit seinen Schuhen schmutzig gemacht hätte. Das war nicht meine erste Schlägerei in der Schule. Und auch nicht meine letzte. Wenn ein Lehrer oder ein Fremder Erik etwas fragte, sagte er immer: »Weiß ich nicht!« Mir hat er alles erzählt. Brauchte halt nur ein bissl mehr Zeit dazu als die andern.

Ich zeige auf den Eisstand. »Magst du Eis essen?« Claudin nickt heftig mit dem Kopf. Eis! Und seine Angst ist weg. Könnte sich ein Mörder so verstellen? Claudin ist etwa acht Jahre älter als ich, aber im Kopf vielleicht zehn geblieben.

»Vier Kugeln«, sagt Claudin. »Okay?«

»Von mir aus«, sage ich. »Wann hast du zuletzt Eis gegessen?«

»Weiß ich nicht.« Na dann.

Ich reiche ihm seine vier Kugeln. »Ciao!« Ich hocke mich auf ein niedriges Eisengeländer am Gehsteig. Doch Claudin hockt sich zu mir. Warum auch nicht? Wir schlecken zusammen. Bis mein Boss mit einem großen vollen Einkaufswagen auftaucht. Ich sag jetzt besser »Servus« zum Abschied.

»Gehen wir morgen Kino?«, fragt Claudin.

»Klar!«, sage ich. »Morgen um 17 Uhr vor unserem Blumenladen.«

»Okay!«, sagt Claudin. Ich laufe zu unserem Wagen und helfe beim Aufladen.

»Claudin ist ein guter Junge!«, sagt mein Boss im Auto. »Nur etwas zurückgeblieben. Wenn Josef ihn nicht aufgenommen hätte, wäre er in einer Anstalt gelandet. Seine Eltern wollten ihn loswerden.« Dass mein Boss Claudins Schürhaken so schnell vergessen hat, macht ihn sympathisch. Und dass er die guten Seiten an seinem Todfeind sieht – an seinem Zwillingsbruder.

Der Motor springt an und mir fällt was Wichtiges ein: Hab Claudin gar nicht gefragt, was wir uns angucken wollen. Sicher schleppt er mich zu einem Zeichentrickfilm. *Mauli.* Was sonst?

Wir fahren auf dem Mittleren Ring. »Wie lange ist Claudin schon bei Ihrem Bruder?«

»Etwa zehn Jahre«, sagt mein Boss. »Mein Bruder hat ihn zu sich in die Lehre genommen, als Claudin 15 war. Sein Vater trinkt. Claudin würde für Josef durchs Feuer gehen. Mit dem Schürhaken, das war eine impulsive Handlung, um Josef zu schützen.«

»Claudin hätte sicher nicht zugeschlagen«, sage ich. »Er ist ganz nett.«

»Trotzdem vielen Dank für deine Hilfe. Du kannst …« Aha! Jetzt wird er mir sicher das Duzen anbieten. Wo ich ihm das Leben gerettet habe. »Du kannst mich Boss nennen«, sagt er. Ja, sag mal!

Komische Vögel, die Brüder, oder? Unerbittlich verfeindet, doch irgendwie passen die zwei zusammen. Der eine kümmert sich um einen fremden zurückgebliebenen Jungen, der andere um Heimkinder wie Fritz und Straftäter wie mich. Liegt wohl in der Familie. Viel wichtiger erscheint mir momentan jedoch: Wie standen die beiden zu Friederike? War Friederike vielleicht der Grund für ihre Feindschaft? ... Schlechte Gedanken.

## Mein Bett ist zu klein und neue Spuren

Der Mörder zielt mit seinem Messer. WUMM! Das Messer fliegt auf mich zu, jetzt kann ich die Zeit fast anhalten, sie langsamer machen, leider nur fast, das Messer dreht sich wie in Zeitlupe, ich sehe, wie es rotiert, ZSS, ZSS, ZSS, doch es fliegt, gleich steckt es in meiner Brust… BUMM, BUMM, BUMM. Ich springe auf. »Wa… wa… was ist?«

Laura schlüpft in mein Zimmer. »Keine Angst! Das bin ich. Nicht der Mörder! Hihihi…« Auf ihrer Pyjamabluse spielt eine Katze mit einem Fadenknäuel. Ich starre sie an. »Ich hab schon geschlafen, Mensch!«, sage ich.

»Du sollst in der Nacht die Tür absperren. Hier läuft doch ein Mörder frei rum.«

Langsam klärt sich mein Hirn auf. Taste meine Brust ab. Gott sei Dank! Bin nicht erstochen worden. Nur ein Albtraum. Gut so! Laura beobachtet mit Interesse mein Aufwachen. Soll ich ihr erzählen, dass ich schon am Dienstag vorm Schlafengehen 20 Minuten an der Tür gestanden und mit mir gehadert habe: »Absperren oder nicht absperren«, war die Frage. Ein Jahr lang war ich nur eingesperrt, KLACK hinter dir, in jedem Raum, in den du reinkamst, überall, und so trieb mich auch hier an meiner ersten »eigenen« Tür ein komischer Instinkt dazu, den Schlüssel umzudrehen: KLACK und noch mal KLACK. Dem widerstand ich. »Ich hab mir vorgenommen, nie mehr abzusperren!«, sage ich.

Laura hockt sich auf mein Bett. »Ich habe in den Briefen meiner Mutter geschnüffelt.«

»Waaas? Du bist echt kriminell.« Sie will mir für die Anmerkung einen K.o.-Haken verpassen, aber ich wehre ihn ab. Ahaaa! Wir blödeln auf meinem Bett ein bissl rum, ganz harmlos, ein Schlag auf den Unterkiefer, ein Kratzer übers Gesicht, ihr Knie in meinen … »Verdammt!«, kreische ich mit Fistelstimme. »Das tut weh!«

»Schwächling!«, sagt sie, setzt sich aber wieder ruhig hin. Die Frau ist verdammt gefährlich. Ob sie ihren Freund auch immer prügelt? Wenn sie denn einen hat?

Ich lehne mich im Bett an die Wand: »Du hast in den Briefen deiner Mutter geschnüffelt?«

»Im Interesse unserer Ermittlungen. Ich habe auch etwas Wichtiges entdeckt: Mama hat Papa kennengelernt, als Papa noch mit seiner Exfrau zusammenlebte, mit Renés Mutter.«

»Echt?«

»Papa hat Renés Mutter mit Mama betrogen.«

»Was steht so in den Briefen deines Papas an deine Mama?«

»Das ist zu privat.« Sie sagt's cremig, doch sogar der schwache Schein der Nachttischlampe verrät sie: Rotbäckchen. So abgebrüht ist Sherlocka nicht, um sich die Liebesbriefe ihres Papas an ihre Mama cool reinzuziehen. Noch dazu, als ihr Papa mit einer anderen Frau lebte. Sie zwirbelt mit den Fingern ihrer Linken meine Decke durch, ohne sich groß Gedanken darüber zu machen, was sich alles unter der Decke versteckt. Habe ja das ganze letzte Jahr Mädchen nur bei YouTube gesehen. Und jetzt sitzt eins direkt auf meinem Bett. Noch dazu eins, mit dem das Leben sicher interessant sein könnte … nee … klar bin ich in sie nicht verknallt. Ganz bescheuert bin ich nicht. Ein Knacki und ein Mädchen aus gutem Haus. So was passiert nur in Romanen. Trotzdem: Ich leide. Sie redet: »Wir müssen den Mörder finden. Sonst wird HaHa René verdächtigen. René hätte ein super Motiv, uns zu hassen … und uns zu schaden.« Auch jetzt will Laura die einfachste Lösung nicht wahrhaben – dass der Mörder René sein könnte. Obwohl ihr Halbbruder ein Krampfbrocken ist, mag Laura ihn trotzdem.

»Man bringt doch nicht eine fremde Tulpensammlerin um, nur damit man jemandem schadet«, sage ich. »Wenn dein Stiefbruder deine Mutter hasste, würde er doch sie umbringen wollen.« Klar ahne ich nicht, wie ich mit dieser Aussage haarscharf an der Zukunft vorbeilatsche.

Laura kratzt sich hinter dem Ohr. Hübsch. »Und wenn Friederike eine Freundin von Mama war? Sicher kannten sie sich. München ist groß, so viele leidenschaftliche Tulpensammlerinnen wird's hier aber nicht geben, oder?«

»Vielleicht wusste das René damals gar nicht«, sage ich. »Dass sein Vater, also dein Vater … dass er seiner Mutter untreu war.«

»Ich kann's mir auch nicht vorstellen, dass René Mama etwas antun möchte. René hängt an meiner Mama mehr als an unserem Vater. Wenn René gewusst hätte, dass Papa seine eigene Mutter mit meiner Mama betrog … das versuchen wir morgen rauszukriegen.«

»Wie denn?«

»Wir durchsuchen Renés Wohnung. Gleich in der Früh. Ich muss dort sowieso die Blumen gießen.«

»Aber …«

»Du kommst mit!«

Sauber! Klar fragt sie nicht, ob ich mitkommen will, sie sagt einfach: »Du kommst mit!« Und damit basta, oder was?

Gegen diese Befehle muss ich mich entschieden wehren. »Das ist illegal«, sage ich. »So kann ich ganz schnell wieder im Knast landen.«

»Das erlaube ich nicht«, sagt die ungesund selbstbewusste Sherlocka. »Du kommst mit!«

»Gut!«, brummle ich. Schwächling! Memme! Schlappschwanz! Krass, oder?

Klar muss es für den braven Hund eine Belohnung geben: Sie küsst mich auf die Stirn. »Gute Nacht!« Ihre Haare streicheln mein Gesicht, sie duften nach Tulpen. Sicher Einbildung. Laura steht auf. »Schade, dass dein Bett so klein ist«, sagt sie. Und weg ist sie. Was hat sie damit gemeint? Wofür ist mein Bett zu klein?

Diese Pfingstferien sind der Hammer. Egal, wann du in die Straßen läufst, wartet schon die gelbe Kugel ungeduldig auf dich. Wir stehen an der Straßenbahnhaltestelle. Die Straßenbahn karrt ein paar Japaner heran. Was wollen die hier in Giesing anstellen?

Das echte Münchner Leben knipsen? Eine junge hübsche Japanerin fummelt schon beim Aussteigen mit ihrem Samsung. Als ob sie etwas auf dem Display studieren würde. Doch das Smartphone wird von ihr cowboymäßig verdammt gezielt gehalten. Laura rammt mir den Ellbogen in die Seiten. »Hast du's gesehen?«, fragt sie. »Die hat dich mit ihrem Handy abgeblitzt. Warum?«

»Weil ich hier weit und breit der hübscheste Einheimische bin«, sag ich cremig.

Sie boxt mich in die Straßenbahn hinein. »Du Angeber, du!«

René soll nur zwei Haltestellen weiter wohnen. »Danach fahren wir zu Berta«, sagt Laura. »Um zehn sind wir bei René sicher fertig. Seine Wohnung ist nicht groß.« Doch groß genug, um an unseren Nerven einen Trauermarsch zu zupfen: Wir finden gar nichts! Keinen Hauch einer Spur, dass René von der Untreue seines Vaters damals wusste. Und das Schlimmste dran: Obwohl wir uns eigentlich freuen sollten, keinen Beweis gegen Lauras Halbbruder gefunden zu haben, fühlen wir uns wie nach einem Ausflug in die Mikrowelle. Wenn man sucht, möchte man auch was finden, verdammt! »Das Tischschränkchen ist unsere letzte Chance«, sagt Laura. »Dort hebt René sicher seine Papiere auf. Leider ist es abgeschlossen.«

»Soll ich das aufsperren?«, frage ich.

»Mensch, Leon! Das kannst du?« Statt mir wie üblich eine zu braten, wirft sie sich mir fast um den Hals. Na, dagegen werde ich mich nicht wehren. Wäre blöd, oder? Doch kurz vor mir macht sie stopp. Blöd! Wenn sie mich vermöbeln will, zieht sie das immer durch. Warum geht sie das Schmusen nicht genauso enthusiastisch an, verdammt?

»Kannst du das wirklich aufsperren?«, fragt sie. »Ich habe schon gedacht, du hast im Gefängnis keine nützlichen Sachen gelernt.«

»So ein Schränkchen ist kein Problem für mich. Das mach ich sauber auf«, sage ich und drehe mich um. Am Eingang habe ich eine kleine Kammer mit diversen Haushaltsgeräten und Werkzeug gesehen. Wühle in den Kisten auf den Wandregalen etwas rum, mache meine Arbeit und komme zurück. Sie glotzt mir voller Hoffnung entgegen, lächelt etwas, doch gleich wird ihre Miene trüber.

»Das nennst du sauber aufmachen«, sagt sie und zeigt auf den riesigen Meißel und den 3-Kilo-Hammer in meinen Händen. Ich lächle sie an, lege das schwere Werkzeug ab und hole aus der Tasche einen dünnen, aber festen, am Ende zurechtgebogenen und flach geklopften Draht, eine Zange und einen feinen Schraubenzieher. »Ach so!«, kreischt sie, »wieder deine Späßchen!« Sie stürzt sich auf mich und haut mich aufs Sofa an der Wand. Vorsichtshalber lasse ich das Werkzeug und den Draht fallen. Endlich! Das Knutschen! Ojda! Wonnewellen jagen durch meinen Körper, sodass ich auf ihnen locker nach draußen surfen kann – ins Glück. Plötzlich ein Schatten hinter Laura! BUMM! Wir springen auf. Mord? Eher Selbstmordversuch: Ein Vogel hat das große Fenster der Wohnung angegriffen. »Das passiert hier oft«, sagt Laura. In den Büschen hinter den Häusern ist ein Vogelparadies. Das Fenster ist sehr groß. René sollte Papierraubvögel aufs Glas kleben. Scheißvogel! Ich möchte das Knutschen fortsetzen, nie aufgeben, Mann!, doch Laura will nicht mehr. Ist wieder nur Platz für den Tulpenmord in ihrem Kopf?, frage ich mich. »Ich habe einen Freund«, sagt sie.

»Ich guck mir das Schränkchen an«, sage ich und stehe auf.

Auch das Glück kann mich mal! Wohl kriegt das Glück dank meiner Drohung Riesenschiss: Nach kurzem Herumwerkeln springt die Schranktür auf.

»Du bist ein Genie!«, sagt Laura. Sie blättert die Briefe auf den kleinen Holzfächern durch. Alles chronologisch geordnet. Die ältesten Briefe liegen ganz unten und stammen sicher nicht von René. Als sie geschrieben wurden, war er sieben Jahre alt. Sonja, eine Freundin seiner Mutter, rät ihr: »Lass dich durch seine Untreue nicht brechen, Marie …« Laura liest laut vor, guckt mich an und sagt: »Marie hieß Renés Mutter.«

»Mach weiter!«

Laura nimmt sich wieder den Brief vor: »Alle Männer sind Schufte. Mein Mann hat mich auch betrogen.« Voilà! He? Rede ich vor lauter Begeisterung französisch? Hier haben wir den Beweis: René wusste, dass sein eigener Vater seine Mutter betrog. In einem anderen Brief schreibt Sonja: »Du solltest zum Arzt gehen, Marie. Die Untreue von André bringt dich noch ins Grab.« Ganz unten liegt eine Todesanzeige: »Marie Samper geb. Zögling«. Tja … Ich weiß nur zu gut, wie René sich nach dem Tod seiner Mutter fühlte. Könnte mit ihm glatt solidarisch werden. Wenn René nicht dieses fette Motiv hätte. Sich an seinem Vater zu rächen. Jede Frau zu ermorden, die seinem Vater zu nahe kam. Kam Friederike André zu nahe? Kannte er sie am Ende? Warum hat René nicht zuerst seine Stiefmutter ermordet? Die Mutter von Laura. Um die Aufmerksamkeit nicht sofort auf sich zu lenken? Plant er das noch? Hmm … laut der Sherlocka hängen René und ihre Mama dick zusammen, obwohl er nur ihr Stiefsohn ist. René versteht sich mit seiner Stiefmutter anscheinend besser als mit seinem Vater. Kurz denke ich an meinen eigenen Vater. War er meiner Mutter auch untreu? Mit sich selbst? Mit seiner Verwirklichung? Was macht er in Indien, verdammt? Scheißväter!

»Warte!« An der Haustür schnappe ich Laura am Arm und gucke vorsichtig hinaus.

»Was ist?«

»Möchte nicht, dass uns HaHa hier erwischt.«

»Wir haben doch nur Blumen gegossen.«

»Erzähl ihm das!« Zum Glück ist die Luft rein. Wir trotten Richtung Parkplatz. Plötzlich: Ein Porsche rast heran! Direkt auf uns zu! Der Mörder? Ich stoße Laura in einen Rosenbusch am Gehsteig und hechte ihr hinterher.

Der Sportwagen bremst – QUIETSCH! Aus dem Auto rollt ein Fettwanst. Kann gar nicht sagen, was er angezogen hat. Vor lauter Goldkettchen sieht man kein Stück Stoff an ihm. Wo hat er aber seine Knarre, um uns wegzupusten? »Nur keine Panik, Kids!«, sagt er. »Hab scharfe Bremsen! Sauber eingeparkt, was?« Echt! Sein Porsche steht haarscharf in der Parklücke am Gehsteig. Was macht der Typ in Giesing, verdammt? Diese Affen hocken doch immer in Schwabing! In einem Café an der Leopoldstraße. Die Rechte hält einen Capuccino, die Linke liegt lässig auf dem Kotflügel des Sportwagens oder seiner Harley. Diese Typen hat mir Mutter oft genug in Schwabing gezeigt. Schickeria! Oder haben sich die Zeiten geändert? Hat die Wirtschaftskrise die Reichen nach Giesing getrieben? Laura rappelt sich aus dem Rosenbusch hoch! »Willst du mich umbringen, oder was?«, kreischt sie.

»Nee!«, sage ich. »Das sind doch keine Tulpen, nur Rosen!«

»Wie bitte?« Ich zeige auf den Rosenbusch, sie klaubt sich Dornen aus dem nackten Unterarm. »Du bist echt bescheuert! Schau mich an. Muss mich umziehen …« Plötzlich kichert sie. »Wolltest du mir das Leben retten, was?«

»Nee!«

»Doch, doch!« Der Fettwanst schüttelt den Bauch und jagt ins Haus, sicher seine Liebste besuchen. Bei mir ist es nicht so einfach. Über mir schwebt Mord. Und Knast.

Laura kichert immer noch. »Hast du wirklich gedacht, er wollte uns umbringen? Warum sollte uns jemand nach dem Leben trachten? Wir wissen doch über den Mord nichts, was nicht alle wissen.«

»Vielleicht wissen wir doch was, nur wissen wir nicht, dass wir's wissen.«

Sie starrt mich an. Aha! Habe ich ihr einen Käfer ins Hirn gesetzt? Damit er dort nach den richtigen Gedanken sucht? Vielleicht versucht sie aber nur, meinen superphilosophischen Satz zu checken.

»Danke, dass du Papa gestern im Gartencenter das Leben gerettet hast«, sagt Laura in der Straßenbahn. »Wir müssen schnell den Mörder finden. Es ist nur eine Frage der Zeit, bis HaHa anfängt, René zu verdächtigen.«

»Welche Verdächtigen hätten wir also?«

»Jetzt denke ich, Claudin könnte doch einen Mörder abgeben«, sagt sie. »Nur passt mir das irgendwie nicht zusammen.«

Ich glotze gen Sonne und bin glücklich, dass ich nicht mehr in Renés Sachen wühlen muss. Und dann ein bissl zerknirscht, dass wir nicht mehr zusammen auf seinem Sofa liegen. Aber nur ein bissl. Kopf hoch!

»Claudin ist kein Mörder«, sage ich. »Claudin ist ganz lieb.«

Laura seufzt. »Du bist ein komischer Krimineller«, sagt sie.

»Ich gehe heute Abend mit Claudin ins Kino«, sage ich.

»Händchen halten?«

»Waaas?«

»Ach, vergiss es!« Manchmal kann die Sherlocka ziemlich ätzend sein, oder? Klar weiß ich da noch nicht, was gerade anderswo passiert. Und dass ich deswegen den Kinobesuch mit Claudin werde absagen müssen.

# Franz

Richtige Schlüsse zu ziehen, ist die Eigenschaft jedes guten Detektivs. Mich zum Beispiel bringt der Anblick des Kontrolleurs zu dem Schluss, dass ich nicht gestempelt habe. Und es ist nicht nur einer. Drei fette Männer. Jeder ist in eine andere Tür gestiegen. Laura zeigt ihre Monatskarte, ich meine Streifenkarte. Die habe ich leider zuletzt auf der Fahrt zur Renés Wohnung gestempelt. Aufgeben ist aber nicht meins. Cremig zeige ich also die zwei gestempelten Streifen, die zwar vor zwei Stunden gültig waren, aber für die andere Fahrtrichtung. Der fette Kontrolleur guckt sie an, nickt und rollt weiter. Glück gehabt. Kurz darauf steigen wir aus. »Du hast aber nicht gestempelt, oder?«, sagt Laura.

»Hab gedacht, einmal am Tag reicht's.«

»Trickser!«, sagt sie. »Wie kannst du nur so cool bleiben, wenn du dem Kontrolleur eine falsche Karte zeigst?«

»Wenn ich nervös gewesen wäre, hätte er sie nicht akzeptiert.«

»Klugscheißer!«, sagt sie, aber irgendwie habe ich das Gefühl, meine kriminelle Energie hat sie beeindruckt.

Am Sendlinger Tor steigen wir in die U-Bahn. Die Villa in Moosach kennen wir schon. Der Vormittag läuft in Siebenmeilenstiefeln davon. Die Sonne ist bei ihrem Hochsprung an der Latte hängen geblieben, bald wird sie aber runterrollen. Im Tulpengarten vor der Villa arbeitet ein Mann. Wohl leisten sich auch die Tulpen einen Gärtner. Pardon! Jetzt nur noch eine Tulpe.

»*Erweckerin der Leidenschaft*!«, sagt Laura.

»Was sagst du?«

Sie zeigt auf die Tulpenbeete ums Haus. »Vielleicht ist sie gerade unter ihnen, die *Erweckerin der Leidenschaft*. Die ersten gezüchteten Tulpen im 16. Jahrhundert im Osmanischen Reich unter dem Sultan Süleyman haben solche Namen getragen: *Mehrerin der Freuden, Rose der Dämmerung, Erweckerin der Leidenschaft* ...«

»Haben die Gärtner des Sultans dich gekannt?« Cooler Spruch, was? Der verschlägt Laura die Sprache und malt ihr zwei rote Tulpen ins Gesicht: auf jede Backe eine. Gut geschossen! Ich fühl mich scharf wie Döner.

Wir bleiben vor dem Zaun stehen. »Könnten wir mit Berta Schnippköter sprechen?«

Der gebeugte Gärtner schnellt hoch. Wie ein Bogen, bei dem man die Sehne abgesäbelt hat. Jeder Gärtner ist komisch. Was soll aus dir auch werden, wenn du statt mit Menschen mit Blumen redest. Den Blumen dagegen kommt der Gärtner sicher ganz normal vor. »Berta ist nicht da«, sagt er. Der Mann ist älter als Fritz, René oder Claudin. Etwa 40.

»Es ist dringend!«

»Sie holt in der Stadt Tulpenzwiebeln ab. In einem Blumengeschäft in Schwabing.«

»In welchem?«

»Das weiß ich nicht. Berta hat nur gesagt, in Schwabing gibt's für uns ganz seltene Tulpenzwiebeln.«

Schade! Wie zugenagelt schlendern wir zur U-Bahn zurück. »Wir kaufen für dich die Kleider und kommen wieder«, sagt Laura. »Am Nachmittag ist sie sicher da.«

»Hmm …«

»Erinnerst du dich an das Gedicht über die drei Spatzen?«

»Klar!« Ich versuche, getragen wie HaHa zu rezitieren. Die Variante des Mörders:

»…
*Nicht mehr zu lange, Feder rot!*
*Der kleine Erich ist jetzt tot.*
*Drei Spatzen haben keine Wahl,*
*die Drei ist ihre Todeszahl.*«

Dank meines getragenen Vortrags lacht Laura sogar. Bis ihr das Lachen im Hals stecken bleibt. »Scheiße!«, sagt sie. Das klingt ernst. Das Wort »Scheiße« hat sie bis jetzt noch nie gesagt.

»Was ist?«

»Welchen Tag nach dem Mord haben wir jetzt?«

Ich überlege: »Friederike wurde am Dienstag ermordet, heute ist Freitag… also haben wir heute den dritten Tag nach dem Mord.«

»Die Drei ist ihre Todeszahl«, rezitiert Laura die letzte Zeile des Todesgedichts. »Bis jetzt habe ich gedacht, mit der ›Drei‹ hat der Mörder nur die drei Spatzen gemeint. Was, wenn er auch an jedem dritten Tag mordet?«

»Scheiße!«, sage jetzt zur Abwechslung ich. »Und Berta fährt gerade am dritten Tag nach dem Mord in einen Blumenladen. Und Tulpen sind wieder im Spiel.«

»Sicher in den Blumenladen meines Onkels Josef«, sagt Laura. »Der liegt in Schwabing.« Wir gucken uns an und beginnen zu laufen. Klar rennt sie mir davon. Mannomann! Wie leichtfüßig die Frau ist. Wie ein altpersischer Tulpenjäger.

»Wir sollten HaHa anrufen!«, brülle ich ihr nach.

Laura dreht sich im Lauf um: »Der glaubt uns sowieso nicht!« Plötzlich bleibt sie aber doch stehen. Zieht das iPhone aus der Tasche wie ein Revolverheld seine Knarre. »Du hast recht. Hier geht's um Bertas Leben.« Ich höre ihrem Gespräch zu. Sie legt auf.

»Zum Glück hast du ihn überzeugt«, sage ich.

»Ich habe ihn nicht überzeugt«, sagte Laura. »Er fährt aber hin.«

Vor dem Blumenladen von Onkel Josef in Nordschwabing stehen nur ein Zivilauto und drei Männer. Claudins Boss Josef reicht mir die Hand. »Servus, Leon!« Scheint auf mich wegen der Geschichte im Gartencenter nicht sauer zu sein. Das macht ihn groß. Brummla brummelt, HaHa lacht.

»Tja, Mädchen! Was habe ich dir gesagt? Ein Hirngespinst!

Vielleicht lernst du etwas mehr für die Schule, anstatt nur Kriminalromane zu lesen.«

Ey, egal! Laura und ich sind nicht besonders enttäuscht, dass im Blumenladen keine Leiche liegt. Erleichtert sind wir schon. Bis HaHas Handy klingelt. Ein anderer Klingelton als an seinem alten Handy. Voll futuristisch. Als ob ein Raumschiff hupen würde. HaHa zieht ein Smartphone aus der Tasche. Eine mir unbekannte Marke. Sicher ein Hightechgerät, beim deutschen Raumfahrtprogramm mitentwickelt, hihihi. HaHa lächelt es liebevoll an. Lange lächelt er nicht. »Ihr kommt mit!«, sagt er. Wir steigen zu ihm in das Zivilauto. Brummla schiebt sich einen Kartoffelchip nach dem anderen in den Hals und kutschiert uns mit der Linken durch Schwabing. Auch vom Rücksitz sehe ich die Sauerei auf dem Boden und um seinen Schalthebel herum: Der Krümel-Brummla. »Die san ganz ohne Zusätz«, sagt Brummla beim Aussteigen. »Schmeckt guad!«

Wir stehen vor einem anderen Schwabinger Blumengeschäft. Hier wollte Berta heute Tulpenzwiebeln abholen. Nicht bei Onkel Josef. Jetzt liegt Berta zwischen den Blumen auf einem Ladentisch mit einem Unkrautstecher in ihrer Brust. Auch die schwarze Tulpe hat er Berta auf die Brust gelegt wie ihrer Drillingsschwester Friederike. Zum Glück müssen wir's uns nicht ansehen. Auch wenn's in Laura zuckt. Ein Mord gleich hinter der Ladentür und sie darf nicht rein. Eine Stunde warten wir vorm Laden, bis HaHa herauskommt und uns vom Mord berichtet. Schon eine Viertelstunde nach unserer Ankunft war hier die halbe Münchner Polizei aufmarschiert. Spurensicherung, Krankenwagen, sogar Feuerwehr. Jetzt rollt die Polizeimaschine wie geschmiert. HaHa scheint wegen des zweiten Mordes genauso unter Schock zu stehen wie wir. »Ist wieder das Gedicht dabei?«, fragt Laura ihn, und erstaunlicherweise bekommen wir von HaHa die Auskunft:

»Ja! Nur das Ende ist etwas anders:

*»Wie lange sitzen sie hier noch?*
*Nicht mehr zu lange, Feder rot!*
*Auch der kleine Franz ist jetzt tot.*
*Drei Spatzen haben keine Wahl,*
*die Drei ist ihre Todeszahl.«*

»Eine Bestie ist das!«, sagt Laura. Sehe ich da Tränen in ihren Augen? Ist sie doch nicht so abgebrüht, wie sie immer tut? Nicht so morbide, wie ich dachte? Kann ich dich trösten, Prinzessin? Nein! Das kann ich nicht. Sie hat einen Freund. Warum ist er nicht da, verdammt noch mal, wenn sie ihn braucht?

»Morde sind nichts für euch«, sagt HaHa. »Ihr solltet spielen, lernen, lachen …« Was redet er da? Auch diesen Typen nehmen die hübschen toten Frauen immer mehr mit. So weich erlebe ich ihn zum ersten Mal. Auch wenn er nicht recht hat: Von Jugend verspüre ich nichts mehr in mir. Vor einem Jahr hat Gott mit den Fingern geschnippt und ich wurde erwachsen. Plötzlich reißt sich HaHa doch zusammen: »Himmelfagott!«, kreischt er. »Ihr habt euch wieder in den Fall eingemischt!« Ganz der Alte. Er sucht in den Taschen seines Jacketts. »Das war sehr dumm von euch: Drei Punkte bekommst du. Jetzt hast du schon sieben Strafpunkte. Noch drei und Schluss! Wo ist mein Notizbuch? Dann kämpfe ich mit dem Bewährungsrichter wie ein Löwe! Jawohl! Wie ein Tiger!«

»Tiger oder Löwe?«, will ich fragen, doch lasse es lieber.

HaHa schimpft sowieso weiter: »Dann wanderst du ins Gefängnis! Wo ist mein Notizbuch, Kruzifix?«

»Sie haben auch in Ihrem Gerät ein Notizbuch«, sage ich.

»Was? Welches Gerät?«

»Na, in Ihrem Smartphone? Jetzt müssen Sie doch nicht mehr einen Papierblock rumschleppen.«

»Leon hat recht«, sagt Laura. HaHa holt sein Handy aus der Tasche. Laura nimmt's ihm aus der Hand, tippt auf das Icon und sagt: »Sehen Sie? Notizen.«

HaHa glotzt. »Und wie schreibt man sie?«

»Mit zwei Daumen! Sehen Sie? So!«

HaHa geht mit seinem Smartphone zu einem der Polizeiautos, hält das Handy wie eine Reliquie vor sich und versucht, mit beiden Daumen etwas zu tippen. Leider können wir nicht mehr sehen, was. »Brummla!«, brüllt er. »Haben Sie das gewusst? Ich habe auch in meinem Telefon ein Notizbuch.«

»Ehrle?«

Brummla kommt zu ihm. HaHa streckt ihm sein Smartphone entgegen. »Man kann die Notizen mit zwei Daumen schreiben. Sehen Sie? Wieso schreibt das Ding aber x, wenn ich c schreiben will?«

»Sie ham z dicke Dauma, Herr Hauptkommissar!«

»Kümmern Sie sich um Ihre Wurstfinger, Brummla!«

»Jawoi, Herr Hauptkommissar!«

»Also! Leon: sieben Punkte!« HaHa steckt sein Smartphone in die Tasche, er klopft mir auf die Schulter. Nahezu väterlich. »In zwei Stunden möchte ich mit euch allen reden. Wir treffen uns wieder in eurer Wohnung, Laura. Sag deinem Vater und deiner Tante Bescheid. Dein Onkel kommt auch hin. Wenn sie wegen eines solchen Blödsinns streiten können ...« Diese Erinnerung zaubert HaHa dann doch ein Lächeln ins Gesicht. Er fängt an zu kichern. Wir warten, vielleicht verrät er uns was. Bis Laura die Geduld verliert:

»Weswegen sind mein Papa und Onkel Josef zerstritten?«

»Das muss dir dein Papa selbst sagen, Mädchen, hihihi ... vielleicht wenn du mal groß bist. Hihihi ...«

Laura stemmt ihre Fäuste in die Seiten und guckt HaHa böse an: »Na, hören Sie mal!« HaHa hört auf zu kichern. Bekommt sogar dieser Hardcorebulle Angst vor ihr? Selbst kann ich schon bestätigen, wie brutal Laura werden kann. Mann! Freu dich, dass sie einen Freund hat! Wenn wir zusammen wären, würden wir uns die ganze Zeit prügeln. Zum Glück hat sie einen Freund. Zum Glück? Doch HaHa starrt Laura sehr streng an, gleich werden seine Nüstern Flammen schlagen. Laura schaut weg. Gibt's doch nicht. Nicht HaHa vor ihr, sie hat Angst vor HaHa!

»Wisst ihr was?«, sagt HaHa. »Eigentlich ist es Kindergarten, hier mit Punkten zu spielen.«

»Streichen Sie jetzt also alle meine Strafpunkte?«, frage ich.

»Nein! Ich rufe gleich den Richter an und lasse dich in die Jugendstrafanstalt einweisen.«

»Das ist unfair«, sagt Laura. »Wir haben Ihnen geholfen. Und wir haben nichts Schlimmes gemacht. Das Denken wollen Sie uns sicher nicht verbieten, oder?«

HaHa brummelt. Brummla knabbert an einer Salamisemmel wie am Ohr seiner Geliebten. Glatt könnte ich auch Gedichte schreiben, oder? »Um 16 Uhr sehen wir uns bei euch«, sagt HaHa. »Vergiss nicht, deinem Halbbruder Bescheid zu geben.«

»Mein Halbbruder ist in der Schweiz«, sagt Laura und HaHa leuchten die Augen auf.

»Aha! Er ist nicht da, was?« Er zieht wieder sein Hightechgerät aus der Tasche. »Die Schweiz, sagst du? Ein gutes Alibi!« HaHa tippt Renés Handynummer ein, legt sein Handy ans Ohr, guckt uns an und wartet. Nach einem Weilchen legt er auf. »Keiner geht dran.« Er tippt eine andere Nummer ein: »Hauptmeister! Können Sie mir sagen, wo sich dieses Handy befindet? ... Was? ... Dass mein Dienstgrad für solche Anfragen zu niedrig ist? Na, erlauben Sie! Ich bin Hauptkommissar Hauptmeister. Was gibt's da zu lachen, he? Ich warte.« Mit böser Miene legt er auf, wird aber in ein paar Minuten wieder angerufen. »Dein Halbbruder hat sein Handy ausgeschaltet«, sagt er zu Laura. »Wir können ihn nicht orten.«

In die U-Bahn steigen wir an der Münchner Freiheit. Schweigend. Ist René wirklich unschuldig? Ist er echt in die Schweiz gefahren? Oder hat er stattdessen in Schwabing zu München gemordet? Böse, böse Gedanken. Laura versucht einige Male, René anzurufen, erreicht ihn auch nicht. Ziemlich eingeschüchtert sieht sie aus. Doch schon am Marienplatz hellt sich ihre Miene etwas auf. Sie treibt mich aus der U-Bahn. »So kannst du nicht weiter rumlaufen«, sagt sie. »Wir haben noch etwas Zeit. Im Kaufhof kaufen wir dir ein paar Sachen zum Anziehen.« Auch der zweite Mord kann ihr nichts anhaben. Das Mädchen ist echt zäh.

»Nee! Keine Kurzhose!« Sie will für mich unbedingt eine Sommer-Kurzhose kaufen. »Ich bin doch nicht …«

So böse guckt sie mich an, dass ich den Blödsinn nicht zu Ende sage. »Du kannst unsere Blumen nicht vollschwitzen«, sagt sie. Ach, was soll's. Dann eben eine Kurzhose. Laura lässt sich sowieso nicht überreden. Besser widerspreche ich nicht mehr und lasse es ganz chillig angehen.

Nur die ganz kurzen Shorts lehne ich knallhart ab. Eine leichte Sommerhose bis zu den Knien fühlt sich aber gut an. Ich mache ein paar Probekicks, kann nicht anders, ich muss wissen, ob ich mich in meiner Hose bewegen kann. Lege den Fuß hoch auf den Kleiderständer und dehne. Huch! Das tut gut! Bewegung! Ich vergesse alles um mich herum und dehne und dehne … Super! He? Wo bin ich jetzt eigentlich? Laura guckt mir zu, grinst und schüttelt den Kopf. Wir kaufen zwei der Shorts in verschiedenen hellen Farben, ein paar T-Shirts und neue Chucks für mich – klar, schwarz.

Wieder auf dem Marienplatz, mit vollen Einkaufstüten mit Kleidern, macht Laura den Mund auf: Die zwei Ketten ihrer Mundperlen glitzern in der Sonne, sie überlegt, vielleicht lässt sie zwischen ihnen gleich Schmetterlinge ihrer Worte zu mir fliegen, vielleicht sagt sie: »Ich mache Schluss mit meinem Freund! Ich liebe dich.« Klar sagt sie das nicht. »Heute in der Nacht kommt meine Mama!«, sagt sie und sieht plötzlich ganz schön traurig aus. Sicher zu Recht.

# Beisammensein

Um 16 Uhr ist im Wohnzimmer von Lauras Haus die Blumenhändlersippe versammelt. Auch Onkel Josef ist da. Mit Claudin. Mein Boss steht auf der anderen Seite des Wohnzimmers. Die zwei sind also immer noch zerstritten und auf Abstand. Zum Glück schlägern sie sich aber nicht. Claudin packt mich am Arm, führt mich in eine Ecke. »Aus dem Kino heute wird nichts, Claudin«, sage ich.

»Warum nicht?«

»Wegen des Mordes.«

»Mord war schon Mittag? Gibt's Abend auch Mord?« Der Typ ist echt krass. Auch sein abgespecktes Deutsch macht mein Herz weich. Ich mag ihn. Verschwörerisch guckt Claudin sich um und zieht mich noch tiefer in die Ecke. Will er mir was zeigen? Mann! Vielleicht weiß Claudin was über den Mord? Den Mörder? Vielleicht erfahre ich von ihm jetzt etwas ganz Wichtiges. Wir lösen den Fall und ich kaufe mir am Abend zur Feier des Tages von meinem frisch verdienten Geld ein schickes gebrauchtes Smartphone. Statt Scheißkleider. Und am Wochenende mache ich mit

Laura einen Ausflug zum Starnberger See. Dort sagt sie mir dann: »Du, Leon, du bist ein super Detektiv. Ich habe mit meinem Freund am iPhone Schluss gemacht. Ziehen wir zusammen eine Detektivkanzlei auf? Leon & Laura.« Wow!

»Guck!« Claudin reißt mich brutal aus meinen Tagträumen und schiebt mir einen Batzen Papier vor die Nase. Beweise? Quatsch! Fußballkarten. Ja, das gibt's doch nicht! Ich lechze nach Mord-Hinweisen und der Typ zeigt mir seine Fußballkarten. Ein 25-Jähriger. Deswegen wollte er nicht, dass die andern die Karten sehen. »Erste-Liga-Album bald voll«, sagt er. »Die habe ich doppelt. Tauschen wir?«

»Ich sammle keine Fußballkarten, Claudin.«

»Echt nicht?« Ungläubig guckt er mich an.

»Nee!«

»Kein Kino? Keine Karten?« Wie eine traurige Giraffe schwenkt er hin und her und wimpert mich zu.

»Wir können morgen Abend was zusammen unternehmen«, sage ich.

Brummla läuft an uns vorbei und sucht in den herumstehenden Blumentöpfen nach etwas Nahrung. »Wir grillen Wurst!«, sagt Claudin. Brummla bleibt stehen und horcht. »Du kommst morgen Abend in unseren Garten.« Brummla seufzt und läuft weiter. Claudin bückt sich zu mir und flüstert mir ins Ohr. »Ich kaufe Wurst und mache Feuer.« Er strahlt wieder, der Claudin. Warum auch nicht? Hat gleich drei Verben hintereinander locker hingeschmissen. Claudin sind die Morde scheißegal, er freut sich aufs Grillen und vor allem aufs Feuer. Hoffentlich rückt er morgen zum Feuer nicht wieder mit einer Schüssel voller Schnecken an.

»Okay!«, sage ich. »Morgen um 18 Uhr bei dir im Garten.«

»Weißt du, wo ist Garten?«

»Klar!«, sage ich. Uff … stopp! Ich darf ihm doch nicht verraten, dass Laura und ich ihn beschattet haben. »Äh … nicht weit von Renés Garten, hat Laura mir gesagt. Ich finde das schon.« Ich klopfe Claudin väterlich auf die Schulter, wo ich das väterliche Klopfen doch schon von HaHa gelernt habe, in der Sekunde seiner Milde und Weichheit, und ziehe Claudin zum massiven Eichentisch inmitten des Wohnzimmers, das man anderswo auch Salon nennt. Fritz taucht in der Tür auf. Aha! Hat man unseren Gärtner auch eingeladen? Na ja, warum nicht. Claudin ist ja auch da. Fritz steuert uns an. Claudin reißt sich von mir und galoppiert davon, unter die schützenden Flügel von Onkel Josef an der anderen Tischseite. Als hätte uns ein Schneckenrudel angegriffen. Wohl immer noch Gärtner-Konkurrenzkampf. Ihre Meister sind verfeindet. Claudin mag Fritz nicht. Mich hat Claudin anscheinend sofort ins Herz geschlossen. Fühle mich geehrt. Plötzlich fällt mir aber wieder ein Scheißgedanke ein. Was, wenn er in all seiner Unschuld trotzdem gemordet hat? Nur es selbst nicht mehr weiß? Dass in ihm Mr. Hyde steckt? Eine kranke Welt ist das, wenn man sich in ihr solche Gedanken machen muss, oder?

»Servus, Leon!«

»Servus, Fritz.« Hmm … wir haben noch nicht über unsere ähnliche Vergangenheit geredet. »Ich war im selben Heim wie du«, platzt es aus mir heraus. »Bin aber nach dir gekommen. Da warst du schon weg. Erinnerst du dich noch an Martin?«

»Scheißheim«, sagt Fritz. Das sehe ich nicht so. Weiß nicht, was ich nach Mutters Tod ohne Martin und die Jungs im Heim gemacht hätte. Na ja, Schlamm drüber, wie HaHa sagen würde: Jeder macht seine Erfahrungen. Während ich im Heim Glück hatte, konnte Fritz auch Pech gehabt haben, oder? Vielleicht hat er das Gute schon vergessen. Dass er dort diesen Faust hatte, seinen Beschützer, von dem Martin erzählt hat. Hmm …

»Also!« HaHa thront schon an der Stirn des massiven Wohnzimmertisches, links von ihm hat sich grade Brummla niedergelassen, rechts sitzen Marta und mein Boss. Marta wirft wie gewohnt scheue Blicke zu Lauras Vater. Claudin steht ihnen gegenüber hinter dem Stuhl von Onkel Josef, hochgestreckt wie eine Fahnenstange. HaHa haut auf den Tisch, bis das Tischbeben einige Blumentöpfe darauf vibrieren lässt. Keine Tulpen. Ich überlasse Fritz den angesteuerten Platz rechts von seinem Boss und schwebe zu Laura. Wir machen es uns auf dem Sofa gemütlich. Ist besser so. Abstand ist wichtig. Damit wir uns nicht zu oft in HaHas Ausführungen einmischen. Um Strafmaßnahmen zu vermeiden. Wer von uns ist also der Mörder? Wenn es denn tatsächlich einer von uns ist. Ich würde auf René tippen. Aber der ist ja in der Schweiz …

»Ruhe! Bitte!«, brüllt HaHa. »Setzen Sie sich!«

»Mir hocka scho alle, Boss!«, sagt Brummla. HaHa dreht sich zu ihm und hebt den Zeigefinger. Brummla korrigiert sich. »Äh … Herr Hauptkommissar!«

»Ihre Frau kommt heute in der Nacht nach München zurück«, sagt HaHa zu Lauras Vater. »Ich habe mit ihr auch heute telefoniert. Sie wird sicher keine neuen Erkenntnisse zum Fall beisteuern. Die Schwestern kannte sie nicht. Übrigens: Hat sich ihr Sohn René schon bei Ihnen gemeldet? Wir können ihn nicht erreichen.«

»Nein!«, sagt mein Boss. »Müsste noch in der Schweiz sein.«

HaHa räuspert sich: »Wir haben heute Nachmittag zwei Verdächtige festgenommen.« Die Nachricht schlägt ein wie eine Bombe.

Sherlocka kann doch nicht den Mund halten. »Fans von Friederikes Facebookseite?« HaHa glotzt sie an. Lange. Dann mich. »Ich habe nur bei Facebook geschaut«, murmelt Laura. »Habe keine Ermittlungen gestört.« HaHa seufzt und redet wieder zu den Erwachsenen am Tisch.

»Wahrscheinlich haben die Verbrechen mit Ihrer Familie doch nichts zu tun. Der zweite Mord wurde aber auch in einem Blumenladen verübt. Einer der Verdächtigen ist ein Blumengärtner, der andere ein Tulpensammler. Uns fehlen noch ein paar Individuen … äh …«

»Indizien, Herr Hauptkommissar«, sagt Brummla.

»Richtig, Brummla, Indizien, ich wollte Sie nur testen, ob Sie zuhören, hehe … äh … wo waren wir also?«

»Bei den Individuen!«, sagt Laura. Sie kann's echt nicht lassen.

»Richtig! Uns fehlen also noch Individuen … äh … Kruzifix! … die zwei Individuen haben wir schon. Also. Wir müssen noch einige Sachen nachprüfen. Wer von Ihnen kennt den Besitzer des Blumenladens, in dem heute Berta Schnippköter ermordet wurde?«

»Ich kenne ihn nur flüchtig«, sagt Onkel Josef. »Sein Laden liegt ja auch in Schwabing.« Mein Boss schüttelt den Kopf. HaHas Blick schweift durch die Runde, erwischt mich.

»Ich kenne ihn auch nicht«, sage ich.

Jetzt schüttelt HaHa den Kopf: »Also … wir sind uns sicher, dass einer der Festgenommenen mit dem Mord etwas zu tun hat.

Warum habe ich Sie zusammengerufen? Aha!« Grinsend guckt HaHa in die Runde. Nach einer kleinen Pause klatscht er erfreut in die Hände und redet weiter: »Na, wegen der Drei! Jawohl! Die Drei spielt bei diesen Morden eine große Rolle. Der Mörder mordet an jedem dritten Tag und hat es auf die drei Schwestern abgesehen. Zur Sicherheit lassen wir jetzt die dritte Schwester, Karla, rund um die Uhr bewachen ...«

Jetzt muss Laura protestieren: »Karla hat nichts mit den Tulpen zu tun.«

»Doch!«, sagt HaHa. »Die Tulpenschwestern hatten viele Feinde. Das kommt langsam an die Oberfläche. Ein verschmähter Schmachtender ...«

Alle glotzen HaHa an. »Wie bitte?«

»Äh ... ein verstoßener Freier rächt sich. Das ist uns jetzt klar. Will die ganze Familie auslöschen. Die Tulpenschwestern haben einige Männer verrückt gemacht.«

»Glaube ich nicht!«, sagt Laura. »Karla hat keine Männer verrückt gemacht!«

HaHa faltet die Stirn, seufzt aber nur: »Wie gesagt: Die Drei ist extrem wichtig! Der dritte Tag nach dem Mord ist diesmal Montag. Wenn der Mörder noch einmal zuschlagen will, schnappen wir ihn. Ich glaube das aber nicht. Ich glaube, den Mörder haben wir. Nur eine Frage der Zeit, bis er ein Geständnis ablegt. Polizeiliche Methoden sind sehr effizient, Kinder ... äh ... Freunde ... äh ... meine Damen und Herren. Ich habe Sie nur zusammengerufen, um bei Ihnen absolutes Stillschweigen über die Bedeutung der Zahl Drei einzufordern. Sicher hat Laura jedem von Ihnen von dieser Erkenntnis erzählt, die wir ... äh ... im Laufe der Ermittlungen gewonnen haben.«

Laura boxt mir mit dem Ellbogen in die linke Niere und flüstert mir ins Ohr. »Das mit der Drei hat er doch von mir. Dieser Angeber!«

HaHa steht auf und stützt sich mit den Händen an der Tischkante ab: »Ich bitte Sie also, im Namen der nationalen Sicherheit … also das nicht gerade … diese Information nicht weiterzutragen. Wir wollen den Mörder nicht auf dumme Gedanken bringen. Sollte er noch nicht in Haft sitzen, versucht er am Montag zuzuschlagen – so wie er es geplant hat. Dann schnappen wir ihn!« Brummla spendiert Applaus. Wir gucken uns an.

HaHa lässt die Versammlung auseinandergehen. Nur Laura und mich will er im Wohnzimmer behalten. Lauras Vater protestiert. »Ist schon gut, Papa«, sagt Laura. Mit hängenden Schultern schlürft mein Boss aus dem Wohnzimmer, Marta und den anderen nach. Zum ersten Mal bemerke ich die kahle Stelle an seinem Hinterkopf. Hoffe, das Haar dort ist ihm nicht wegen der zwei Morde ausgefallen.

»Also Leute!«, beginnt HaHa. »Ab jetzt dulde ich keine noch so mickrige Einmischung in den Fall. Wenn ich nur merke, ihr versucht auf eigene Faust zu ermitteln, ist Leon dran. Du hast nur noch drei Punkte frei, Junge! Die verpasse ich dir auf einmal. Glaub's mir! Und bei dir, Frau Detektivin, mache ich eine Meldung in der Schule. Mir reicht's! Wir haben hier zwei ermordete junge Frauen. Ich möchte in der Stadt nicht eure Leichen sehen. Habt ihr's gecheckt? Hehe … ein guter Ausdruck, was, Brummla. ›Gecheckt‹ ist Jugendsprache, wissen Sie. Damit sie mich auch verstehen, was?«

»Guat xagt, Herr Kapi … äh, Herr Hauptkommissar!«

»Habt ihr's also gecheckt, kapiert, verstanden?«

»Ja!«

»Raus mit euch!«

»Wir können uns auf HaHa nicht verlassen«, sagt Laura. »Ich glaube nicht, dass der Mörder festgenommen wurde.« Durch den Giesinger Waldpark mit Fahrrad- und Fußgängerschotterwegen laufen wir zur Isar. Der Blick auf das Ufer versetzt uns in das Land Mordor: Flammen überall. Als ob die Erde brennen würde. Tausende von Grills. »Es gibt auf jeden Fall zu viele ungeklärte Geheimnisse in unserer Familie.«

»Zum Beispiel?«

»Ich habe mir Mamas altes Handy angeguckt.«

»Und?«

»Im Handyspeicher war ein Teil von Mamas Telefonbuch abgespeichert.«

»Und?« Ich frage, doch ahne schon Böses.

»Auch die Nummer von Friederike und Berta war dort.« Am Anfang hatte ich gedacht, Laura möchte das Unglück von ihrer Familie fernhalten, doch so einfach ist es nicht. Zuallererst will sie die Wahrheit finden. Hat sie nicht erzählt, dass ihre Mutter und ihr Halbbruder René ziemlich dicke Freunde sind? Auch wenn René nicht ihr eigener Sohn ist und wissen muss, dass sein Vater seine Mutter mit der Mama von Laura betrog. Eine Folgekette wirbelt meine Hirnzellen durch: Auch René ist an den Tulpen sehr interessiert und hängt deswegen eng mit Lauras Mutter zusammen. Lauras Mutter kannte die Tulpenschwestern Friederike und Berta. Daraus folgt: René muss die Tulpen auch gekannt haben. Wo war René heute, verdammt? Als die zweite Tulpe Berta ermordet wurde?

# Der Knutschfall

KLOPF, KLOPF, KLOPF! Langsam werden Lauras Besuche hier oben Tradition. In ihr Zimmer hat sie mich noch nicht gelassen. Wohl liegen dort überall Puppen mit abgetrennten Körperteilen rum, so brutal wie sie ist. Wir hocken uns wieder auf mein Bett. Mein Notebook wirft mir dabei strenge Blicke zu, ist etwas eifersüchtig. Oder wegen des ihm unbekannten Duftes verwirrt? Laura hat mir nach dem Abendessen eine Vase mit gelben Tulpen in die Hand gedrückt. Ich habe die Blumen neben das Notebook gestellt. Seitdem schnuppert der Rechner rum und will nicht arbeiten – hängt sich ständig auf. In meiner Knastzelle hat's keine Blumen gegeben. Laura wirkt krass ängstlich. Ist was passiert? Auch mir kriecht die Angst hoch. Komisches Gefühl! Hab das nicht oft. Hat ihr jemand etwas angetan? Wurde sie vom Mörder bedroht? Mannomann! Wer dieses Mädchen verletzt, wird es bereuen. Das schwöre ich! Noch nie habe ich so viel Angst um jemanden gehabt. »Ist was passiert?«, frage ich.

»Wir müssen uns mental auf die Rückkehr meiner Mama vorbereiten«, sagt sie.

»Wieso?

»Sie wird mich mit dir sicher verheiraten wollen …«

»He?«

»Nur ein Scherz!«

Ja, sag mal! Ich scheiße mir hier in die Hose, weil ich um sie Angst habe, und sie ist weiter nur auf Gaudi aus. Bin ich der Faschingsprinz, oder was? Ach, was soll's. Gleich erinnere ich sie an ihre Verpflichtungen: »Du hast sowieso einen Freund!«

»Mit Dirk hab ich Schluss gemacht.«

»Am iPhone?« Ein krasser Gag von mir, oder? Leider versteht sie ihn nicht.

»Wieso?«

»Ach nix. Heute früh hast du mir doch gesagt, dass du einen Freund hast. Wann hast du dann mit ihm Schluss gemacht? Wir waren den ganzen Tag zusammen unterwegs.«

»In der Früh hab ich geschummelt. Weil mir das mit dir zu schnell ging. Du hast mich bei René auch gleich ins Bett gezerrt …«

»Na, hör mal! Du wolltest mich doch vermöbeln.«

Klar kichert sie. »Dirk und ich haben uns schon am Mittwoch getrennt.«

Keine Ahnung, warum ich so indiskrete Fragen stelle. »Warum?«, frage ich.

»Ich komme mir bei ihm wie bei der Polizei vor. Ständig will er wissen, wo ich war, wo ich hingehe …«

»Vielleicht kommt ihr doch wieder zusammen?« Klar meine ich's nicht ernst.

»Kann sein«, sagt sie. »Wir wollen uns morgen treffen und drüber reden.« Hmm … schon wollte ich mich freuen, dass die

Karten neu gemischt werden. Dass jetzt ich den Joker kriege. Trotzdem werde ich plötzlich stutzig. Hat sie sich den Freund am Ende ausgedacht? Um mich auf Distanz zu halten. Laura wäre das zuzutrauen, oder? Aber würde sie dann auch einen Namen erfinden? Dirk?

Sie packt mein Kissen, steckt's hinter ihren Rücken und lehnt sich an die Wand. »Jetzt mal im Ernst«, sagt sie. »Mama kommt in der Nacht. Sie wird dich wahrscheinlich als Erstes aus dem Haus jagen wollen.«

»Nett!«

»Sie ist wirklich kein schlechter Mensch. Sicher gewöhnt sie sich an dich. Du musst nur ein paar Tage aushalten. Das mache ich auch hin und wieder. Okay?«

»Klar!«

Sie starrt meine Hand an. »Was machst du da?« Ganz unwillkürlich habe ich die Hand im Handgelenk kreisen lassen. Nach jeder Umdrehung gehen die geschlossenen Finger wie ein Fächer auf.

»Nur eine Übung.«

»Kung-Fu?«

»Kann sein.«

»Habe noch nie jemand wie dich getroffen, der ständig etwas mit seinem Körper anstellt.«

»Das ist so Gewohnheit aus dem Knast. Dort kannst du dich meist nur mit deinem Körper unterhalten.«

»Aha!« Ihre Stirnmuskulatur macht jetzt auch Übungen. Hübsche Fältchen. »Mir gehen die zwei Wochen nicht aus dem Kopf«, sagt sie.

»Welche zwei Wochen?«, frage ich. »Deine Ferien?«

Wieder mal verdreht sie ihre Augen übelst genervt: »Musst du denn das Denken immer abschalten, wenn du deine Übungen machst?«

»Na ja, ich hab halt gedacht, ich zocke noch etwas am Notebook und penne dann. Stattdessen tauchst du hier auf, machst Stress ohne Ende in meinem Zimmer, ich muss Mordfälle lösen, mir Gedanken über die zwei Wochen machen, in denen Friederike vor drei Jahren auf ihren Facebookseiten nichts gepostet hat …« Klar provoziere ich sie gern. Hab schon rausgekriegt, dass ich mehr Körperkontakt zu ihr kriege, wenn ich sie aufziehe. Vielleicht stürzt Laura sich sofort auf mich und knallt mir einen Handkantenschlag unter den Kiefer. »Du hast also gewusst, dass ich von Friederike rede, und machst trotzdem auf blöd!«, würde sie brüllen, mich aufs Bett flach legen, hihi, und sich auf mich hocken. Schön! Doch nichts davon passiert. Laura stutzt nur. »Was hast du gesagt? … Vor DREI Jahren? Mann, bin ich blöd!«

»Na ja«, sage ich. »Wenn du's selbst sagst …«

»Ja, verstehst du das immer noch nicht?«, ruft Laura. »Vor genau DREI Jahren! Wieder die Zahl DREI! Der Mord passiert an jedem DRITTEN Tag. Im Gedicht gibt es DREI Vögel, also DREI Mordopfer. Und weswegen? Weil sie genau vor DREI Jahren dem Mörder etwas angetan haben! Was sonst?«

»Du hast recht«, sage ich. »Das könnte so sein.«

»Das ist so!«, sagt sie. »Alles andere wäre ein zu großer Zufall. Die Drei ist ihre Todeszahl! Ich frage mich, wieso HaHa oder jemandem anderen bei der Polizei die leeren Tage bei Friederikes Facebookseite nicht aufgefallen sind.«

»Einem Erwachsenen fallen ein paar Tage bei Facebook ohne

Postings nicht so auf. Die hocken nicht die ganze Zeit vor der Kiste wie wir.«

Laura hüpft auf meinem Bett vor Aufregung. Plötzlich beugt sie sich zu mir und küsst mich. Oder? Doch nicht. Kurz vor meinem Mund zuckt sie weg, dreht ab und tut, als ob nichts wäre. Ich nutze die Gunst der Sekunde, drehe mich zu ihr und küsse sie selbst. Schlimmeres, als mir deswegen die Nase zu brechen oder mir die Augen auszukratzen, kann sie mir nicht antun, oder? Und an ihre Schläge bin ich sowieso schon gewöhnt. Sie küsst zurück, stößt mich dann aber doch weg. »Ich weiß nicht«, sagt sie. »Lass uns zuerst den Fall klären. Vielleicht ist es dann auch in meinem Kopf klarer. Außerdem möchte ich morgen mit Dirk reden.« Langsam schwebt uns ihr Exfreund über den Köpfen wie dieses berühmte Schwert. Egal! Soll ich mich also in Geduld üben? Warum nicht? Das kenne ich aus dem Knast zur Genüge. Im Geduldhaben bin ich ein Champion. Nur entscheide ich mich jetzt endgültig, ihr diesen Exfreund nicht abzukaufen. Sicher hat sie sich Dirk ausgedacht. Das scheint mir sowieso besser zu sein, als dass es ihn tatsächlich gibt und er sie am Samstag überredet, es mit ihm noch mal zu probieren.

Laura steht von meinem Bett auf und läuft durchs Zimmer. »Wir müssen die leeren zwei Wochen vor drei Jahren erklären. Dann haben wir das Motiv und …«

»… den Mörder!«, füge ich hinzu. Sherlocka und ich sind echt ein super Team. »Sollen wir uns noch mal durch die Kommentare auf Friederikes FB-Seite klicken?«

Laura seufzt. »Die kenne ich schon auswendig!«

»Trotzdem!« Mein Notebook flüstert zärtlich, als ich mich an den Tisch hocke: »Schön, dass du wieder da bist.« So! TIPP,

TIPP, TIPP: das Facebook-Suchfenster. Dann den Seitennamen eintippen: Friederikes Tulpenbeet bei FB geht auf. Wer wird die Seite löschen? Wo Friederike und ihre Schwester Berta tot sind? Vielleicht Karla? Die Metzgerfrau? Ich blättere in der Chronik. »Was ist damals passiert?« Wir lesen noch mal die Einträge von Friederike vor und nach den Tagen ihrer Abwesenheit bei Facebook. Nichts Konkretes. Alles dreht sich um die Tulpen. Erst Ende Juni gibt's was Persönliches, als Rudi Fuschke eins ihrer Tulpenbilder kommentiert: »Schön wie du, Friede!«

»Würdest du mich auch pflücken, Rudi?«, schrieb Friederike.

»Mein Gott!«, sagt Laura. »Sicher hat HaHa diesen Rudi festgenommen. Sie fordert ihn ja direkt dazu auf, sie zu ermorden.«

»Wieso denn?«

»Na, wie willst du den Satz sonst deuten: ›Würdest du mich auch pflücken, Rudi?‹«

»Da gibt's schon andere Deutungen.«

»Wirklich?«, fragt Laura, kichert, wird aber gleich wieder ernst: »Das bringt uns nicht weiter. Alle ihre Facebookfans kann HaHa sich vornehmen. Wir haben keinen polizeilichen Apparat. Wir müssen unsere Hirne benutzen. Vielleicht googelst du nach dem Datum, Tulpen und München. Wir müssen unbedingt herausbekommen, was damals passiert ist.«

Ich schüttele den Kopf. »Das bringt nichts. Wir haben zu wenig Information, um das einzugrenzen. Siehst du? 1 160 000 Ergebnisse. Am besten wäre's, die Ausgaben aller Münchner Zeitungen aus der damaligen Zeit durchzugucken. Vielleicht fällt uns etwas ins Auge dabei.«

Laura verpasst mir von oben eine Kopfnuss und sagt: »Kluges Kerlchen!« Mann! Das hat sie noch nie gesagt. Bin echt stolz auf mich. »Am Montag in der Früh gehen wir in die Staatsbibliothek und suchen Münchner Zeitungen durch, die kurz vor Friederikes Zeit ohne Postings erschienen sind. Wir müssen finden, was Friederike für zwei Wochen sprachlos gemacht hat.«

»Muss man die Zeitungen nicht vorher bestellen?«, frage ich. »Das ist schon drei Jahre her. Diese Bände liegen sicher im Archiv.«

»Ich habe in der Stabi einen heimlichen Verehrer.«

»Wie alt ist er?«

»Um die Sechzig.« Ich starre sie an. Sie lacht wieder. »Keine Panik! Eine Freundin meiner Mama arbeitet dort. Die zwei haben sich als Kinder gern geschlagen ...«

»Apropos geschlagen: Könntest du mich nächstes Mal mit etwas anderem belohnen als mit einer Kopfnuss? Streicheln wäre super!«

Laura stemmt die Hände in die Hüften: »Da schau an! Bescheiden bist du nicht gerade. Ich gebe dir einen Finger und du willst gleich die ganze Hand.« Dagegen kann ich nichts sagen: Die Kopfnuss hat sie mir tatsächlich nur mit einem Fingerknöchel gegeben. »Schluss mit dem Blödsinn!«, fügt sie hinzu. »Am Montag ...«

»... passiert der dritte Mord«, sage ich ihren Satz zu Ende. Sozusagen aus Tradition. Und damit sie merkt, dass ich ihr zuhöre.

Sie runzelt die Stirn. »An wem aber? Wer soll umgebracht werden?«

»Könnte's nicht doch Karla sein?«

»Eine Metzgerfrau? Mit *Queen of Night* auf der Brust? Nie im Leben.«

»Vielleicht haben die Morde mit Tulpen nichts zu tun.«

»Und was machen dann die schwarzen auf den Ermordeten?«

»Der Mörder schmückt sie halt mit Blumen. Der ist ja sowieso krass hirngeschädigt.«

»Nein! *Queen of Night* wächst nicht an jeder Gartenecke. Das erfordert schon etwas Einsatz, die Blume aufzutreiben. Wenn's dem Mörder egal wäre, hätte er den Ermordeten Nelken, Rosen oder andere Blumen auf die Brust gelegt. Zwei Tulpensammlerinnen wurden ermordet. Eine davon im Blumenladen, der teils meiner Mutter gehört, also einer dritten Tulpensammlerin. Was brauchst du noch mehr an Hinweisen?«

Ein Blitz jagt jetzt durch mein Hirn. »Soll am Ende deine Mutter das dritte Mordopfer sein?«

»Das habe ich mir auch schon überlegt. Morgen rede ich mit Mama. Sie kommt ja heute Nacht zurück. Papa holt sie am Flughafen ab. Sie will morgen unbedingt in unseren Garten fahren. Sie ist schon ganz kribblig nach ihren Tulpen.«

»Zu Fritz? Ach ja! Du hast mir die Tulpen dort gezeigt.«

»Genau«, sagt Laura. »In Renés Gemüsegarten hat Mama auch ein paar Tulpenbeete, aber um die kümmert sich René. Fritz kann mit Tulpen nicht viel anfangen, wohl wegen Papa, deswegen schaut Mama öfter danach. Sie kann's ohne ihre Tulpenbeete nicht aushalten. Wie ich sie kenne, bringt sie sicher einige ganz exotische Zwiebeln mit. Wenn du morgen früh in der Küche komische Zwiebeln siehst, bitte nicht essen! Dir ist alles zuzutrauen. Manche Zwiebeln von seltenen Tulpen kosteten im 17. Jahrhundert in Holland mehr als ein Haus.«

»Ich nehme Müsli«, sage ich.

»Gut so!«

»Weißt du etwas Neues über die schwarzen Tulpen?«, frage ich. »Woher kriegt man die überhaupt? Schwarz als Blumenfarbe find ich schon pervers. Schwarze Tulpen taugen doch höchstens als Friedhofsblumen.«

»Schwarz ist nicht immer die Farbe der Trauer gewesen«, sagt Laura. »Vor über hundert Jahren trugen Frauen schwarze Brautkleider. Schwarz steht für etwas Besonderes – für Luxus, Eleganz, Magie!«

»Nix für mich also.«

»Schwarze Tulpen sind selten, aber trotzdem nicht mehr so schwierig aufzutreiben wie zu Zeiten von Rosa und Cornelius.« Abwartend guckt sie mich an.

»Ich weiß schon«, sage ich. »Das Liebespaar aus *Die schwarze Tulpe* von Dumas. Ich hab's auch mal gelesen.«

»Und vor mir hast du den Volltrottel gespielt«, sagt sie und überlegt wohl, ob sie mir mal wieder eine paar Schläge verpassen soll. Zum Glück lässt sie das. Na ja, von Glück will ich hier gar nicht reden. Eigentlich finde ich das ganz nett, wenn sie sich auf mich stürzt, mich aufs Bett haut und so. Deswegen überlege ich mir ja ständig Sprüche, die sie auf die Palme bringen. Damit wir wieder etwas kuscheln.

»Deine Mama züchtet auch schwarze Tulpen?«

»Nein! Schwarze Tulpen mag Mama nicht. Ansonsten alle, nur die schwarzen nicht. Keine Ahnung, wieso.«

»Jeder hat seinen eigenen Geschmack.«

»Weißt du …« Sie bricht ab. Ich warte. Jetzt weiß ich schon von ihr, sie mag nicht gedrängt werden. Deswegen hat sie sich von ihrem Freund getrennt. Wenn sie mir etwas sagen will, sagt sie's mir von selbst. »Weißt du, mein Vater …« Laura stutzt wieder. Ihre Augen weiten sich. »Weißt du … ich habe Angst, Papa könnte die zwei Frauen umgebracht haben.« Plötzlich weint sie. Wie aus dem Nichts. Grade hat sie noch gelacht, jetzt weint sie. Ich umarme sie, ich streichle ihr Haar. Weich wie der Flaum eines Kükens.

»Dein Papa würde nie jemand umbringen. Dein Vater ist der beste Mensch, den ich je getroffen hab. Neben Martin.«

»Aber … er hasst Tulpen. Mama und Papa haben wegen der Tulpen so oft gestritten. Als ich klein war. Papa musste sich um das ganze Geschäft allein kümmern. Mama hatte nur Tulpen im Kopf. Unser Blumengeschäft ist damals fast pleitegegangen, hat Marta mir erzählt. Damals war auch Marta von den Tulpen begeistert. Schon als kleine Mädchen sind Mama und Marta zu Tulpenausstellungen gefahren.«

Ich erinnere mich plötzlich an die Hör-CD am Dienstag in der Küche. »Marta kannte das Gedicht auch«, sage ich. »Auch wenn die CD René gehört. Das mit den Tulpen ist ein einziges Chaos. Auch Marta könnte am Montag als Mordopfer infrage kommen.«

»Und hundert andere Tulpenliebhaberinnen«, sagt Laura.

»Die ganze Welt können wir nicht retten«, sage ich. »Vielleicht sollten wir aber auf die Frauen aus deiner Umgebung aufpassen.«

Laura schüttelt den Kopf. »Es gibt keine anderen Frauen hier außer Mama und Marta.«

»Doch!«

»Welche denn?«

»Dich!«

»Mich? Hmm … vielleicht hast du recht. Hübsch bin ich …«

»Bescheiden bist du auch …«

»Würde mir eine schwarze Tulpe stehen?« Sie lächelt kokett.

»Dir passiert schon nichts«, brumme ich.

»Woher kannst du so sicher sein?«

»Ich lasse dich am Montag nicht aus den Augen!«

»Wie süß!« Sie kichert und boxt mich aus voller Kraft in den Magen.

»Autsch!«

»Was denkst du!«, brüllt sie. »Dass ich mich nicht wehren kann?«

»Doch, doch«, stöhne ich, bevor sie mir noch eine knallt.

Laura bläst sich auf die Fingerknöchel der jetzt aufgefächerten Faust. »Wir müssen uns weiter auf Friederike konzentrieren«, sagt sie. »Vielleicht finden wir am Montag in der Staatsbibliothek das Motiv: Die leeren Tage auf Friederikes Facebookseite sind wichtig!«

»Das könnte die Polizei viel schneller als wir rausfinden. Vielleicht sollten wir wieder mal HaHa aufklären.«

»HaHa wird uns sowieso nicht zuhören und macht uns gleich wieder Stress. Wenn er dich einsperren lässt ... was dann? Wir müssen am Montag die Zeitungen durchsehen. Vielleicht können wir Sachen anders vernetzen, als es die Polizei kann. Sollten wir in den Zeitungen etwas entdecken.«

»Sowieso«, sage ich. »Jetzt was anderes: Ich frage mich, wann genau deine Mutter Kontakt zu Friederike und Berta hatte?«

»Darüber habe ich mir auch schon Gedanken gemacht. Aber laut Mamas E-Mail ...«

»Du hast auch in ihren E-Mails geschnüffelt.«

»Ja, sie weiß, dass ich ihr Passwort kenne. Sie benutzt es sowieso für alles.«

»Lass mich mal das Passwort raten: Ihr Name und eure Hausnummer zusammengeschrieben, oder?«

Laura staunt. »Woher weißt du das?«

»Erwachsene sind ziemlich naiv, was Datensicherheit angeht.«

»Das stimmt. Ihren Computer hat Mama seit genau dreieinhalb Jahren. Sie hat das Handy und den PC damals bei Saturn zusammen gekauft. Die Rechnung habe ich in Mamas Steuerunterlagen gefunden.«

»Mannomann! Wenn deine Mama herausfindet, dass du in ihren Sachen so krass geschnüffelt hast, wird sie dich enterben.«

»Wenn Mama etwas merkt, sage ich, du bist es gewesen ... einem Kriminellen kann man solche Sachen locker in die Schuhe schieben.« Diese durchtriebene Maus! Das gibt's doch nicht!

»Im E-Mail-Adressbuch ihres Rechners steht keine Friederike und Berta. Auch hat sie keine Mails von ihnen bekommen. Sicher hat sie also seit der Zeit vor dreieinhalb Jahren keinen Kontakt mehr zu ihnen gehabt. Das war ungefähr auch die Zeit, als Papa mit Mama wegen der Tulpen die größten Auseinandersetzungen hatte.«

»Euer Geschäft ist damals aber anscheinend nicht pleitegegangen.«

»Das nicht! Mama musste Papa versprechen, mit den Tulpen ganz aufzuhören. Als es der Firma aber besser ging, hat sich herausgestellt, dass Mama mit den Tulpen weitermachte. Nur hatte sie ihr Hobby vor uns lange versteckt. Irgendwann vor über dreieinhalb Jahren hat Mama aber den Kontakt zu Friederike und Berta abgebrochen. Sonst hätte sie ihre Nummer nicht in ihrem alten Handy. Was, wenn Papa sich an ihnen jetzt rächen wollte?« Wieder weint sie. Heute wechseln sich bei Laura das Lachen und die Tränen wie Sonne und Regen eines launenhaften Sommertages. »Entschuldigung!«, schluchzt sie. »Hab meine Tage.«

»Das würde dein Vater nie tun«, sage ich. »Vergiss das!«

Sie richtet sich auf, ich hebe ihr weites T-Shirt an, sie trägt nichts darunter, starrt mich an. Jetzt kann ich nicht mehr zurück. Den weichen Stoff ihres T-Shirts in den Händen. Ich hebe den unteren Saum ihres T-Shirts noch höher und wische mit dem Stoff ihre Tränen weg, versuche dabei, nicht ihre nackte Brust anzusehen, Laura starrt mich weiter an, bewegt sich nicht. Ich lasse ihr T-Shirt los, sie lächelt. »Du kannst viel besser zuhören als Dirk«, sagt sie.

# Leon, der Hacker

Laura steht von meinem Bett auf, will sich verabschieden: »Gute … warte … jetzt fällt mir ein: Du kennst dich doch mit Computern aus?«

»Ja?«

»Mein Rechner verhält sich seit Mittwoch ziemlich komisch.«

»Soll ich zu dir ins Zimmer mitkommen und es mir angucken?«

»Wie … in mein Zimmer? … Nein … das geht nicht.«

Wieder fällt mir ein, dass ich noch nie in ihrem Zimmer war. Wo sie doch ständig bei mir ist. Was versteckt sie dort vor mir? Leichen? Hehehe … »Du kannst bei dir aus dem Netz ein Programm runterladen …«, sage ich. »Warte!« TIPP, TIPP, TIPP. »Hier ist die Adresse. Wenn du mir deinen Zugang gibst, logge ich mich bei dir ein und gucke mir deinen Rechner an.«

»Nee!«, sagt sie. »Wie ich mich kenne, brauche ich für das Herunterladen und Installieren die halbe Nacht. Ich habe nur ein Notebook. Das kann ich doch schnell herbringen.«

»Okay!«

Ruck, zuck ist sie zurück. Toshiba mit Windows XP. Na, hier muss nicht mal das Display meines billigen Samsung vor Scham rot werden. An Lauras Notebook sieht man gleich, dass sie kein Computerfreak ist. »Da machen sich ständig irgendwelche Fenster von allein auf«, sagt sie. »Manchmal verbringe ich die ganze Zeit damit, das wegzuklicken.«

»Schauen wir mal.« Ich lade bei ihrem Toshiba ein Tool mit ein paar Hilfsprogrammen, das ich mir selbst gebastelt habe. Und gleich sehe ich den Übeltäter. »Jemand hat dich gehackt«, sag ich.

»Wie bitte?«

»Jemand hat bei dir einen Trojaner installiert und guckt, was du so auf deinem Rechner treibst. Sicher kein Profi. Verwendet als Trojaner eine alte Version von NetBus und kein Proxy. Da haben wir schon seine IP.«

»Was redest du da?«

»Mich wundert's nur, dass du gehackt wurdest. Oder guckst du dir oft Pornoseiten an?«

»Spinnst du?«

»Nur ein bissl.«

»Was kann er an meinem Computer sehen?«

»Alles. Deine Mails lesen, deine Chats …«

»Kannst du feststellen, wer das macht?«

»Meistens ist es sehr schwierig. Aber wie gesagt, verwendet dieser Typ nur eine IP. Ich füttere damit Neo Trace. Siehst du? Jetzt zeigt uns das Programm, wo der Typ hockt, schlimmstenfalls, wo sein Provider ist.« Ich klicke im Neo Trace auf »Map«, normalerweise schlängelt sich in dem blauen Fensterchen eine Linie durch die halbe Welt, von Knoten zu Knoten, doch der

Weg zu diesem Angreifer führt nicht zu weit. »Schwabing in München«, sage ich.

»Dieses verfluchte Arschloch!«, sagt Laura.

»He?«

Sie schüttelt den Kopf. »Mein Exfreund wohnt in Schwabing«, sagt sie.

»Könnte Zufall sein«, sage ich.

»Nein!«, sagt sie. »Kein Zufall! Vor ein paar Monaten habe ich ihm das Passwort zu meinem Rechner gegeben. Ich hatte das Notebook in der Schule mit und er wollte etwas im Internet nachschauen. Das passt zu ihm. Will alles über dich wissen. Kannst du ihm eine Nachricht schicken?«

»Logisch!«, sage ich. »Über den ganzen Bildschirm?«

Laura lacht. Mann! Ich bringe sie zum Lachen. »Ja! Schreib: ›Ich will dich nie mehr sehen, Arschloch!‹«

»Okay! Er sieht's auch gleich. Hockt gerade am Rechner.«

»Super!«

»Soll ich anschließend auch seine Festplatte löschen? Kann sein, dass er sich deine Briefe rüberkopiert hat.«

»Ist das nicht ungesetzlich?«

»Schon! Aber er wird sich sicher nicht beschweren. Er hat dich ja zuerst gehackt.«

»Okay! Lösch seine Festplatte.«

Irgendwie macht mir die Sache Spaß. Ich baue bei ihm noch ein Fenster auf und tippe: »In 10 Sekunden ist deine Festplatte gelöscht. Der Countdown läuft: 10, 9, 8 … 3, 2, 1 … Tschüs!« Kann mir vorstellen, wie er auf seinem Stuhl hüpft und überlegt, was er dagegen unternehmen könnte. Ein Gymnasiast ohne viel Ahnung. Ich hatte im Knast Zeit genug, mich zu bilden. Spricht da Schadenfreude aus mir? Gut so! Soll der Depp doch nicht seinen Exfreundinnen nachspionieren. Damen geht man nur dann nach, wenn sie's ausdrücklich wünschen, oder?

»Hmm ... jetzt habe ich am Samstagabend doch Zeit«, sagt Laura. »Hast du da etwas vor?«

»Claudin und ich grillen Würschtel in Josefs Garten«, sage ich.

»Du grillst mit Claudin? Zuerst willst du mit ihm ins Kino ... jetzt grillen? ... Der könnte doch der Mörder sein! Beschattest du ihn?«

»Nee! Ich mag ihn!«

»Kann ich mitkommen?«

»Besser nicht«, sage ich. »Claudin ist scheu.«

»Ich verstehe dich manchmal nicht«, sagt Laura. »Macht nichts. Dann lese ich am Samstagabend. Hab sowieso zwanzig neue Krimis im Zimmer.« Plötzlich wieder ganz übermütig. Trotz des Verrats von ihrem Exfreund. Sie springt auf, ich auch, fahre im Stehen das Notebook runter, Laura klatscht mir fest auf den Po, sagt »Gute Nacht!« und jagt zur Tür. Auf und zu. Nur der süße Duft ihrer gelben Tulpen schwebt hier.

Hmm! Um Laura herum wird gemordet und gehackt ... Den Kriminellen sollte doch ich hier spielen. Von Mord und Spionage ist aber sie umgeben. Was kommt noch auf uns zu? Klar! Das Frühstück! Von einem Götterfrühstück träume ich auch: Rühreier auf Butter und kostbaren Tulpenzwiebeln: *Die Erweckerin der Leidenschaft.* Bei mir muss sie nichts mehr erwecken. Ich lodere wie eine Verbrennungsanlage.

# Die Tulpenmama

»Ich will hier keinen Kriminellen am Tisch haben!«, brüllt mir in der Früh die geschlossene Küchentür entgegen. Wohl ist Mama back. Und ganz schön laut. Ich bleibe stehen und überlege: Kannst du bleiben, wenn man dich nicht haben will?

»Aber Camilla!« Die Stimme von meinem Boss weht durch die geschlossene Tür wie ein sanfter Sommerwind. »Gib Leon eine Chance. Ich habe es euch doch schon in der Nacht auf der Fahrt vom Flughafen erzählt. Leon hat mir das Leben gerettet!« Euch? Ist Lauras Mama nicht allein aus Paris gekommen? Plötzlich erinnere ich mich an einen Satz, den ich mal bei Facebook aufgeschnappt habe: *Es ist nicht wichtig, was die andern sagen, sondern, was du damit anfängst.* Ich mache die Küchentür auf und gehe hinein.

Wenn Marta eine Dame ist, dann sieht ihre Schwester und Lauras Mama Camilla wie eine Damenkönigin aus. Blendet schon beim Frühstück mit ihrer Frische. Obwohl sie in der Nacht noch im Flugzeug hockte: strahlend weißes Sommerkleid. Kein einziges Fleckchen nirgendwo, kein Staubkorn an ihrem Kleid. Nur die Sommersprossen in ihrem Gesicht. Aber auch die sehen wie kostbarer Schmuck aus. Eine schöne Dame durch und durch also. Auch wenn sie mich nicht mag.

»Guten Morgen«, sage ich. Jetzt weiß ich auch, warum mein Boss »euch« sagte. Am Tisch neben Lauras Mama hockt René. Ist er mit dem Flugzeug aus der Schweiz zurückgekommen? Zur gleichen Zeit wie Lauras Mama aus Paris?

»Das ist Leon«, sagt mein Boss. »Camilla, bitte!«

Mama steht auf. »Ich muss mit ihm reden.« Unterwegs zur Tür sagt sie zu mir: »Kommen Sie mit!« Ich latsche ihr ins Wohnzimmer hinterher. Dort dreht sie sich um und versucht, meinen Blick zu bezwingen. Doch gegen dich, Dame, verliere ich nicht wie gegen deine Tochter. Auf dich bin ich nämlich echt sauer! Irgendwann lässt sie meine Augen los. »Wenn ich noch einmal feststelle, dass Sie in meinen Sachen schnüffeln, fliegen Sie hier sofort raus!«

»Ich habe nicht in Ihren Sachen geschnüffelt«, sage ich, füge aber nicht hinzu, ich wüsste, wer in ihren Sachen geschnüffelt hat. Sicher wäre es für uns alle viel leichter, wenn sie erfahren würde, ihre Sachen hätte ihre Tochter durchwühlt und nicht ich. Laura würde wohl von ihrer Mutter nicht aus dem Haus gejagt werden. Aber was soll's. Wenn's der Mama jemand erzählen muss, dann Laura, nicht ich. Außerdem kenne ich meine Glorie und weile deswegen gern in Schande. Aber das hab ich schon gesagt.

Sie starrt mich wieder an. »Ich habe Sie gewarnt!« Ihr ›Sie‹ fühlt sich kalt an wie der Griff ins Gefrierfach. Sie stürmt aus dem Wohnzimmer und zur Küche. Mir bleibt nichts anderes übrig, als ihr zu folgen. Was jetzt? Sollte sie ab da ignorieren, doch irgendwie klappt das bei einer Dame nicht. Schon im Wohnzimmer habe ich gemerkt, sie duftet ganz leicht nach ihrem

Namen. Nach Kamille. Das passt zu ihrem langen, welligen hellen Haar. Im Knast habe ich ein paar Blondinnenwitze gehört. Über Lauras Mutter würde sicher keiner einen Witz erzählen. Sie beherrscht den Raum, sie beherrscht uns – auch wenn sie den Kampf mit ihrem Mann vorläufig verloren hat und mich nicht aus dem Haus jagen kann. Auch die Tischmanieren von meinem Boss und Laura haben sich mit der Ankunft der Hausherrin geändert: Keine auf den Tellern gehäuften Essensberge mehr, kein Marmeladenmesser wird mehr abgeleckt, keine Eierschalen direkt auf den Tisch gelegt. Die Mama stellt jedem ein Glas frisch gepressten Orangensaft hin, sogar mir, ich esse mein Erdbeermarmeladenbrot, trinke Saft, gucke mein Glas an, dann ihr Glas und stelle mit Erschrecken fest, am Rand meines Glases sind fett und rot meine Marmeladenlippen abgedruckt. Der Glasrand von Lauras Mutter ist dagegen kristallklar. Bevor sie trinkt, tupft sie sich ihre Lippen mit einer Serviette ab, sie wischt nicht ab, sie tupft.

Hey! Wir lösen den Mordfall und dann bin ich hier weg, Mutti. Wegen mir musst du dir nicht den Kopf zerbrechen. Hier passe ich sowieso nicht rein. Schwarze Schwingen flattern um meinen Kopf. Scheiß drauf, Leon, Baby! Augen zu und durch! Da läutet es an der Haustür.

Kurz darauf führt mein Boss einen ganzen Trupp Polizei in die Küche. Die Dame wird blass wie die Milch, die sie in ihren Kaffee gießt. »Da haben wir Sie also«, sagt HaHa. Camilla steht auf, will sich vorstellen, doch HaHa redet nicht zu ihr. Zu mir ist er gedreht. Klar überrascht das eine Königin, wenn sie übersehen wird. Dass HaHa Lauras Mutter so schneidet, macht ihn mir nahezu sympathisch. Nur kurz aber. HaHa hat keine Zeit, Floskeln auszutauschen, er ist jetzt in seinem Element, er darf seinen Lieblingsspruch deklamieren: »Wir nehmen Sie vorläufig fest wegen der Morde an Friederike und Berta Schnippköter.« Warum siezt er mich aber plötzlich? Wohl damit die Form stimmt. HaHa dreht sich von mir weg, zu den Uniformierten, die ihn begleiten. »Legen Sie ihm die Handschellen an.« HaHas Blick rutscht zu Brummla, der sich vom Tisch unauffällig ein Croissant zu krallen versucht. Das alles sehe ich. Sicher hauen dich kritische Situationen in eine besondere Wahrnehmung. So wie mich jetzt. Ich tue die Hände hinter den Rücken. Die Schnittlauche legen dir die Handschellen immer hinter deinem Rücken an, damit du ihnen damit nicht ins Gesicht schlagen kannst. So! Noch umdrehen. Jetzt habt ihr mich, Jungs. Doch die Bullen marschieren an mir vorbei weiter zu René. Der kennt sich mit Festnahmen noch nicht so aus wie ich und hält seine Hände vor sich hingestreckt. Blass wie seine Stiefmutter, wohl geht ihm jetzt nur ein einzeiliges Gedicht ohne Reim durch den Kopf: »Jetzt bin ich am Arsch!« HaHa kichert und sagt: »Jetzt haben wir schon drei eingebuchtet, Brummla, was? Hihihi …« Anscheinend sitzen die zwei verdächtigen Fans von Friederike immer noch fest.

Lauras Mutter fasst sich als Erste von uns: »Zeigen Sie uns den Haftbefehl!«

HaHas Kichern steigert sich. »Für eine vorläufige Festnahme brauche ich keinen Haftbefehl, Madame. Wenn ein dringender Tatverdacht besteht.«

Erst jetzt spricht mein Boss: »Dann müssen Sie meinem Sohn die Handschellen wieder abnehmen.«

HaHa kichert weiter: »Aber warum denn das? Ihr Sohn hat uns belogen und Ihre Frau auch. Sie beide haben die Tulpenschwestern gekannt. Ihr Sohn René hatte sogar eine Affäre mit Friederike. Bis sie ihn verstoßen hat … ausgespuckt wie … wie … Brummla … helfen Sie mir …«

»Wiaran Kaugummi, Herr Hauptkommissar.«

»Jawohl! Ausgespuckt wie einen Kaugummi!« HaHa dreht sich wieder zu meinem Boss: »Wir haben das Haus der Schwestern ordentlich durchsucht und dort die Liebesbriefe ihres Sohns an Friederike gefunden.«

»Waas?« Mein Boss guckt zu René. Auch Lauras Mutter schaut René an. Augen voller Fragezeichen. Laura hat vorhin vor lauter Überraschung nicht mal den Mund aufgemacht, um ihn jetzt zuklappen zu können. Ihr Halbbruder René steht da, als ob seine eigene Hinrichtung bevorstehen würde. Kopf hoch, Mann! Den Kopf müssen dir die andern abschlagen, nicht du selbst. Mit Lust taucht HaHa in Einzelheiten ein. Vom Datenschutz hat der Typ keine Ahnung: »Ja, ja, schöne Liebesbriefe, sogar mit Gedichten darin:

*»Deine Augen meeresblau*
*Deine Lippen Himmelschau«*

Hehe … reimen kann ich auch:

*»Jetzt kommst du dafür in den Bau.«*

HaHa führt einen kleinen Freudentanz auf. HOP, HOP, HOP! Vollkommen irre ist der Typ heute. Was würde er erst veranstalten, wenn er mich einbuchten könnte? Nach seinem Tänzchen redet HaHa weiter: »Ein Gedicht neben dem anderen. Und wen suchen wir? Einen verschmähten Liebhaber mit Sinn für Poesie! Ist das richtig? Einen Dichter, der mordet! Aha!« HaHa hüpft zu meinem Boss, der am Tisch sitzt und überlegt, was er mit dem Marmeladentoast tun soll, den er immer noch in der Hand hält. Der Appetit ist ihm vergangen. HaHa klopft ihm auf die Schulter. »Und wir müssen überlegen, ob wir auch Ihre Frau festnehmen. Da ist sie ja!« HaHa zeigt mit dem Finger auf Lauras Mutter. Überhaupt keine Manieren. »Die könnten wir gleich mitnehmen. Wegen Beihilfe zum Mord! Sie hat von der ganzen Sache nämlich gewusst.«

»Das weiß ich alles!«, sagt Lauras Vater. »Meine Frau und René haben mir in der Nacht alles erzählt.«

»Na, dann?«

»Na, dann lassen sie ihn endlich los! René konnte gestern keinen Mord verüben, René war gestern bei meiner Frau in Paris.«

Lauras Mama guckt ihren Mann mit Bewunderung an. Und … mit Liebe. Mein Boss gibt sich oft als ein Waschlappen, aber wenn's brenzlig wird … »Dafür gibt's zig Zeugen, dass René gestern in Paris war«, sagt Lauras Mama.

»Bei dem ersten Mord war ich die ganze Zeit in einem Gemüseladen von einem Freund«, sagt René. »Dafür habe ich auch Zeugen. Das habe ich Ihnen aber schon am Dienstag gesagt.«

»Einen Freund kann man zu falschen Aussagen überreden«, sagt HaHa. »Sind Sie wirklich erst in der Nacht aus Paris gekommen?«

»Ja! Hier ist meine Flugkarte.«

»Warum lügen Sie dann, Mensch, dass Sie die Schwestern nicht gekannt haben?«

»Ich wollte nicht, dass das mein Vater erfährt. Er hat mir damals verboten, in Tulpenkreisen zu verkehren. Ich habe es ihm versprochen.«

Laura will wohl fragen, warum ihr Halbbruder sie belogen hat, dass er in die Schweiz fährt. Sie klappt aber gleich ihren hübschen Mund wieder zu. Vor seinem Vater darf René sich nicht als der große Tulpenliebhaber outen.

Lauras Mama hockt sich schwer auf ihren Stuhl. Jetzt nicht wie eine Dame. »Das alles ist meine Schuld! Ich habe vor vier Jahren Friederike und Berta kennengelernt. Durch mich haben sie René getroffen.«

»Ich war …« René, vorher etwas gekrümmt, richtet sich jetzt auf. »Ich war in Friederike verliebt.«

»Eine Frau merkt, wenn eine andere Frau mit dem Mann nur spielt«, sagt Lauras Mama. »Ich habe sofort die Beziehung zu den beiden Schwestern abgebrochen. René hat es zum Glück gut überstanden. Seit dieser Zeit haben wir Friederike und Berta nicht mehr gesehen.«

HaHa kratzt sich im Nacken. »Lassen Sie ihn frei!«, sagt er zu den Bullen. »Wir prüfen sein Alibi nach! Jawohl! Wir prüfen das nach.«

KLICK. Die Mucke der aufklappenden Handschellen. Dann herrscht Stille. Bis René zu reden anfängt, er redet sich ein paar Steine von der Brust weg: »Friederike hat von mir gewollt, dass ich für sie eine schwarze Tulpe züchte. Eine vollkommen schwarze Tulpe.« Laura reißt ihre Augen wieder mal zur Größe von Lastwagenfelgen auf, sie will etwas sagen, sie schweigt, dann spricht sie doch: »Wie in *Die schwarze Tulpe* von Dumas?«

HaHa hüpft in die Luft: »Das Buch habe ich jetzt auch gelesen! Brummla, Sie sind Zeuge!«

»Jawoi, Herr Hauptkommissar!«

Mein Boss wundert sich über seinen Sohn: »Du wolltest eine schwarze Tulpe züchten? Das ist doch …«

René reibt sich die Handgelenke. »Friederike wollte von mir eine vollkommen schwarze Tulpe. Sie hat mich damit wahnsinnig gemacht!«

»Eine solche Tulpe kann keiner züchten«, sagt Lauras Mama. »Eine Sache der Unmöglichkeit. Und sowieso unsinnig! Die *Queen of Night* ist eben so schön, weil sie nicht immer als schwarz erscheint. Manchmal ist sie violett, manchmal sogar dunkelrot, je nachdem wie du sie ansiehst, je nachdem wie die Sonne an ihr mit ihren Strahlen spielt.«

»Ich dachte, du magst die *Queen of Night* nicht«, murmelt Laura.

Ihre Mama lächelt traurig. »Ich liebe sie! Nur habe ich Angst vor ihr. Wenn ich nach dieser Geschichte in unserem Gemüsegarten schwarze Tulpen gefunden hätte, von René eingepflanzt, wäre ich sehr traurig und enttäuscht gewesen.«

HaHa holt seinen Kuli aus der Tasche und kratzt sich wieder am Ohr. Komischerweise wird das Ohr jetzt nicht blau wie am Dienstag, vor unserem Blumenladen mit toter Friederike darin. Mannomann! Seit dem Mord war ich nicht mehr im Laden, nenne ihn in Gedanken trotzdem schon ›unseren‹ Blumenladen. HaHa fängt meinen Blick auf und grinst: »Kein blaues Ohr mehr! Siehst du? Habe die Füllung herausgetan … Brauche keinen Kugelschreiber mehr. Ich habe mein Smartphone. Aha!« Er zieht sein Handy aus der Tasche. »Alles drin. Sogar Notizen! Äh … eins würde mich aber interessieren.« HaHa dreht sich wieder zu Lauras Mutter. »Warum hat Friederikes Schwester

Berta uns nicht gesagt, dass Sie sich gekannt haben? Als sie noch lebte.«

Lauras Mutter kippt ihren Kaffee um. »Entschuldigung!« Sie springt auf und tupft den Kaffee mit Servietten vom Tisch. HaHa wartet. Kichert nicht mehr. »Ich ...« Lauras Mutter bricht ab, überlegt. »Ich habe Berta aus Paris angerufen, als ich von dem Mord erfahren habe, und sie gebeten, nicht zu sagen, dass sie mich und René kennt.«

»Und das hat sie für Sie getan? Haben Sie sie erpresst?«

»Nein! Die Jagd auf Männer hat vor allem Friederike veranstaltet. Ich glaube, Berta hatte ein schlechtes Gewissen. Ich habe Berta gesagt, es wäre eine gute Tat, René da herauszuhalten. Sie könnte damit einiges wiedergutmachen.«

»Dafür könnten wir Sie auch belangen«, sagt HaHa.

»Ich weiß.« HaHa winkt ab. Plötzlich scheint sich das Familienwetter etwas zu klären. Die Traurigkeit verfliegt. René sieht nach seiner Beichte nahezu cremig aus – wenn man's von einem Gedichte- und Tulpenfan überhaupt sagen kann. Auch mein Boss und Laura schnappen wieder nach ihren Toasts. Sogar HaHa, Brummla und die Polizisten sehen in diesem Moment besänftigt aus. Nur ich als alter Knacki muss nicht unbedingt an das Gute im Menschen glauben, oder? Na ja, die meisten Menschen sind schon gut, denke ich, viele böse Taten ein Missverständnis, wie mein Tresorraub, hehe, also gut sind wir Menschen schon, aber nicht alle, oder? Kann ein Mensch gut sein, der mit Absicht mordet? Nur weil sich jemand über ihn lustig macht? Was, wenn wir uns in René jetzt alle irren? Samt HaHa? Kann er nicht bei seinen Alibis getrickst haben? Vor allem möchte ich aber wissen, ob am Montagmittag noch ein Mord passieren wird.

»Na, dann!«, sagt HaHa und winkt die Bullen aus der Küche. Brummla macht traurige Augen auf den Frühstückstisch. Lauras Mutter schweigt, René auch. »Ich habe mir Gedanken gemacht«, sagt Laura. HaHa dreht sich wieder um und wird ein bissl rot. »Sag es nicht, Mädchen! Ich habe dich gewarnt!«

»Ich kann mir doch Gedanken machen«, sagt Laura.

HaHa gibt's auf: »Na gut! Erzähle uns von deinen Gedanken!«

»Genau vor drei Jahren hat es auf Friederikes Facebookseiten zwei Wochen ohne Postings gegeben, habe ich recht?«

»Ach, Mädchen, du hast immer recht«, sagt HaHa und grinst schelmisch. »Du erinnerst mich an die Hermine aus den Harry-Potter-Filmen. Selbstverständlich haben wir die Zeit vor der Zeit ... äh ... also die Zeit vor diesen zwei Wochen haben wir unter die Lupe genommen, nach Zusammenhängen gesucht ... Bis jetzt haben wir keinen Hinweis gefunden. Es ist wie die sprichwörtliche Gabel im Heuhaufen!«

»Nadel, Herr Hauptkommissar!«

»Brummla! Wer würde schon eine Nadel für Heu nehmen, was? Eine Gabel nimmt man! Also ... alles, was vor drei Jahren in München im Zusammenhang mit Tulpen passiert ist, haben wir uns detailliert angeschaut. Meinst du, wir sind blöd?«

»Ja«, sagt Laura und macht eine kleine Pause, »sage ich nicht!« Ihre Mama lacht auf, legt sich aber gleich die Hand auf den Mund. Dann ist endlich die Polizeitruppe weg, samt HaHa, und ich sitze immer noch da.

»Iss zu Ende, Laura«, sagt Lauras Mama. »Wir müssen gleich los! Fritz wartet schon auf uns.«

»Leon kommt aber mit!«, sagt Laura trotzig.

»Na gut!« Als Dame hat sie sich die ganze Zeit gegeben, doch entspannt und cremig sieht sie erst jetzt aus. Hat sie mich so hart angepackt, weil sie Angst hatte? Weil ihr die Geschichte mit René über den Kopf wuchs? Oder nimmt sie mich nur mit, damit ich hier nicht »herumschnüffle«? Damit sie mich im Auge behalten kann? Ein falscher Schritt von dir und »PENG, Leon!«

Das Zweite wird stimmen. Das PENG: Während der Autofahrt und in ihrem Blumengarten wechselt Lauras Mutter mit mir kein einziges Wort. Nicht einmal einen Blick! Nur mit dem anderen Heimkind redet sie. Das nicht wie ich im Knast war. Fritz hat sich für Lauras Mutter herausgeputzt: Keine löchrige Latzhose trägt er, nur leichte helle Sommershorts und ein weißes T-Shirt. Laura trägt auf ihrem T-Shirt irgendwelche Blumen, aber das bin ich in dieser Familie schon gewöhnt. Um diese ganzen Blumen auf ihren Shirts und Blusen zu identifizieren, müsste ich mir ein Blumenlexikon kaufen. Ich trage ein helles T-Shirt ohne Blume, meine neue Kurzhose – jawohl, und schäme mich nicht dafür – und Chucks. Alles neu. Kleider von Laura. Besser gesagt: Laura hat mir beim Einkaufen geholfen. Meine Aufmachung zeugt vor allem von meinem guten Geschmack.

Madame Mama schreitet durch den Blumengarten und inspiziert ihre Lieblinge, die Blumen. Fritz ein paar Schritte hinter ihr. Scheint ziemlich eingeschüchtert zu sein. Von seiner Herrin. Mir macht's heute echt keinen Spaß mehr. Gegen die Kälte, die von einem Menschen ausgeht, kannst du dich nicht warm anziehen. Schwamm drüber. Besser mache ich mich warm, indem ich mich schon auf den Abend in dem anderen Blumengarten freue.

Bei Claudin. Wann habe ich zuletzt Würste am Feuer gebraten? Vielleicht mit 12, als ich mit meiner Mutter und meinem Vater in Niederbayern Ferien machte. Damals aß mein Yogi-Vater noch Fleisch.

»Das trage ich selbst«, sagt Lauras Mama, als ich nach unserer Rückkehr die schwere Tasche mit zwei Blumentöpfen aus dem Auto tragen will. Vorher durchsucht sie aber sehr langsam das Handschuhfach. Ob da nicht etwas verschwunden sei. Im Auto hockte doch auch ein Dieb. Laura schaut nur traurig drein.

## Sag mir, wo die Tulpen sind

»Feuer machen!«, sagt Claudin. Eine Stunde lang hat Claudin mir eine große von Hand gemalte Karte mit Buslinien in München erklärt. Gezeichnet hat er sie selbst. Busse machen Claudin Spaß. Doch statt Busse fahren mir Grillwürschtel durch den Schädel. Wieder mal: Hunger! Endlich schwärmen wir in den nahen Wald aus: Holz holen. Das empfinde ich als eine große Befreiung. Ich hab's nicht so mit Bussen.

Wohl hätte ich mich auf den Wald nicht so gefreut, wenn ich gewusst hätte, dass ich dort knapp einer Mordattacke entgehen würde. Zuerst fing es ganz harmlos an: Hier einen abgestorbenen Ast von einer Baumkrone runterziehen, da Zweige vom Boden einsammeln. Ich bücke mich noch mal, und plötzlich: Ein Mörderhase springt mir ins Gesicht. Zum Glück kriegt er gleich Schiss angesichts meiner zur Schau getragenen Kriegermiene und galoppiert davon.

Nur Claudin schätzt meine Heldennatur ganz falsch ein: »Nicht Angst haben!«, sagt er mir. »Hase brav. Hase nicht Wolf.« Mann! Als ob ich vor einem Scheißhasen Angst hätte. Oder bin ich doch von diesen ganzen Mordgeschichten übersensibel geworden? Wenn ich nach links gucke, sehe ich einen Mörder, rechts baut sich HaHa auf – und kichert. Was ist besseres Stahl? Unkrautstecher oder Handschellen? Ich geb's hier aber höchstoffiziell zu: Die größte Angst habe ich vor Lauras Mama.

Schwer beladen kommen wir zurück. Von dem im Wald herumliegenden Holz könnte man ein Kraftwerk betreiben. Wohl sammelt in diesem Wald nur Claudin Holz. Deswegen tummeln sich dort so viele böswillige Feldhasen.

Von der Bude hinterm Gartenhaus bringen wir ein paar dicke und trockene Holzbalken. Damit das Feuer schneller flammt. Das Holz aus dem Wald ist feucht. Die Würschtel habe ich besorgt. Regensburger. Wir grillen aber nicht direkt, wir holen aus der Gerätebude Metallspieße. Auch Mordsgeräte. Claudin verpasst den Würsten gekonnt ein paar Schnitte, damit aus ihnen Fett abtropft, und ich spieße die Würste auf die langen Gabeln auf. Gemütlich halten wir die fetten Stücke über die Flammen. Unser Feuer lodert hoch. Ein irres Gefühl, hier am Feuer zu hocken und sich auf die Schlemmerparty zu freuen. Die Vögel singen neidische Lieder über unseren Köpfen. Claudin tupft das Fett von den brutzelnden Würsten immer wieder auf seiner Brotscheibe ab, beißt zu, lächelt glücklich und sagt: »Fettbrot gesund!« Ich denke wieder mal an meinen Yogi-Vater im Aschram in Indien und freue mich, dass es auf der Welt Leute wie Claudin gibt, die keine Ahnung von Vegetarismus und gesunder Ernährung haben. Wenn Claudin Lust auf Wurscht hat, ist ihm alles andere wurscht. Mir auch.

Mit vollen Bäuchen liegen wir auf zwei Gartenliegen. Fast habe ich mir den Zeigefinger abgehackt, als ich versuchte, die Liege auseinanderzuklappen. Claudin lässt einen fahren, sagt »Eule« und lacht. So lache ich auch. Er will mit seinen Witzen ja auch ankommen. »Wie spät ist es?«, frage ich.

Claudin guckt ganz schön langsam und mit weit ausholender Geste seine FC-Barcelona-Armbanduhr an. Das Zifferblatt zeigt er mir auch gleich. Damit ich seine Barça-Uhr bewundern kann.

»Hey! Mann! Wo haste ’ne so geile Uhr her?«

Claudin lächelt glücklich. »Geschenk! Josef. Weihnachten.«

»Supergeil. Krasse Uhr!«

»Voll krasse Uhr!«, sagt Claudin. »Ich kaufe neue Barça-Uhr und schenke dir Weihnachten.«

»Geil!«, sage ich.

»Ja! Superkrassgeil!«

20 Uhr. Sommer. Auch hier im Garten herrscht noch der helle Tag. »Ich muss langsam heim«, sage ich.

»Komm!«, sagt Claudin. »Ich zeige Blumen!« Er führt mich durch die Beete und streckt seine Hand stolz hin und her. »Meine Blumen«, sagt er, lächelt.

»Das hast du super gemacht, Claudin«, sage ich. Obwohl wir nicht viel reden, habe ich schon längst die Morde vergessen, sogar Laura blödelt mir nicht ständig im Kopf herum. Die Bratwurst liegt gut in meinem Magen, die Vögel zwitschern, Blumen nicken mir mit ihren bunten Köpfen zu, meine Oma grüßt mich aus meiner Kindheit, die Bäume flüstern, die Grillen zirpen. Mannomann! Kein Beton! Kein Gitter! Freiheit! Ewig könnte dieser Spaziergang zwischen Blumen und Büschen dauern, ohne zu reden, ohne Gedanken an den Knast, an den Mord … wenn mich der Mord dann doch nicht wieder einholen würde.

»Was ist das?«, frage ich verblüfft.

»Meine Tulpen«, sagt Claudin.

»Schwarze Tulpen?«

»Meine Tulpen nur schwarz«, sagt Claudin. »Kwin of najt. Boss verkauft gut schwarze Tulpen.« Auch hier sind sich die Brüder Blumenhändler ähnlich: Beide lassen sich von ihren Hiwis als Boss titulieren.

Plötzlich wird Claudins Gesichtsausdruck ganz traurig. »Jemand klaut Tulpen.« Er zeigt nach unten. Neben unseren Füßen wachsen kurze Blumenstängel ohne ihre Blumen. Vier Stück. Vier abgeschnittene schwarze Tulpen. Vier Tulpen, zwei Morde. Eine Tulpe jeweils als Reserve. »Dieb schneidet hier Tulpen weg. Ich muss Boss sagen.« Wenn Claudin hin und wieder ein Verb benutzt, dann richtig. Wegen seines Deutschs will ich mir jetzt aber keine Gedanken machen. Eher darüber, dass es in der Nacht von Sonntag auf Montag sehr lang dauern könnte, bis ich ins Bett kommen würde.

## Wer klaut die schwarzen Tulpen?

Logisch erzähle ich Laura nicht, wo ich die Sonntagnacht verbringe. Sicher würde sie mitkommen wollen und sicher würde sie sich in Gefahr bringen. Wer taucht wohl am Sonntag in der Nacht in Claudins Garten auf, um wieder zwei schwarze Tulpen abzuschneiden? Wer will am Montag mit einer schwarzen Tulpe sein drittes Opfer schmücken? Wenn du einem Mörder nachstellst, ist es nicht ganz ungefährlich, oder? Ich kann mir gut vorstellen, was Laura macht, wenn sie den Mörder sieht: Sie geht ihm sofort an die Gurgel. So sauer, wie sie auf ihn ist. Das sehe ich in meinem Kopf wie einen Film. Laura hat in der Nacht in Claudins Garten nichts zu suchen. Die Jagd auf den Mörder wartet auf einen coolen Macker. Auf einen wie mich. Ist das klar?

Leider bin ich kleidermäßig noch nicht ganz für das Nachtabenteuer gerüstet. Einen schwarzen Adidas-Sportanzug besitze ich schon. Für meine Kung-Fu-Übungen. Obwohl schwarz, ist mein Adidas-Anzug für die Nacht trotzdem nicht ganz geeignet. Wegen der drei weißen Seitenstreifen. Die leuchten in der Nacht wie die Sicherheitsstreifen der Arbeiter auf der Autobahn. Kurz überlege ich, mir aus vier schwarzen Socken eine Kopftarnung zu nähen, aber das ist mir dann doch zu viel Arbeit. Außerdem: Socken sind zwar nicht Gold, sie aber so leichtsinnig zu verschwenden? Auch wenn drei leuchtende weiße Streifen ohne Kopf den Mörder sicher verwirren würden. Was brauche ich also noch? Nur meine Sinne! Mitnehmen kann ich für die lange Nacht nichts. Damit ich beweglich bleibe. Nicht mal eine Wasserflasche. Zur Sicherheit trinke ich einen Liter Mineralwasser. Sprudel. Mit Gas gefüllt schwebe ich aus unserem Blumenhaus. Muss hin und wieder etwas Gas ablassen, um nicht gen Himmel zu fliegen.

Die S-Bahn ist nur mäßig voll. So spät am Abend. Jetzt noch ein Stück joggen. Und da taucht schon Claudins Paradiesgarten auf. Über den Zaun schaffe ich's locker. Die Sonne ist schon ganz untergegangen. Je früher ich im Königreich der *Queen of Night* bin, umso besser: Will mir heute auf keinen den Mörder entgehen lassen. Den erwische ich und dann ist Schluss mit dem Morden. Dann kann ich gucken, ob ich aus dem Blumenladen verschwinde oder ihre Mutter davon überzeuge, dass sie mich liebt, und mich dann unsterblich in Laura verknalle. Vielleicht könnte ich Laura auch entführen … »Mann, Mensch, Leon!«, sagt plötzlich der Klugscheißer in meinem Hirn. »In Laura musst du dich nicht unsterblich verlieben, das bist du schon.« Manche Leute haben echt keine Ahnung. Ich und verliebt? Blödsinn!

Zum Glück wächst hinter dem Beet mit den schwarzen Tulpen eine Wand aus Stachelbeerbüschen. Hinein verkrieche ich mich – autsch! Ziemlich fies, die Stacheln. Mein Adidas-Anzug leidet.

Der Mond leuchtet wie in der Glotze. Gartenschnecken versuchen, sich in meinen Hosenbeinen einzunisten. Nachtkäfer feiern Party. Schon hat sich im Garten die gute Botschaft herumgesprochen: Zwischen den Stachelbeeren wird warme Mahlzeit serviert. Alle Mücken des Gartens rotten sich auf meiner Haut zusammen. Nicht mal totklatschen kann ich sie. Das würde mich verraten. Eine Stunde hocke ich im Gebüsch, zwei Stunden … um die Zeit zu vertreiben, spanne ich einzelne Muskeln in meinem Körper an. Wenn du dich stundenlang nicht bewegen kannst, entdeckst du in deinem Körper Muskeln, von denen du früher keine Ahnung hattest. Das weiß ich schon aus meiner Knastzeit. Der Schließmuskel zum Beispiel ist auch ein Muskel, auch wenn du den nicht unbedingt zum Fußballspielen brauchst. Weiter spanne und entspanne ich den Muskel, den du nur benutzt, um das Pieseln anzuhalten. Als die Krönung meines Muskeltrainings in der Ruhelage. Bis ich davon einen argen Harndrang bekomme. Das Mineralwasser will raus. Echt blöd, sich vom Mörder beim Pinkeln erwischen zu lassen. Im Stachelbeerstrauch kann ich kein Wasser ablassen. Will dann nicht darin knien. Und durch die Stacheln zu pieseln, will ich nicht riskieren. Ein Bumerang kommt immer zurück. Auch der Hingeschiffte. Muss raus aus dem Gebüsch. Finde ich aber meine Stelle wieder? Hatte schon so viel Glück gehabt mit dem Platz hier. Einen anderen, wo ich einigermaßen reinpassen würde, gibt's hier sicher nicht. Ich krieche raus. Und wieder KRATZ, KRATZ – frische Blutstellen, frische Mücken. Beim Rauskommen aus dem stachligen Gebüsch kann ich mich zumindest etwas trösten: Eine superkluge Entscheidung von mir war's, nicht an den grünen Stachelbeeren zu knabbern. Mit Dünnschiss wäre die Warterei im Stachelbeerbusch nicht zu meistern.

Uff! Endlich bin ich raus aus der Stachelzone. Klar muss ich mich auch zum Pieseln hinknien, sonst würden meine weißen Streifen den halben Garten beleuchten. Die Stachelbeersträucher sind dicht, aber niedrig. Oh! Wie schön ist es, wenn du 'nen vollen Tank Mineralwasser über die Büsche gießt! Ich war so voll, dass ich mir eher wie beim Löschen vorkomme als beim Schiffen. Damit ich mich nicht bespritze, muss ich den Strom hoch halten. Obwohl ich dabei knie: Die Blätter der Büsche rascheln, ein Niagarafälle-Feeling plötzlich hier im Garten, eine Wasserfallkulisse … oh … vielleicht sollte ich leiser pinkeln, doch der Strom will nicht versiegen, langsam kriege ich's mit der Panik zu tun: Was, wenn ich jetzt minutenlang schiffen muss und das Wasserfallrauschen den Mörder lockt? … Kaum habe ich den Gedanken zu Ende gedacht, springt mich der Mörder auch von hinten an. Zum Glück beherrsche ich meine Schiffmuskel ausgezeichnet, halte meinen Strom also sofort an, und das zuerst, bevor ich mich zu wehren anfange. Ein Gedankenblitz jagt durch meinen Kopf: Mann! Wenn er dir jetzt seinen Unkrautstecher in den Rücken stößt, bleibst du hier tot mit der offenen Hosentür liegen und einem entblößten Organ, das du normalerweise nicht gerne zeigst. Was sagt Laura dann dazu? Ach, was soll's! Tot ist tot. Wenn ich tot bin, muss ich mich um nichts mehr kümmern. Immer noch hängt der Mörder an meinem Rücken, immer noch aber spüre ich keinen stechenden Schmerz unter meinem Schulterblatt. Nur höre ich den Mörder plötzlich. »Leon! Du Idiot!«

Aha! Doch kein Mörder! Sie lässt mich los. »Gleich als ich dich in den Schwitzkasten nahm, wusste ich, du bist das«, sagt Laura. »Irgendwie erkenne ich dich jetzt sofort, wenn ich dich anfasse. Auch wenn ich dich nicht sehe. Als ob Funken sprühen würden.«

»Du bist in mich verknallt«, sage ich, um sie abzulenken. Dabei versuche ich, möglichst unauffällig mein Ding wieder in der Hose zu verstecken. »Wenn sich Verliebte anfassen, sprühen Funken. Das ist normal.« So ganz cremig bin ich aber nicht. Scheiße! Ist das nicht zum Heulen? Laura hat mich erwischt, wie ich kniend piesle. Wie peinlich!

»Blödsinn!«, sagt sie. »Was machst du hier? Ich habe dich für den Mörder gehalten.«

»Jetzt nicht mehr?«

»Ich weiß doch, dass du die erste Tulpe nicht hier gestohlen hast. Du hattest ein Alibi – du warst im Gefängnis. Außerdem hattest du keine Ahnung von Blumen und Tulpen, als wir uns getroffen haben. Hier mordet ein Blumenmensch!«

»Ich geb's zu«, sage ich. »Ich bin nicht der Mörder. Woher hast du aber gewusst, dass Claudins Tulpen fehlen? Dass der Mörder heute Nacht herkommen würde?«

»Papa hat mit Mama heute über den Mord geredet, und dabei hat Mama gesagt, dass Onkel Josef auch schwarze Tulpen züchtet. Sie weiß über jede Tulpe in München Bescheid. Und wann soll er kommen, wenn nicht heute Nacht. Morgen passiert der Mord.«

»Und warum hast du mir nichts gesagt? Ich wäre doch mitgekommen und du hättest mich nicht anspringen und wie ein Pferd reiten müssen.« Das flüstern wir aber schon, hocken hinter den Stachelbeerbüschen und gucken uns vorsichtig um. Hat uns der Mörder bei unserem Kampf nicht entdeckt? Ist er schon da? Zum Glück: Stille.

»Ich wollte dich nicht mitnehmen«, sagt Laura. »Du prügelst dich doch bei jeder Gelegenheit. Wenn du aber auf einen bewaffneten Mörder losgehst, kann er dich umbringen. Solche Sachen muss man mit Köpfchen lösen. Nicht mit Gewalt!«

»Mit Köpfchen? Und wer hat den Mörder von hinten angesprungen? Also … als du gedacht hast, ich bin der Mörder?«

»Das war eine sehr günstige Ausgangslage für mich«, sagt sie. Zum Glück hat sie wohl doch nicht gemerkt, dass ich beim Knien gepieselt habe. »Du hast gekniet, dabei gepinkelt …«

»Das hast du sicher falsch gesehen«, sage ich. »Hier ist es sehr dunkel. Ich würde doch nie im Knien schiffen. Bin nicht ganz bescheuert.«

»Doch, doch! Wenn du der Mörder wärst, wär's mit dir geschehen. Ich hätte dich locker erledigt. Ich kenne mich da aus.«

Ich schüttele den Kopf. »Laura! Wenn ich der Mörder wäre, wärst du jetzt tot!«

»Quatsch!«, sagt Laura. »Trotzdem beeindruckt es mich, dass du mir nicht gesagt hast, du würdest hierherkommen. Wolltest mich beschützen, oder?«

»Nee … äh … nee … ich … ich …«

»Das finde ich süß«, sagt sie und klebt mir einen kleinen, aber feinen Kuss auf die Backe.

»Wir sollten aufpassen«, sage ich. »Der Mörder kann gleich kommen.« Klar würde ich mich mit ihr am liebsten ins Gras legen. Mann! Eine romantische Nacht unter den Sternen. Viel besser, als zwischen den Stachelbeeren zu hocken.

»Du hast recht«, sagt sie. »Bleib hier! Ich klettere in die Baumkrone der großen Kirsche. Dort haben wir als Kinder immer gespielt. Eine schöne Aussicht über den ganzen Garten hast du dort. Wenn ich den Mörder kommen sehe, gebe ich dir ein Signal.«

»Welches Signal denn?«

»Ich kann ganz gut das Heulen einer Eule nachahmen. Uuuuuhu!«

»Mensch, Laura! So heulte keine Eule, so heult eine Kuh!«

»Du hast keine Ahnung von der Natur. Ich gehe jetzt. Greife den Mörder aber in keinem Fall an, wenn er kommt. Wir müssen ihn nur erkennen. Schlimmstenfalls laufen wir ihm nach, bis wir wissen, wer es ist.«

»Ich ...« Will ihr nur sagen, wie hirnrissig ich ihren Plan finde, da hüpft sie auf und davon. Der Wahnsinn! Jetzt muss ich mich um zwei Sachen kümmern: um den Mörder und um Laura. Am liebsten würde ich aufspringen und brüllen: »Komm zurück, verdammt!« Uff! Dieser starke Duft von Sellerie ... das hab ich vorhin nicht gerochen. Ich springe auf. Klar, nicht um zu brüllen. Ich will nur gucken, welchen Kirschbaum sie denn hochklettert. Bei meinem Aufspringen erwischt sie mich mit voller Wucht. Mit etwas Hartem am Hinterkopf. Ich sacke zusammen, doch bevor ich mich im Nichtdenken und Nichtträumen verliere, geht mir noch ein Gedanke durch den Kopf: Ist am Ende Laura der Mörder? Kannst du dich in jemandem so täuschen? Den d... den du liebst? Nee ... Laura hat nicht so nach Sellerie gerochen ... der Rest ist Geheul. Ein furchtbares Geheul: keine Eule, keine Kuh ... ein tierisches Geheul? Nicht von mir! Nicht von dieser Welt! Als ob sich die Pforten der Hölle auftun und

Tausende schwarze Ziegenböcke mich heulend begrüßen würden. Dabei hab ich immer gedacht, dass ich mal in den Himmel kommen würde, Scheiße verdammte …

»Lebst du?« Kann nicht schaden, wenn ich noch kurz tot bin, denke ich, und bleibe weiter auf dem Rücken liegen. Komisch! Bin ich nach dem Schlag nicht nach vorne gekippt? Auf den Bauch? Egal! Wenn du tot bist, sind alle physikalischen Gesetze außer Kraft. Also bleiben auch die Augen geschlossen. Denn ich nehme einen himmlischen Duft wahr. Kein Sellerie! Dieser Duft muss Beweis genug sein, dass ich nicht in der Hölle gelandet bin. Oh! Ich bin im Himmel! Oder bin ich noch nicht tot? Den Duft kenne ich doch! Hat mich jemand auf den Rücken gedreht? Zu viele Fragen. Ich muss doch die Augen aufmachen. Gleich weiß ich auch, wer mich umgedreht hat. Laura hockt über meiner Brust, hält meine Nase fest, drückt ihre Lippen auf meine und beatmet mich von Mund zu Mund. Eine Eule heult. Eine echte: »UHUUUH!« Laura löst ihre Lippen von den meinen, richtet sich auf, holt wieder tief Luft, bückt sich und bläst mir die Luft rein. Noch mal richtet sie sich auf und sagt laut, wieder mal, nach ziemlich langer Zeit: »Scheiße!« Aus ihrer Stimme klingt pure Verzweiflung. »Was jetzt?«, fragt sie.

»Weitermachen!«, sage ich.

»Du Schlawiner!«, sagt sie entrüstet und hockt sich jetzt mit voller Wucht auf meine Brust. »Du schummelst?«

»Der Mörder? …«

» … ist weg!«, sagt sie. »Ich wusste, dass du das wieder vermasselst. Deswegen hab ich dich nicht mitnehmen wollen.«

»Na, hör mal! Hättest du mich vorhin nicht angesprungen … Äh … Hast du mitgekriegt, dass er mich geschlagen hat?« Ich taste meinen Hinterkopf ab. Kein Blut. Nur 'ne Beule wie ein Autoreifen. »Autsch!« Sie bückt sich zu mir: »Kokosnuss!«, sage ich.

Sie tastet meinen Kopf ab. »Ja, die Beule fühlt sich echt wie eine Kokosnuss an: groß und hart.«

»Nein! Ich meinte: Du hast dir das Haar mit einem Kokosnussmilch-Shampoo gewaschen.«

»Was dir nicht alles durch den Kopf geht.« Sie bläst auf die Beule und ich bade im Duft der Palmen. »Du hast Glück gehabt«, sagt sie. »Ich bin gerade auf die Kirsche geklettert, habe nach dir Ausschau gehalten. Plötzlich höre ich Geräusche und sehe ein Stück weiter einen Schatten. Ist auf dich zugelaufen … hast du nichts gehört?«

»Nee!«

»Du bist taub wie eine Kokosnuss! Kurz habe ich nichts mehr gesehen, aber dann hörte ich einen Schlag … wie mit einem Brett … und BUMM – da bist du wohl zu Boden gestürzt. Siehst du?« Sie hebt eine Zaunlatte vom Boden. »Damit hat er dich k. o. geschlagen. Ich habe richtig Angst bekommen.«

»Wer hat da geheult?«

»Ich! Aus aller Kraft! Um ihn zu vertreiben! Sehr laut!«

»Gut gemacht!«, sage ich.

»Du sollst mich nicht loben!«, sagt sie. »Das tut mir nicht gut. Besser, wenn du mich hin und wieder härter anpackst. Was das Loben angeht, reicht mir schon mein Papa.«

»Du kannst mir …«

»So etwas sagt man auch nicht zu einer Dame.«

»Du kannst mir hochhelfen!«

»Ach so!«, sagt sie und hilft mir aufzustehen. Es geht einigermaßen, auch wenn man mir gerade mit ’nem Messer das Hirn zur Bulettenmasse hackt. »Ich war schon bewusstlos, hab das Heulen trotzdem gehört. Als ob der Krieg ausgebrochen wäre.«

»Hätte ich nicht geheult, hätte er dir den Rest gegeben. Als ich zu heulen angefangen habe, ist er davongerannt.«

»Hast du ihn erkannt?«

»Nein! Zu weit weg. Ich glaube, er war ganz schwarz angezogen. Mit einem schwarzen Strumpf über dem Kopf. Nur deine weißen Adidas-Streifen und dein Gesicht haben hier wie Straßenlampen geleuchtet.«

»Jetzt erwischen wir ihn wohl nicht mehr«, sage ich.

»Sicher nicht.«

»Hat er eine schwarze Tulpe mitgenommen?«

»Glaube nicht!«

»Mordet er dann morgen nicht?«

»Das glaube ich schon. Der dritte Tag, seine Zahl Drei, ist ihm wichtiger als die schwarze Tulpe.«

Ich humpele um die Stachelbüsche rum, Richtung Zaun. Mir ist noch etwas schwindlig. Sie nimmt mich an der Hand. Der Schwindel löst sich auf. Bei den schwarzen Tulpen bleibe ich stehen. »Du musst mir über den Zaun helfen«, sage ich.

»Ich werfe dich auf die andere Seite.«

»Angeberin!«

»Wir fahren ins Krankenhaus. Du hast sicher eine Gehirnerschütterung.«

»Nee!«, sage ich und kotze auf die schwarzen Tulpen. Da wird Claudin sich aber freuen. Zuerst klaut ihm der Mörder die Tulpen und dann kotzt ein Perverser auf sie.

»Hock dich wieder hin!«, sagt sie. »Ich rufe einen Krankenwagen.«

»Nee«, sage ich. »Wenn's HaHa und deine Eltern erfahren, werden die dich keine Sekunde mehr aus den Augen lassen. Und mich locht HaHa sicher ein. Jemand hat mich ja in der Nacht bei den schwarzen Tulpen k. o. geschlagen. Da könnte ich glatt der Mörder sein. Wir müssen allein weitermachen.« Bis jetzt hab ich mich von Laura etwas treiben lassen, aber plötzlich bin ich voller Tat und Drang. Mann, Mörder! Dich erwische ich! Du hast keine Chance! »Gleich in der Früh fahren wir in die Stabi«, sage ich. »Wir müssen den Tulpenmörder finden. Bevor er mittags wieder zuschlägt. Laura seufzt und schleppt mich zum Zaun. »Musst du mit mir so rumhampeln?«

Laura regt sich sofort auf: »Mann! Ich helfe dir und du kritisierst mich noch dafür?«

»Du wolltest doch, dass ich dich weniger lobe.«

»Loben sollst du mich nicht. Kritisieren aber auch nicht!«

»Ach so!«

Zum Glück fährt noch eine S-Bahn. Der Waggon ganz leer. Laura schweigt. Guckt aus dem Fenster. Ins Dunkle. »Wie viele Mörder laufen auf der Welt frei herum?«, fragt sie plötzlich. Ich sage nichts. Ich weiß es nicht. Plötzlich kommt mir der Duft von Sellerie in den Kopf. Den ich kurz vor dem Schlag gerochen habe. Doch René? Der Gemüsegärtner? Das behalte ich besser für mich.

»René ist sicher nicht der Mörder«, sagt sie plötzlich auf der

Treppe in ihrem Haus. Ohne dass ich so etwas angedeutet hätte.
»Das kannst du vergessen! Sein Alibi ist hieb- und stichfest. Aber auch so … René würde nie so etwas tun. Schaffst du das allein nach oben?«

»Mir geht's blendend«, sage ich. Auch wenn ich mich fühle, als würde man in meinem Schädel Bananenmilch mixen. »Morgen sollten wir um sieben Uhr frühstücken.«

»Gut! Ich habe Papa und Mama gesagt, dass wir in die Stadt gehen.«

»Hat deine Mutter nicht gemotzt? Erlaubt sie dir morgen, mit mir in die Stadt zu fahren?«

»Ja! Papa will erst am Dienstag den Laden wieder aufmachen. Wir haben einen freien Tag. Meine Eltern denken aus irgendwelchen Gründen sowieso, es ist für mich sicherer, wenn ich mit dir unterwegs bin und nicht in der Nähe von unserem Geschäft.«

»Das verstehe ich. In eurem Laden ist ja schon ein Mord passiert. Befürchtet deine Mama aber nicht, dass ich der Mörder sein könnte?«

»Nein! Sie hält dich nur für einen Räuber und Dieb.«

»Gott sei Dank!«

»Sei leise! Sonst weckst du meine Eltern.«

»Woran denkst du heute in deinen süßen Träumen?«

»An den morgigen Mord! Woran sonst? Gute Nacht!«

»Schlaf trotzdem gut, Blumenmädchen!«

# Der Selbstmörder

Gerade als Münchner Kirchenglocken neun Uhr schlagen, spuckt uns die Rolltreppe der U-Bahn-Station an der Uni auf die Ludwigstraße aus. Lauras Mama hat sich in der Früh' bedeckt gehalten, ist beim Frühstück nicht aufgetaucht. Gut so! Vielleicht hätte sie Laura doch nicht erlaubt zu gehen, wenn sie mich gesehen hätte. Auch der Stier geht erst auf das rote Tuch los und flippt nicht aus, wenn du ihm davon nur erzählst.

In die Bayerische Staatsbibliothek strömen Studenten. Wir holen uns an der Theke vor dem Allgemeinen Lesesaal unsere drei Jahre alten Zeitungsbände ab.

Und jetzt blättern, blättern, blättern ... Schon nach einer Stunde Suche sind wir nur noch einen Hauch vom Wahnsinn entfernt. Weil wir versuchen, aufmerksam jede Zeile zu lesen. Weil wir nicht wissen, wonach wir suchen. So schaffen wir das nie bis zum Mittag. Und mittags ist es ZU SPÄT! »Wir haben nicht mehr so viel Zeit«, sagt Laura. »Halb elf. Wir können das alles nicht ordentlich durchlesen. Wir müssen die Zeitungen nur überfliegen. Vielleicht entdecken wir etwas auf die Schnelle.«

Ich fange an zu scannen, der schnellste Scan in Schwabing, und ich entdecke etwas. Schon fünf Minuten später. Ich zeige Laura die Schlagzeile: JUNGER MANN BEGEHT SELBSTMORD. Das Foto des Verstorbenen gleich darunter.

»Was hat ein Selbstmord mit Friederike zu tun?«, fragt Laura. »In München bringen sich ständig Leute selbst um. Wie überall auf der Welt.«

»Das ist es!«, sage ich. »Kannst du mir dein iPhone leihen?« Sie reicht mir das Handy, ich fotografiere das Zeitungsporträt, nehme das iPhone mit und laufe zwischen den Tischen nach draußen. Um mich herum bereiten Studenten in Stille ihre Referate vor, tippen ihre Diplomarbeiten, lernen. Eine andere Welt für jemanden wie mich. Eine schöne Welt? Draußen im Flur verschicke ich das Foto und rufe an. Laura kommt aus dem Lesesaal heraus. Ich telefoniere noch kurz und lege auf. »Ich weiß, wer der Mörder ist«, sage ich.

»Na, sag schon!« Ich sage es ihr.

»Meine Fresse!«, sagt Laura. Auch diesen Ausdruck höre ich von ihr zum ersten Mal. Der passt eher zu mir als zu ihr. »Soll ich HaHa anrufen? Es ist schon 11 Uhr. In einer Stunde ist es zu spät.«

»Ja! Ruf HaHa an!«

»Hallo HaHa … äh … Herr Hauptkommissar. Leon weiß, wer der Mörder ist.« Laura reicht mir ihr iPhone. Ich kläre HaHa auf.

»Das ist trotzdem nur eine Vermutung«, sagt er. »Du hast keinen Beweis, oder?« He? Wie viel Beweis braucht er noch?

»Das wäre ein super Motiv!«, sage ich. Oh Gott! Jetzt rede ich schon wie eine Krimileserin.

»Die zwei Sachen müssen nicht zusammenhängen«, sagt HaHa. »Wir nehmen ihn aber zur Sicherheit fest und vernehmen ihn. Bleib bei Laura, Leon.« Was? Hat er Vertrauen zu mir? Ist er krank? Warum scheißt er mich nicht zusammen?

Wieder Lesesaal: »Ich hab noch ein anderes Gefühl«, sage ich. Vor uns der Tisch mit dem Haufen Zeitungsbände. Ganz oben der Band mit dem Foto des jungen Mannes, der sich vor drei Jahren umgebracht hat. Laura nimmt mich an der Hand, sie spielt mit meinen Fingern. Reden tue aber zur Abwechslung ich: »Deine Mutter hat René mit Friederike und Berta bekannt gemacht. Friederike wurde in eurem Laden ermordet. Wir erwarten, dass heute noch eine dritte schöne Frau ermordet wird. Nicht die Metzgerin. Die einzige schöne Frau bis auf dich …« Laura verpasst meinem Handrücken einen Klapser. Ich spreche weiter: » … von der wir wissen, dass der Mörder sie auch kennt, ist deine Mutter. Kann deine Mutter die Tulpen damals nicht noch mit jemandem anderen bekannt gemacht haben als mit René? Zum Beispiel mit diesem Mann?« Ich bohre meinen Zeigefinger in das Porträt des Selbstmörders. »Was, wenn der Mörder deine Mutter jetzt für diesen Selbstmord auch zur Rechenschaft zieht?« Ich gucke zum Fenster, auf den Scherenschnitt eines Raubvogels. »Wo ist deine Mutter?«, frage ich und denke an meine.

»Sie geht jeden Montag zu René in den Garten.«

»Ruf sie an! Sie soll heute unbedingt zu Hause zu bleiben.«

Laura ruft zu Hause an. Keiner hebt ab. Laura ruft beide Handys an, das von ihrer Mutter und von ihrem Vater. »Nur die Mailbox«, sagt sie. »Habe nichts draufgesprochen. Die rufen mich sowieso sofort an, wenn sie meine Nummer sehen. Mama ist wohl schon im Garten von René. Sie vergisst ständig, ihr Handy aufzuladen.«

»Wir fahren in Renés Garten«, sage ich. »Irgendwie hab ich das Gefühl, wir sollten heute bei deiner Mutter sein. Auch wenn HaHa den Mörder festnimmt.«

»Komm«, sagt Laura. »Bis Mittag sind wir mit der U-Bahn locker dort. Ich rufe trotzdem noch mal HaHa an. Du erzählst ihm von deinem Gefühl, okay?« Das freut mich nicht besonders. Kann ja sein, dass ich mich sogar im Mörder geirrt habe. Dass ich HaHa voll den Quatsch erzählt habe. Hinweis hin, Hinweis her. Wenn ich HaHa jetzt noch dazu was von einem Gefühl erzähle, wird er mich sicher auslachen. Laura hat aber recht. Hier steht zu viel auf dem Spiel. Ich muss noch mal mit HaHa reden.

»Rufen Sie uns bitte an!«, sagt Laura in ihr Handy. »Nur der AB. Ich erreiche HaHa jetzt nicht. Er ruft uns sicher an. Ich habe auf seine Box gesprochen.«

»Ich glaube nicht, dass HaHa uns zurückrufen wird«, sage ich. »So, wie er sich mit der Technik auskennt. Vielleicht braucht er bis morgen, bis er erfährt, dass du ihn angerufen hast. Wir sollten den Polizeinotruf wählen.«

Laura springt auf. »Bis wir ihnen unsere Gefühle erklärt haben, ist meine Mutter tot. Komm! Wir fahren hin! Sollte nichts Schlimmes passieren, haben wir einen hübschen Ausflug gemacht.«

Ich fasse sie an der Hand. »Sicher passiert nichts. HaHa wird ihn schon festnehmen. Bevor er wieder zuschlagen kann. Sollen wir nicht die Zeitungen zurückgeben?«

»Dazu haben wir keine Zeit mehr.« Laura hat Angst. Ich fühle sie. Als ob ich in Laura steckte. Was ist es, wenn du den anderen fühlst?

# Der Mörder

Renés Gemüsegarten ist abgesperrt. Gott sei Dank! Wohl hat mich mein Gefühl getäuscht. »Er hat auch den Schlüssel zum Gemüsegarten!«, sagt Laura und sperrt das Tor auf. Ohne ein weiteres Wort sagen zu müssen, jagen wir zu den Tulpenbeeten von Lauras Mama. Voll telepathisch leben wir inzwischen.

Fritz steht auf dem Gehweg zwischen zwei Beeten. HaHa wird ihn nicht in seinem Garten finden. Auf dem Tulpenbeet links von Fritz liegt Lauras Mutter. Sie bewegt sich nicht. »Mama!«, schreit Laura.

Fritz fährt blitzartig herum. In der Hand hält er einen Unkrautstecher. »Noch einen Schritt und ich steche zu!«, brüllt er.

Ich greife nach Lauras Arm, halte sie zurück. Nur noch drei Meter trennen uns von Fritz. »Deine Mama lebt«, sage ich. »Sie hat den Kopf bewegt.« Ich lasse Laura los. Sie macht noch einen Schritt nach vorne. Richtung Fritz. Ich will sie aufhalten, doch sie bleibt von allein stehen. Ich rühre mich besser nicht. Von hier aus brauche ich nicht viel Zeit, um Fritz zu erreichen. Meine Muskeln entspanne ich langsam.

»Ja!«, brüllt Fritz wie von Sinnen. »Sie lebt! Ich habe sie betäubt. Sie muss sterben!«

»Warum?«, frage ich. Von Psychologie verstehe ich nicht viel, eins weiß ich aber: Wenn der Mörder mit dir redet, mordet er nicht.

»Du müsstest das am besten verstehen, Junge«, sagt Fritz. »Als Heimkind! Faust war ein herzensguter Mensch … der Einzige … der mir je geholfen hat … der sich um mich gekümmert hat … als ich klein war. Die andern wollten mir nur Böses tun.«

»Warum willst du dann kein guter Mensch sein?«, sage ich. »Ein guter Mensch bringt nicht andere Menschen um. Ich verstehe dich nicht, Mann!«

Fritz lacht, sein Lachen klingt aber überhaupt nicht lustig. »Wieso verstehst du denn nicht? Sie hat ihn umgebracht … sie und die … die Tulpen.« Er spuckt das Wort aus.

»Faust hat sich selbst umgebracht«, sage ich.

»Sie sind schuld!«, sagt er und hebt den Unkrautstecher. »Sie bekommt, was sie verdient. Sie hat Faust mit den Tulpen bekannt gemacht. Den besten Menschen auf der Welt den Bestien zum Fraß geworfen.«

»Sie konnte doch nicht wissen …«

»Sie hat sehr gut gewusst, was die beiden mit jedem Mann anstellten. Dasselbe wie mit René. Um ihr Söhnchen hat sie sich geängstigt. Um Faust nicht. Jetzt stirbt sie!« Er dreht sich wieder zu Lauras Mutter.

Ich muss ihn aufhalten. »Dir ist es egal, wer das ist. Lauras Mutter oder die Tulpen … du willst nur morden. Weil das Leben zu dir so schlecht war.«

Er hört mir aber nicht mehr zu. Mir bleibt nichts anderes übrig, als zu springen. Wenn ich nicht sofort starte, ist Lauras Mutter tot. Doch Laura kommt mir wieder zuvor. »Ich muss meine Antibabypillen nehmen«, kreischt plötzlich die Verrückte. Fritz dreht sich verwirrt wieder zu uns. Laura sieht das, haut ihren kleinen roten Rucksack auf den Boden und macht ihn auf.

»Was?«, fragt Fritz. »Antibabypillen?«

Ich sage nichts. Ich weiß, Laura ist alles zuzutrauen, auch dass sie sich kurz vor dem Tod ihrer Mutter mit irgendwelchen Pillen vollpappt. Doch statt Pillen holt Laura die mir schon allzu gut bekannte Knarre ihres Vaters aus dem Rucksack und richtet sie auf Fritz. Damit hat er überhaupt nicht gerechnet. Glotzt die Pistole an und überlegt, warum er sich von einer 16-jährigen Tusse hat überrumpeln lassen. Scheißpillen! Das sollte mich eigentlich freuen, nur weiß ich leider, dass die Knarre nicht schießt. Der Lauf ist mit Blei ausgegossen, wie Laura mir damals in Moosach erklärte. Na ja, es kann nicht schaden, Fritz weiter in Verwirrung zu halten. Die ganze Zeit beobachte ich ihn aber. Wenn er zustechen will, springe ich. Etwas Gespräch aber schadet sicher nicht. Vielleicht lässt er sich reinziehen. Und da mir nichts einfällt, was ich Fritz sagen könnte, belabere ich Laura. »Du hast doch die Knarre in Moosach ins Gebüsch geschmissen«, sage ich.

Laura nickt. »Ich hab sie später wieder geholt.«

»Wieso denn?«

»Sie gehört meinem Vater:«

»Mir hast du aber gesagt ...« Wir reden, meine Muskeln sind schon locker wie Wachs, um sie in einer Tausendstelsekunde alle auf einmal zu spannen, um mich von dem Stoß hochschießen zu lassen. Mein Blick scannt ununterbrochen Fritz, seine winzigsten Bewegungen.

Laura fuchtelt mit der Knarre. Immer noch aber in Fritz' Richtung. Super, dass er ihr das abkauft. Dass es eine echte Knarre ist, meine ich. »Da habe ich nur ein wenig gelogen«, sagt Laura. Damit du dir wegen der Pistole keine Sorgen machst.« Wir quatschen schnell, wie die Irren, um Zeit zu schinden ... wir freuen uns sogar, als wir sehen, wie Fritz sich von Lauras Mutter entfernt, Schritt für Schritt ... Gibt er jetzt auf? Sieht er die Sinnlosigkeit des dritten Mordes ein? Ich bin so fixiert darauf, Lauras Mutter zu retten, dass ich erst dann verstehe, was Fritz machen will, als es schon zu spät ist. Während Laura und ich immer noch labern, handelt Fritz. Er ist Laura zu nahe gekommen, schlägt ihr die Knarre mit dem Unkrautstecher aus der Hand, lässt den Unkrautstecher fallen und greift sich die Knarre. Ziemlich flink, der Typ. Laura schreit auf, sie fasst sich ans Handgelenk. Scheiße! Das Arschloch hat sie verletzt. Warum hab ich nicht reagiert, während er sie angegriffen hat? Hat mich der Knast so langsam gemacht? Trotzdem ist die Lage jetzt etwas entspannter: Statt einen scharfen Unkrautstecher hält der Mörder eine nicht funktionierende Knarre in der Hand. Und das liegt voll in unserem Sinn. Das kann man schon fast als rosige Aussichten bezeichnen, oder? Laura lässt ihr Handgelenk los und sagt: »Mann! Musst du in den unmöglichsten Lagen immer über alles diskutieren. Jetzt stecken wir in der Klemme! Deine Schuld!«

»Hör mal ... ach, egal ...«, sage ich. »Zum Glück ist es keine richtige Knarre ... nur Attrappe.« Das stürzt jetzt wieder Fritz in Verwirrung. Bevor er zu Ende denkt, ob er die Knarre wegschmeißen und sich wieder den Unkrautstecher krallen soll, fliege ich schon los. Meine rechte Faust landet auf seinem Adamsapfel, was echt tödlich sein kann. Aber ich sehe keine anderen großen Möglichkeiten. Er ist zwar klein, aber einige Jahre älter als ich, außerdem liegt neben seinem Fuß ein scharfer Unkrautstecher, mit dem er super umgehen kann und … er ist zu allem bereit. Der Schlag auf die Gurgel war goldrichtig. Fritz klappt sofort zusammen. Lange Kämpfe gibt es nur im Film. Auch im Knast hat meist ein Schlag gereicht. Der erste Schlag! Der entscheidende: Wenn du gut getroffen hast, hast du auch gewonnen, wenn nicht, war der andere an der Reihe, sich zum Sieger zu schwingen. Mein Glück, dass Fritz mich für ein Kind hält und mich unterschätzt hat. Jetzt liegt er unbeweglich auf dem Boden. Ich hoffe, ihn nicht umgebracht zu haben. Mit diesem Gedanken will ich nicht leben: Für den Tod von jemandem verantwortlich zu sein. Auch wenn er ein Mörder war. War? Keine Angst. Schon rührt sich Fritz. Zur Sicherheit hebe ich den Unkrautstecher vom Boden.

»Nimm ihm die Pistole weg, du Idiot!«, kreischt Laura.

»Die schießt nicht!«, will ich sie beruhigen. Aber das weiß sie doch selbst.

»Doch!«, kreischt sie. »Deswegen habe ich gesagt, dass ich wegen der Pistole ›ein wenig gelogen‹ habe.«

»Scheiße!«, sage ich. Sie hat tatsächlich die scharfe Knarre ihres Vaters mit sich herumgetragen. Deswegen hat sie die Knarre dann in Moosach wieder geholt. Nachdem sie sie wegen mir weggeschmissen hatte. Darüber kann ich mich jetzt überhaupt nicht freuen. Nur Fritz freut sich. Weil er schon wieder auf den Füßen steht und die Knarre auf mich richtet. »Und PENG, Leon«, sagt er und drückt den Abzug.

Ach, jetzt hab ich noch nicht Folgendes gesagt: Genau in dem Moment, in dem Fritz den Abzug drückt, brät Lauras Mutter ihm von hinten mit der großen Gartengießkanne eins über den Schädel. Sie war inzwischen aufgestanden, etwas unsicher auf den Füßen, krallte sich aber gleich die Kanne am Tulpenbeet. Fritz stand zu ihr mit dem Rücken gekehrt. Klar konnte ich Lauras Mutter sehen, als sie zu Fritz wankte, habe mir aber nichts anmerken lassen. Damit Fritz davon nichts mitbekam. Deswegen habe ich auch vorhin hier nichts gesagt, um Fritz nicht aufzuscheuchen, und berichte erst jetzt davon. Im Augenblick des Kannenschlags drückt Fritz noch den Abzug, der Schuss geht tatsächlich los, die Kugel schlägt aber in das Blumenbeet etwa einen Meter von mir entfernt und killt eine rosa Tulpe. Fritz geht zum zweiten Mal zu Boden. »Alles muss die Mama selber machen«, sagt die Mama und hockt sich wieder in die Tulpen hin. Jetzt vor Überanstrengung. »Er hat mir im Haus ein feuchtes Tuch auf den Mund gepresst«, brabbelt sie. »Ein Betäubungsmittel? Mein Mund brennt.«

Ich reiße eine feste Schnur vom Zaun runter, die dort ein paar sich hochschlängelnde Pflanzen befestigt, und schnüre damit Fritz zusammen. Er hat noch Puls. Langsam rührt er sich und stöhnt. Höchste Zeit, dass ich ihn verknotet habe. Na ja, ohne eine Waffe kommt er mir nicht so gefährlich vor. Der Typ ist doch ziemlich klein. Und ich habe jetzt eine Knarre in der Hand. Die sogar schießt. Mit der Pistole hat Laura mich sauber verarscht.

»Du hast Faust gekannt?«, fragt Laura ihre Mama. Deren Wangen werden immer röter. Sie steht vom Tulpenbeet auf und versucht, ihr Sommerkleid einigermaßen zu säubern. Das wird ihr aber nicht gelingen. Heute wird sie keine Dame mehr herauskehren.

»Welchen Faust?«, fragt sie.

»Ein Freund von Fritz!«, sagt Laura. »Faust hat sich im Waisenheim um Fritz gekümmert. Er muss in Friederike und Berta vernarrt gewesen sein. Nachdem du ihn mit den Schwestern bekannt gemacht hast. So wie unser René. Vor drei Jahren hat Faust Selbstmord verübt.«

Lauras Mutter schüttelt den Kopf. »Kann mich nicht erinnern. Sicher einer der Jungs, von denen die Schwestern umschwärmt wurden …« Sie guckt Fritz an, der immer noch auf dem Boden liegt. Jetzt wieder mit offenen Augen und dabei. »Deswegen wolltest du mich umbringen?«, fragt sie ihn.

»Du hast Faust mit den zwei Bestien bekannt gemacht.«

»Jetzt erinnere ich mich neblig an einen Mann. Ja! Den hast du mir mal vorgestellt. War das dein Faust? Aber hör mal. Ich habe doch dich und deinen Freund einmal in der Fußgängerzone getroffen und habe euch in ein Café mitgenommen. Nur um euch auf einen Kuchen einzuladen. Dort war ich damals auch mit Friederike und Berta verabredet. Und deswegen willst du mich umbringen?« Fritz glotzt sie hasserfüllt an. »Fritz!«, sagt Camilla. »Als ich gemerkt habe, wie Friederike und Berta mit den jungen Männern spielten, habe ich mit ihnen sofort jeglichen Kontakt abgebrochen. Die zwei haben doch auch René wahnsinnig gemacht.«

»Du bist schuld!«

»Wenn ich schuld bin, dann bist du auch schuld!«, sagt Lauras Mama. So ist das Leben aber nicht.

»Scheißleben!«, sagt Fritz und schluchzt. Ist er krank? Was sonst ist ein Mann, der mordet, weil er denkt, die Welt war schlecht zu ihm? Als ein kranker Mensch? Kurz denke ich wieder an meinen Vater. Aber nicht lange. Zum Glück heulen da schon die Polizeisirenen, ein Krankenwagen taucht auf. Nach ein paar Minuten ist Lauras Mutter auf den Beinen und Fritz auch, nur trägt er jetzt auf den Handgelenken ’ne schicke Brezel.

## Die kriminologische Gartenparty

HaHa hat Lauras Vater und René mitgebracht. Noch eine große Überraschung brachte HaHa mit: Martin. HaHa hat ihn im Kinderheim holen lassen.

»Jetzt sollten wir über die ganzen Unklarheiten reden«, sagt HaHa. Wir hocken auf Stühlen und Bänken am Gartenhaus. Fritz wurde schon auf das Polizeirevier gefahren. »Damit ich das alles klarer sehen kann. Bevor wir Fritz ordentlich verhören.« Als Einziger von uns ist HaHa auf den Füßen und trabt umher. Guckt vom einen zum anderen, wartet, weiß wohl selber nicht, was er fragen soll.

»Wie konntest du Faust auf dem Zeitungsfoto überhaupt erkennen, Leon?«, fragt Martin mich. »Du bist doch ins Heim gekommen, als Faust und sogar Fritz dort schon längst weg waren.«

»Er hat dich mal besucht. Hat mit uns sogar im Garten Fußball gespielt. Ganz am Anfang. Als ich ihn dann auf dem Zeitungsfoto gesehen habe, erkannte ich ihn sofort.« Ich drehe mich zu HaHa: »Ich habe Martin das Foto heute am Vormittag geschickt und er hat Faust auch erkannt.«

»Waren die zwei verwandt?«, fragt HaHa. »Dazu haben wir in Fritz' Akten nichts gefunden. Wir haben Fritz sogar nach dem ersten Mord kurz verdächtigt. Sahen aber kein Motiv bei ihm.« Laura kichert. HaHa schaut sie tadelnd an.

»Nein!«, sagt Martin. »Verwandt waren die beiden nicht. Nur befreundet.«

Lauras Mutter schüttelt den Kopf. »Ich habe diesen Faust nur ein einziges Mal gesehen. Damals, als ich Fritz und ihn ins Café zu Friede und Berta mitgenommen habe. Ich hatte keine Ahnung, dass er sich umgebracht hat. Und Fritz hat auch nichts erzählt. Er hat nie etwas Privates preisgegeben.«

»Fritz war auch im Kinderheim sehr verschwiegen«, sagt Martin. »Eigentlich hat er nur zu Faust Vertrauen gehabt. Er ist ein Jahr nach Faust aus dem Kinderheim entlassen worden. Als er die Ausbildungsstelle bei Ihnen bekam.«

Lauras Mutter umarmt ihre Tochter. »Fritz hat mir Faust wirklich erst dann vorgestellt, als wir uns zufällig getroffen haben«, sagt Camilla. »Keiner von uns wusste, dass Fritz in München einen Freund hatte.«

»Fritz wollte Faust für sich allein haben«, sagt Martin.

Mein Boss nickt. Er hockt auf der Gartenbank neben seiner Frau und Laura. Seine Frau hält mit der Rechten Laura umarmt, die Linke legt sie auf sein Bein. HaHa hebt die Hand und räuspert sich. Will die Diskussionsleitung übernehmen. »Fritz hat erzählt, Friederike und Berta haben diesen Faust mit den schwarzen Tulpen aufgezogen. Friederike hat ihm versprochen, mit ihm zu leben, wenn er für sie eine vollkommen schwarze Tulpe züchten würde … also keine dunkelviolette wie die echten schwarzen Tulpen … also nicht die echten … die …«

»Dies gibt, Herr Wachtmeister!«, sagt Brummla.

»Hauptkommissar!«, sagt HaHa.

»Genauso wie bei René«, murmelt mein Boss. »Immer dieselbe Masche. So originell waren die Tulpen gar nicht.«

»Sie sind jetzt tot, André«, sagt Lauras Mutter und tätschelt sein Bein.

HaHa kratzt sich, wo er nur kann: »Also, wo waren wir. Ja! Erstaunlich, dass es bis jetzt noch nie jemandem gelungen ist, eine ganz schwarze Tulpe zu züchten.« Jetzt läuft er zwischen unseren Bänken und Stühlen herum, plötzlich schlägt er mir auf die Schulter und sagt: »Das wäre doch eine super Aufgabe für dich, Leon, hehehe …«

»Welche denn?«

»Na, eine vollkommen schwarze Tulpe zu züchten.«

»Wenn er das schafft, heirate ich ihn«, sagt Laura, fasst sich aber gleich geschockt an den Mund. Als ob sie das Gesagte zurückschieben möchte. Ich hab's gehört, Mädchen. Aber so einen Blödsinn werde ich nicht tun. Nie und nimmer! Schwarze Tulpen können mich mal!

»Das gelingt keinem«, sagt Lauras Mutter. »Und das ist gut so. Die *Queen of Night* ist schön genug!«

Plötzlich dreht sich HaHa zu seinem Assi. »Brummla!«, ruft er tadelnd. »Sie haben etwas von einer Diät erzählt!« Brummla lächelt entschuldigend und versucht, eine angebissene Schnitzelsemmel in seiner Jacketttasche verschwinden zu lassen. HaHa dreht sich wieder zu uns. »Faust hat einen Garten gemietet, sich finanziell ruiniert. Er wollte dort schwarze Tulpen züchten. Daraufhin haben Friederike und Berta ihn ausgelacht. Sie sagten ihm, sie hätten nur Spaß gemacht. Wenn er solchen Quatsch glaube, sei er ein Spinner. Daraufhin habe Faust sich erhängt. Das hat Fritz uns gesagt. Wir haben bei ihm auch das letzte Gedicht gefunden.« HaHa räuspert sich und trägt in seiner Opernsängerart vor:

*»Wie lange sitzen sie hier noch?*
*Nicht mehr zu lange, Feder rot!*
*Auch der kleine Hans ist jetzt tot.*
*Drei Spatzen hatten keine Wahl,*
*die Drei war ihre Todeszahl.«*

»Und ich sollte der kleine Hans sein?«, fragt Lauras Mutter.

»Ja!« HaHa dreht sich zu meinem Boss: »Zuerst haben wir gedacht, ihr Bruder Josef sei in den ersten Mord verwickelt. Er hatte für die Tatzeit kein Alibi, Sie und er sind zerstritten, hihihi …« HaHa kriegt einen Lachkrampf und hustet anschließend.

Mein Boss starrt plötzlich gen Boden, will uns nicht mehr angucken. Seine Frau klatscht ihm noch einmal aufs Bein. »André, jetzt verrate uns bitte endlich, warum du und Josef so zerstritten seid.«

»Äh … ähm … äh … hmm …«

»Na, komm schon, Papa!«, sagt Laura. »Erzähl es uns!«

»Das ist eine Männersache«,

HaHa kichert. »Das war das Beste an dem Fall.«

»Sagen Sie's uns, Herr Kommissar!«, sagt Laura.

»Geht nicht, Mädchen! Datenschutz! Das muss dir dein Papa selbst erzählen.«

Laura guckt wieder ihren Vater an: »Papa!«

»Das ist eine Sache der nationalen Sicherheit«, sagt mein Boss. Jetzt kichert sogar Brummla.

»Wenn du's uns nicht verrätst, muss ich die Wahrheit selbst herausfinden«, sagt Laura. »Als Detektiv bin ich supergut! Das ist unser nächster Fall, Leon!«

»Laura!« Mein Boss droht uns mit dem Zeigefinger, lächelt aber dabei. Um das Thema zu wechseln, wendet er sich zu HaHa: »Jetzt können Sie Ihre zwei Verdächtigen aus der Haft entlassen.«

Der kichert wieder. Was sonst. »Aber wo denken Sie hin? Wir haben keine zwei Verdächtigen festgenommen. Mit dem Gerücht wollte ich nur den Mörder aus der Reserve locken, wissen Sie? Polizeiliche Raffinesse! Ohne diese hätten wir den Fall nie gelöst.« Laura verdreht die Augen. Egal! Für mich … für uns bricht langsam Zeit für andere Sachen an als für Männergeheimnisse und Morde. HaHa dreht sich mit dem Rücken zu uns, redet mit Martin. Laura und ich stehen auf. »Lauft nicht weg«, ruft HaHa uns nach, als wir schon aus dem Garten draußen sind. »Wir müssen das Protokoll aufnehmen.«

»Wir kommen morgen vorbei«, ruft Laura.

»Wann kommt ihr nach Hause?«, ruft Lauras Mutter.

»Auch morgen«, ruft Laura. Mein Boss lacht.

»Spätestens um 22 Uhr seid ihr zurück!«, ruft Lauras Mutter.

»Sollen sie doch ihren Spaß haben!«, sagt André. »Sie sind schon erwachsen.«

Das lässt Camilla sogar ihre gewählte Damensprache vergessen. »Ja, tickst du noch richtig?«, sagt sie. »Kinder sind's!« Und dann ruft sie ganz böse: »Stehen bleiben!«

Laura und ich bleiben stehen. Laura flüstert: »Keine Angst,

wenn sie sagt, ich soll nicht weggehen, gehe ich trotzdem. Wir haben ihr das Leben gerettet.«

»Leon!«, brüllt Lauras Mutter. »Wenn Laura etwas passiert, versohle ich dir höchstpersönlich den Arsch!«

Endlich sind wir beim Duzen angelangt. In der Zukunft kann's nur besser werden. »Ich mache nur das, was ich Laura von den Augen ablese!«, brülle ich zurück.

»Idiot!«, sagt Laura und schleppt mich davon. Bis ich die Führung übernehme.

# Sport ist Mord

Ich halte Laura an der Hand und ziehe sie zur S-Bahn. »Fahren wir in unseren Blumengarten?«, fragt Laura, als ich die S-Bahn Richtung Süden ansteuere.

»In einen Blumengarten schon«, sage ich. Sie lacht. Wohl kennt sie mich schon ganz gut.

»Du bist ganz schön durchtrieben«, sagt sie, als ich Claudins Garten mit seinem Schlüssel aufsperre. »Hast du schon gestern gewusst, dass wir heute hier landen?«

»Ich hab's so eingeplant«, sage ich.

»Für einen Knacki bist du ungesund selbstbewusst. Hat dir Claudin die Schlüssel geliehen?«

»Ja! Er muss heute bei Josef im Laden aushelfen.«

»Und was, wenn wir jetzt tot wären?«

»Dann würden wir die Würschtel im Himmel grillen müssen«, sage ich. »Und wenn's regnen würde, könntest du mich ja in dein Zimmer einladen.«

»Nein! Das geht nicht!«

Ich lache. Irgendwann werde ich als ein großer Detektiv auch das Geheimnis deines Zimmers lüften, Mädchen. Zuerst muss ich aber das Gartenhaus aufsperren. Claudin hat mir versprochen, uns zum Grillen ein paar Regensburger zu besorgen. Ich öffne den Kühlschrank, die Würste sind da. Laura macht wieder große Augen. Ich hole aus der Vase auf dem Kühlschrank eine rote Tulpe und reiche sie ihr. »Hast du schon mal einen ganzen Garten mit einem schönen Gartenhaus für dich allein gehabt?«, frage ich.

Jetzt lacht sie wieder. »Klar! Nur bin ich hier nicht allein.«

»Eins ist mir nicht klar«, sage ich. »Fritz hat gestern in der Nacht, als er hier die Tulpen klauen wollte, stark nach Sellerie gerochen. Er ist doch Blumengärtner.«

»Vielleicht hat er sich vorher eine Gemüsesuppe gekocht.«

»Kann sein.«

»Und jetzt?«, fragt sie.

»Jetzt sind wir allein«, sage ich. »Heute kann alles passieren. Unter den Sternen.«

»Was zum Beispiel? Bin neugierig ...« BUMM! Der Schlag lässt die Außentür erzittern. Erschrocken starrt Laura die geschlossene Tür an. »Ist Fritz geflüchtet?«

Scheißmörder! Jetzt bin ich echt sauer. Da plane ich nach diesem ganzen Stress ein paar schöne Stunden im Paradies ein – Paradieskuscheln, und Gott gönnt sie mir nicht. Mörder, Fritz oder wer auch immer – der kriegt jetzt seine Abreibung. Ich packe eine Hacke in die Hand, die verlassen in der Ecke steht, und reiße die Tür auf. Draußen vorm Gartenhaus spielt Claudin mit einem Fußball. Hat den Ball wohl vorhin gegen die Tür gebolzt. »Du solltest doch heute bei Josef im Laden arbeiten«, brülle ich.

Claudin lächelt breit. »Freigenommen?«, sagt er. »Wir kicken.« Das gibt's doch nicht, oder?

Laura kommt aus dem Gartenhaus. »Servus, Laura!«, sagt Claudin. »Wir kicken! Leon und Laura gegen Claudin.« Er zeigt auf die Wiese hinterm Haus. Dort stehen aufgebaut zwei kleine Tore.

»Zwei gegen einen geht nicht, Claudin!«, sage ich. »Du fährst jetzt nach Hause. Morgen spielen wir. Versprochen! Heute muss ich hier Laura mit den Hausaufgaben helfen.«

Claudins Miene wird düster. »Heute Ferien«, sagt er. »Heute nix Hausaufgaben.«

»Äh … ich muss Laura mit ihrer Steuererklärung helfen. Morgen spielen wir. Zwei gegen einen ist doch kein Fußball.«

»Ich kicke mit!«, sagt jemand hinter meinem Rücken. Ich drehe mich um. Martin steht im Gartentor mit einem Paket in der Hand.

Das gibt's doch nicht, oder? »Wie … wie hast du uns gefunden?«, frage ich.

»Claudin hat bei Lauras Vater angerufen und gesagt, dass wir heute in seinem Garten kicken. Sonst wollte aber keiner mitkommen.«

Ich drehe mich zu Claudin und starre ihn an – sehr streng, muss ich sagen. Doch Claudin grinst mir nur entgegen, als ob er grade sein Fußballkartenalbum vollgekriegt hätte. Dieser Verräter!

»Das hab ich vergessen, dir zu geben«, sagt Martin. »Ein Paket für dich! Von deinem Vater aus Indien.«

»Dein Vater ist in Indien?«, fragt Laura. »Toll! Warum ist nur mein Vater so langweilig? Was schickt er dir?«

»Das packe ich später aus!«, sage ich resolut.

»Das packst du jetzt aus!«, sagt Laura noch resoluter.

Mannomann! Was denkt sie sich? Dass sie mir Befehle geben kann? »Nee!«, sage ich ganz bestimmt und gucke ihr dabei zur Betonung lange in ihre Kartoffelpufferaugen. »Das packe ich …« Und schon während ich anfange zu reden, packe ich das Paket aus. Unglaublich, oder? Aber wahr!

Verwirrt starre ich den Inhalt des Päckchens an. Laura holt das Stück heraus. »Juchu! Eine Pelzmütze! Wie schön!« Die Mützenhaare sind mindestens drei Zentimeter lang. Eine Pelzmütze? Und im Sommer? Die konnte mir echt nur mein Yogi-Vater schicken.

»Sicher von einem Yeti!«, sage ich. »Ja, kicken wir, verdammt, oder was? Laura und ich gegen Martin und Claudin.«

»Kannst du überhaupt Fußball spielen?«, sagt Laura. »Damit wir uns keine Schande holen.« Die macht mich echt wahnsinnig.

Mein Sohn Gabriel hat das ungedruckte Manuskript gelesen und mir viele wertvolle Tipps gegeben. Vielen Dank!

Bedanken muss ich mich auch bei Barbara Hordych. Sie hat in der Geschichte einiges entdeckt, was noch richtig geschliffen werden musste. Barbara kann Poesie zum Leben machen und das Leben zur Poesie. Danke!

Der lustigste Münchner der Welt, Moses Wolff, hat Brummla ins Bairische übersetzt. Danke, lieber Mosi.

Bei Limonade ☺ habe ich meiner langjährigen Lektorin Susanne Stark von einer vagen Idee über einen Jungen erzählt, der nach einem Jahr im Jugendknast in einem Blumenladen zu arbeiten anfängt. Wir quatschten darüber und schon nach ein paar Minuten wurde uns klar, das muss ein Krimi werden. Das Manuskript davon klopfte dann Sabine Roth nach undichten Stellen und logischen Löchern ab und hat es auch ansonsten wunderbar lektoriert. Dank meiner großartigen Lektorinnen halte ich jetzt also meinen ersten Krimi in der Hand und es fühlt sich verdammt gut an. Danke!

Meine Mutter war eine leidenschaftliche Krimileserin. Ihr möchte ich dieses Buch widmen.

Leseprobe aus

# Feine Freunde

Die Frau liegt auf ihrer Liege, splitternackt, gleich neben dem Swimmingpool. Wenn ich mit diesem Satz ein Buch anfangen würde, müsste der Leser denken, der Erzähler – also ich – schaut gerade eine Hollywood-Schnulze. Ich bin aber nicht in einem Buch, oder? Ich starre die Frau im benachbarten Garten in echt an. Von der Terrasse einer Villa in Grünwald. Der Rasen um den Pool herum ist gepflegt geschnitten, an der Nackigen ist auch alles abgeholzt – damit die Sonne überall den Zugang bekommt. Ihr Bauch flach wie ein Bügelbrett. Beherrscht gleich von zwei Türmen von Babel. Doch von Sprachverwirrung bei mir keine Spur: bin sprachlos! Nicht mal ein Hauch des Atems wellt ihren Körper. Ist sie tot? Ermordet am Pool? Vor einiger Zeit habe ich im Blumenladen von Lauras Vater eine hübsche tote Frau gefunden. Kurz nachdem ich aus dem Knast entlassen wurde. Und jetzt wieder eine Tote? Wer will schon ein Magnet für Morde sein?

Plötzlich hebt die schöne nackte Leiche ihre Hand hoch, als ob sie jemandem zuwinken möchte, und ... winkt mir zu. Huch! Glück gehabt! Wir beide: Sie lebt und ich muss mir kein weiteres

Jugendtrauma aufhalsen. Mit sechzehn hab ich schon genug Erlebnisse für einen Thriller. Ich winke zurück, starte aber gleich den Rückzug. Wollte hier in der Villa nur kurz ins Freie und bekam gleich Freikörperkultur dazu. Nichts für ungut, schöne Sonnenanbeterin, ich bin kein Spanner und sowieso verknallt. Augen zu und ins Haus zurück.

»Ich verstehe nicht, dass du ihn doch mitgebracht hast, Laura!« Die Stimme aus der Villa betoniert mich zum Kachelboden der Terrasse. Hinter mir eine Nackte, vor mir Leute, die über mich reden. Zwischen uns nur eine geöffnete Terrassentür. Hast du dich vielleicht wieder in eine peinliche Lage gebracht, Leon, Baby?

»Ich habe dir doch gesagt, ich komme nur mit Leon!«, sagt Laura.

»Ich habe meinen Eltern versprochen, dass hier nichts mit ihren Sachen passiert, wenn sie weg sind«, sagt Lauras Freundin Melina. »Dein Leon ist vor Kurzem aus der Jugendstrafanstalt entlassen worden!«

»Leon würde nie etwas stehlen. Ins Gefängnis kam er wegen seines Freunds. Sein Freund hatte einen Tresor ausgeraubt. Leon wollte ihn im Gefängnis beschützen. Weil sein Freund sehr klein war!« Schön, wie Laura für mich kämpft, oder?

Doch Melina lässt nicht locker: »Alle Verurteilten beteuern, sie sind unschuldig.« Da ist was dran, denke ich. Nur sollte Melina bedenken, auch die wirklich Unschuldigen würden behaupten, sie sind unschuldig – genauso wie die Schuldigen. Habe ich wieder mal was Kluges gesagt? Oder was Blödes?

»Das habe ich nicht von Leon!«, sagt Laura. »Das hat mir Martin, Leons Betreuer im Kinderheim, erzählt ...«

»Was?« Melinas Stimme wird noch lauter: »Vor dem Gefängnis

war Leon in einem Kinderheim? Sein ganzes Leben ohne Familie aufgewachsen?« Oh, zeigt Melina jetzt Mitgefühl? »Laura!«, kreischt sie. »Bist du in einen Asi verliebt?« Hä? Super Neuigkeiten! Ist Laura in mich verliebt? Na ja, ganz überraschend ist das nicht – wir waren schon einige Male sehr eng zusammen, wenn Laura mich geprügelt hat und so.

»Leons Mutter ist gestorben, als er zwölf war«, sagt Laura. Melina seufzt und setzt sich in Bewegung. Ihre Schritte trampeln Richtung der offenen Tür. Gleich wird sie den Assi auf der Terrasse entdecken, der es aufs Gold ihres Papas abgesehen hat. Soll ich mir in der Terrassenecke den Besen krallen und auf Harry Potter machen? Zu der Nackten am Pool runterfliegen? Allzu tief ist es nicht. Nur vier Meter. Ein paar Rippen halten es sicher aus – zwei oder drei, mit zwei Rippen ausgerüstet bist du noch lange nicht tot. Wenn Laura mich hier entdeckt, prügelt sie mich durch, brutal, wie sie ist. Rumspitzeln mag sie sicher nicht. Egal ob ich hier absichtlich die NSA spiele. Absicht oder Nichtabsicht – wen interessiert das schon? Das Ergebnis zählt. Zum Glück geht gerade in diesem Augenblick die Zimmertür auf und einer der Jungs brüllt hinein:

»Die Bowle ist fertig!«

»Super!«, ruft Melina. »Komm, Laura! Ich mache ein Selfie mit der Bowle!« Laura und Melina trippeln nach unten. Uff! Endlich kann ich in die Villa schlüpfen. Vorhin war ich direkt auf die Terrasse geflitzt, ohne mich groß hier im Zimmer umzugucken. Die Jungs und Mädels von Lauras Clique hatten mich bei der Begrüßung unten im Empfangsraum so innig an die Brust gedrückt, dass mir glatt die Luft ausging. War die Treppe hinaufgelaufen und hatte dabei die Terrasse entdeckt. Nicht schlecht für einen, der Luft holen muss.

Das Zimmer ist groß, mit lauter Bücherregalen an den Wänden. Laura hat mir erzählt, Melinas Vater sei ein Kieferorthopäde. Eigentlich hat Laura gesagt, Zahnspange sei ein Orthopäde. »Du nennst den Vater deiner besten Freundin Zahnspange?«, fragte ich.

»Ja«, sagte Laura. »Melinas Vater hat einigen Schulfreunden Zahnspangen verpasst. Alle nennen ihn Zahnspange. Auch Melina.«

Sauber, denke ich. Ich würde meinen Vater nie Zahnspange nennen, höchstens Arschloch. Aber mein Vater ist kein Zahnarzt.

Jetzt gucke ich mich im Arbeitszimmer von Zahnspange um: ein Regal mit Leitz-Ordnern, eine Menge Medizin- und Zahnmedizinbücher darin, viele Werke über die Börse und den Aktienhandel, aber auch Kunstbücher und Romane. Ein ganzer Stapel von Marquis de Sade: *Justine oder Das Unglück der Tugend.* Aha, Sadismus! Typische Lektüre eines Kieferorthopäden, oder? Sicher den schreienden Patienten schon eine Menge Kiefer gezogen. Komischerweise gibt es hier viele Bücher auf Russisch.

Womit könnte ich also die Tochter des Hauses ärgern? Hat das Melinchen denn Angst, ich würde hier was klauen? Da muss ich ihr wohl entgegenkommen. Damit sie ihre Vorurteile nicht umsonst Gassi führt. So wie ich das Zimmer unter die Lupe nehme, muss der Tresor dort drüben hinter dem Bild mit dem nackten Paar sein, das gerade aus einem Garten vertrieben wird. Die Frau hält einen Apfel in der Hand. Die Szene sagt mir was. Jetzt aber zum Tresor. Das Bild lässt sich nach vorne klappen wie das Türchen eines Adventskalenders. Dahinter die Bescherung: Eine Tresortür glotzt mir entgegen. Nur ein paar Zahlen müssen in die richtige Kombination gedreht werden. Kein besonders gutes

Sicherheitssystem: sechs Zahlenpositionen. Eher um ein Fahrrad abzusperren als einen Tresor. Na, welche typische Folge gibt es aus sechs Zahlen? Klar! Ein Datum! Und welches Datum merkt sich ein Mann am besten? Na, sein eigenes! Und mit etwas Mühe den Geburtstag seiner Frau und seiner Tochter.

Im Leitz-Ordner mit der Aufschrift *Private Dokumente* finde ich die Erklärung, warum hier so viele russische Bücher herumstehen. Die Famile Wentel, also Zahnspange und seine Frau, sind Russlanddeutsche, 1996 aus Russland nach Deutschland gekommen. Melina wurde aber schon in München geboren. Auf verschiedenen Urkunden finde ich alle drei Geburtsdaten: Vater, Mutter, Tochter. In dieser Villa macht man es dem Tresorknacker sehr leicht: Ich drehe das Geburtsdatum seiner Tochter Melina in die richtige Position und FLUPP, die Schatztruhe geht auf: Im Tresor liegen stapelweise 100-Euro-Scheine – wie eine Geldburg. Aber hallooo! Sicher einige Hunderttausend. Will der Papa für Melinchen einen Elefanten zum Geburtstag kaufen, damit sie das größte Selfie ihres Lebens schießen kann? Klar fasse ich das Geld nicht an, mache den Tresor wieder zu, drehe das Rad in die ursprüngliche Position, 384 518, und wische die Tresortür mit einer Decke ab, die auf dem Sofa liegt. Möchte nicht an einem Tresor mit viel Geld meine Fingerabdrücke hinterlassen, sollte sich das Ding doch ein Profi vornehmen. Erst jetzt fällt mir ein, was für einen Blödsinn ich hier gerade durchziehe. Um mir was zu beweisen? Nachdem Melina mich als einen Dieb abgestempelt hat? Um zu zeigen, ich könnte, wenn ich wollte? Hätte man mich beim geöffneten Tresor mit dem Haufen Geld darin erwischt, müsste ich wieder umziehen: vom Blumenladen und Laura zurück in den Knast. Ich kann manche Sachen einfach nicht lassen. Bin von

Natur aus blöd. Nichts wie weg hier. Ich mache die Tür hinter mir zu und trotte die Treppe runter zu den andern.

Am besten, ich befreunde mich zuerst mit den Jungs. Sie stehen am Tisch mit einem Glasbehälter, der wie ein Aquarium aussieht. Im Aquarium gibt es die Bowle. Fische schwimmen keine mehr drin. Trotz meines diskreten »Ähmmm …« nehmen mich die Jungs zuerst nicht wahr. Bis Lauras Exfreund Dirk den ersten Schritt wagt: »Du warst im Gefängnis, oder? Hast du …« Dirk stutzt, sieht Alan an, Fredy nicht. Alan, Dirk und Fredy scheinen ein spitzes Dreieck mit nur zwei gleichen Seiten zu bilden. Fredy ist die kurze Seite. Alan, hochgewachsen und athletisch, steckt in einer weißen Hose und einem weißen Polohemd: ein Hollywood-Schauspieler oder eher ein Model. Jede einzelne Locke von Alans Dauerwelle wie hingebastelt. Dirk ist etwas kleiner als Alan, sieht aber aus wie … na, wie sieht denn Dirk aus? Ich überlege. Ja, wie ein Leistungsträger: Alles an seinem Platz. Fredy ist etwas rund, guckt die ganze Zeit zu Alan. Als ob Fredy warten würde, was Alan sagt, um sich danach zu richten. Bin echt neugierig, was Dirk mich fragen will. Endlich sagt er seinen Satz zu Ende: » … äh … hast du überhaupt eine Schule besucht?« Dirks Atem verrät, was die Jungs in die Bowle reingetan haben: Wodka. Um die Mädels lustiger zu stimmen. Auf der Spüle steht noch eine Flasche des Klaren. Klar mag ich nur meinen Kopf. Von Drogen lasse ich die Finger, trinke höchstens grünen Tee, und so kann ich die Schnapsfahnen gut analysieren. Alan grinst bei Dirks Frage nach meiner Bildung, also grinst Fredy auch. Ich hätte echt nicht mit Laura herkommen sollen. Passe nicht zu diesen reichen Schnöseln. Lauras Vater ist mit seinem Blumenladen und seinen großen Gärten wohl der ärmste der zugehörigen Väter. Dirks Papa hat ein

Golfclubhaus am Starnberger See. Der Vater von Fredy soll ein Restaurant besitzen. Trotzdem sind die Klamotten von Fredy im Vergleich zu denen von Alan und Dirk so billig wie meine: Jeans und T-Shirt. Ist das Restaurant von Fredys Vater eher eine Kneipe? Alans Vater ist ein Immobilienmakler. Die Leute gehen zusammen auf ein privates Gymnasium. Zehnte Klasse. In ihrer feinen Clique würde es jeder Außenseiter schwer haben. Zu meinem Pech hab ich vor einer Woche Laura geholfen, zwei Mordfälle aufzuklären und ihre Mutter vor der Ermordung zu retten. Jetzt will Laura mich unbedingt in ihrer feinen Clique unterbringen. Vielen Dank, Mädchen! Freue mich sehr. Was hat der Typ denn gefragt? Ob ich eine Schule besucht habe?

»Ging nicht!«, antworte ich. Was soll ich ihm schon sagen? Dass ich lesen, rechnen und Zahnpasta von Schuhcreme unterscheiden kann? Ich muss keinem was beweisen, ich kann nur gucken, wie's mit seinem Humor steht.

»Wie bitte?«, fragt Alan. »Was ging nicht?

»Schule!«, sage ich. »Ich hab schon immer Buchstaben mit Zahlen verwechselt! Wenn ich zum Beispiel ›WC‹ schreiben will, kommt ›00‹ heraus. Die drei starren mich an. Zu lange die Bowle gemischt. Leider ist bei uns unbemerkt Laura gelandet, direkt hinter mir steht sie, sie hat zugehört. Für ihren Lauschangriff schämt sie sich aber nicht, wie ich auf der Terrasse für den meinen. Sie versteckt sich nicht, sondern packt mich am Arm und führt mich zu einem großen Blumentopf in der Ecke, mit einer komischen Pflanze darin, die mich auch brutal anstarrt – sicher eine fleischfressende.

»Warum stellst du dich so blöd an?«

»Was soll ich deinem Freund antworten? Er muss doch wissen,

dass es in Deutschland die Schulpflicht gibt und ich sicher eine Schule besucht habe.«

»Er ist nicht mehr mein Freund!«, sagt Laura. Dirk hat ihr mal das Passwort von ihrem Notebook geklaut und das Notebook gehackt, um ihre Mails mitzulesen. Auf Lauras Wunsch hin hab ich damals deswegen Dirks Festplatte mithilfe von ein paar höchst illegalen Programmen radiert. Wohl weiß er aber nicht, dass ich der Übeltäter war. Hoffe ich zumindest so.

»Ich dachte, du bist sauer auf ihn!«, sage ich.

»Ich habe mit Dirk Schluss gemacht. Er hat sich aber für alles entschuldigt und darum gebeten, dass wir Freunde bleiben. Dirk ist kein schlechter Mensch. Jeder kann mal einen Fehler machen. Das … das müsstest du am besten wissen.« Aha! Na ja, schlechte Anspielungen machen mir nur beim Fußball was aus. Ziemlich gutgläubig aber, das Mädchen, oder? Mir reicht es nur, Dirks Blicke auf Laura zu beobachten. So guckt keiner, der aufgegeben hat. So guckt ein Wolf, wenn er Beute wittert. Der Typ will weiter was von Laura.

»Ab jetzt bin ich sehr brav!«, sage ich und füge plötzlich hinzu, ohne zu wissen, wo der mutige Satz herkommt: »Bekomme ich einen Kuss dafür?« Sie lacht und küsst mich auf die Backe. Ja, was soll das? »Ich habe an eine etwas andere Art von Kuss gedacht«, sage ich, sie steuert aber bereits die Bowle an. Na ja, die Backe gehört mir immerhin auch, besser als nix. Auf unserem Heimweg werde ich trotzdem schwere Artillerie auffahren. Mannomann! Vor Kurzem, nachdem der Tulpen-Mörder geschnappt wurde, waren wir fast schon so weit: ganz allein im Garten von Lauras Onkel Josef – mein neuer Freund, Onkel Josefs Gärtner Claudin, hatte mir den Schlüssel geliehen. Nur die Natur um uns herum,

Vögelchen zwitscherten uns ihre Liebeslieder zu, die Grillwürschtl krümmten sich vor Scham, als sie dran dachten, wovon sie gleich Zeugen sein würden … Oh! Krass schön hätte der Spätnachmittag werden können: Kuscheleinheiten neben einem Tulpenbeet … und da tauchten plötzlich Claudin und Martin, mein Betreuer aus dem Kinderheim, auf. Statt zu kuscheln, mussten wir Fußball spielen. Zumindest weiß ich jetzt aber endgültig, wer mein Herz verzaubert hat: Dirk! Hehe … Quatsch! Klar, Laura. Außerdem habe ich echt keine Scheu mehr, Laura zu fragen, ob sie meine Freundin sein möchte. Nur gefragt hab ich sie noch nicht. Seit unserem Besuch in Claudins Garten hat's keine Gelegenheit mehr zum Herzausschütten gegeben. Heute frage ich sie, okay? Mädchen, jetzt kämpfe ich um dich. Sollte mir Dirk in die Quere kommen … was dann? Na, was! Wenn sie mir sagt, sie will nicht mich, sondern Dirk haben, was kann ich da schon groß machen? Ihr halt Glück wünschen und abhauen. Die Freiheit, Mann, ist die Freiheit des Andersdenkenden. Hat das schon mal jemand gesagt? Ich hole mein neues Handy aus der Tasche, das ich mir von meinem ersten Lohn im Blumenladen von Lauras Vater gekauft habe, und googele danach. Typisch! Den Satz hat mir schon Rosa Luxemburg geklaut. Wie kannst du in der heutigen Welt was werden, wenn alle klugen Sätze schon gesagt wurden?

Ich gucke nach den Jungs. Fredy bringt gerade Alan und Dirk ein volles Glas Bowle. Melina steuert mir entgegen: mit einem breiten Grinsen quer über die Backen und einem iPhone in der Hand. »Kann ich mich mit dir fotografieren?« Aha, eine leidenschaftliche Selfiestin. Vorhin ein Selfie mit der Bowle, jetzt sogar mit mir. Dass sie aber gerade mich für ihre Selfie-Kulisse haben will? Sie mag mich doch nicht! Oder? Aber wenn's darum geht, bei Lauras Freunden Pluspunkte zu sammeln, bin ich immer dabei.

»Klar«, sage ich und schmiege mich an sie ran. Melina lässt die Hand mit dem Handy gen Decke wachsen: eine Aufnahme von oben, die ihre Nase kürzer und ihre Beine länger macht – schlaues Mädchen. Alles ist nur eine Frage der Perspektive.

»Danke!«, sagt Melina. Sehr betont. Als ob sie mich mit dem Ausrufezeichen hinter ihrem »Danke« wieder in meine Schranken weisen möchte. Ach, Leon, hör auf mit den negativen Bewertungen von Lauras Freunden. Im Zimmer ihres Vaters hat sie halt ein bissl Angst vor dir gehabt, jetzt ist sie aber ganz lieb. Ihr Selfie mit dir kannst du als Auszeichnung betrachten.

»Gern geschehen«, hauche ich in ihren Rücken. Schon bin ich wieder ganz nah bei den Jungs. Sie stehen mit dem Rücken zu dir. »Der Typ ist genauso ein Prolet wie du«, sagt Alan zu Fredy. Dirk lacht. Fredy grinst auch, nur hat er sich zum Grinsen zwingen müssen. Jetzt schaut er über Alans Schulter und sieht mich. Sein Grinsen erstarrt. Ich entferne mich wieder. Liebend gern würde ich Alan eins auf seine adlige Nase hauen, zumal mir Hunde immer leidgetan haben – auch die im Knast. Ein Hund bist du, wenn du mit dir alles machen lässt.

»Ich hab dir etwas Bowle mitgebracht!« Marie guckt mir direkt in die Augen, reicht mir ein Glas.

»Danke!« Obwohl ich nicht trinke, nehme ich das Glas aus ihrer Hand. Laura will doch, dass mich ihre Freundinnen lieben. Marie schaut sowieso recht nett aus: ein Hippie-Mädchen: langes glattes Haar, an der Stirn mit einem Stirnband aus Woodstock-Zeiten fixiert. Ein dünnes buntes T-Shirt ohne BH darunter. Warum sollte ich von einem Hippie-Mädchen nicht ein Glas mit

Alk annehmen, auch wenn ich ein Abstinenzler bin? Flower-Power! Wenn Marie sich kurz wegdreht, haue ich die Bowle in den Blumentopf auf der Fensterbank und der Kaktus darin kippt sich das gute Getränk hinter die Binde. Nette kleine Marie. Ganz anders als ihre Mitschüler …

»Hast du schon jemand umgebracht?«, fragt sie. Echt! So mir nichts, dir nichts. Was soll ich darauf antworten? Auch jetzt darf ich die nette Marie nicht enttäuschen. Klar möchte sie, dass ich, der Knacki, schon ein paar Leute umgelegt habe, die kleine Romantikerin. Sie will halt 'nen knallharten Kerl persönlich kennen, so 'nen Gangsta wie Bushido, oder Bass Sultan Hengzt oder so was. Auch wenn … – nur unter uns, Mädels: Wenn die Gangstas echt was Ungesetzliches getan hätten, wären die im Knast – wie ich noch vor Kurzem – und nicht bei VIVA. Ich bücke mich zu Marie und flüstere ihr in das vor Aufregung zitternde Öhrchen:

»Darüber möchte ich nicht reden, klar?« Oh, wie aufregend sie mich findet! Soll ich ihr noch über den hübschen Po klatschen, um den guten Killer-Eindruck abzurunden? Sie hängt mit ihren grünen Augen an mir, kein Wort mehr kommt aus ihr heraus. »Ich muss mal!«, sage ich und verziehe mich, Laura zu suchen. Sie redet mit Dirk. Dann bleibt mir echt nichts anderes übrig als das Badezimmer. Zum Glück entdecke ich dort einen Nagelknipser. Voll Hightech, das Ding. Ich stütze damit die Dornen an einem kleinen Kaktus auf der Fensterbank. Irgendwann laufe ich aber wieder in den großen Empfangsraum. Die Jungs und Mädels zocken Fifa an der PS4. Ich zocke mit. Bis Melinas Eltern von einem Treff mit anderen Russlanddeutschen zurückkommen.

Melinas Vater Zahnspange trägt eine Glatze und einen Stapel Pizzas in der Hand. Melinas Mutter bringt uns Teller, schneidet die Pizzas, macht uns Früchtetee, die Küche liegt ihr, das sehe ich sofort. Sie spricht sehr schlecht Deutsch. Zahnspange hat nur einen leichten russischen Akzent. Wenn Zahnspange an seiner Frau vorbeigeht, macht sie einen großen Schritt zur Seite. Sie bringt ihm ein Bier, für uns Eis, sie sammelt das Geschirr und Besteck ein. Kein einziges Mal haben sich Zahnspange und seine Frau berührt. Laura beobachtet sie auch. Kleine Fragezeichen schwirren um ihren Kopf wie Schmetterlinge.

»Bist du vollkommen bescheuert?«, schreit Laura mich auf dem Heimweg nach Giesing in der Straßenbahn an. »Warum erzählst du meiner Freundin, du hast schon Leute umgebracht?«

»Ich wollte Marie halt eine Freude machen!« Das verschlägt sogar Laura die Sprache. Kein Wort mehr wechselt sie mit mir, den ganzen Weg nach Hause. Von Küssen gar nicht zu reden. Blöd gelaufen, Leon! Jetzt musst du wieder Pluspunkte sammeln, bevor's an das Zimmern unserer kaputtgegangenen Kiste geht.